말테의 수기

말테의 수기

라이너 마리아 릴케 ｜ 박환덕 옮김

문예출판사

Die Aufzeichnungen des Malte Laurids Brigge

Rainer Maria Rilke

차례

1부

9월 11일 툴리에가(街)에서

사람들은 살기 위해서 이 도시로 모여든다. 하지만 나는 도리어 죽기 위해 모여든다는 생각이 든다. 외출했다가 돌아왔다. 몇 군데의 병원을 보았다. 한 사내가 비틀거리다 쓰러지는 것을 보았다. 사람들이 그 사내 주위로 모여들었기 때문에 그 후엔 어떻게 되었는지 보지 못했다. 나는 또 아이를 가진 여인을 보았다. 그 여인은 햇볕으로 따뜻해진 높은 벽을 따라 괴로운 듯이 걸음을 옮기다가 이따금 생각난다는 듯 벽에다 손을 대어보곤 했다. 벽이 아직도 계속되고 있는지 확인하는 것 같았다. 벽은 아직 계속되었다. 벽 너머에는 무엇이 있었을까? 지도를 펼쳐보았다. 산부인과 병원이었다. 그렇군. 그녀는 그곳에서 아이를 낳겠지. 그러라고 서 있는 산부인과 병원이다. 다음에는 생자크 거리다. 지붕이 둥근, 커다란 건물이 있다. 지도를 보니 발 드 그라스 육군 병원이었다. 사실 이런 일을 알 필요는 없지만, 알고 있다고 하더라도 상관은 없다.

거리의 구석구석에서 냄새가 나기 시작했다. 내가 구분할 수 있는 건 요오드포름과 감자튀김 기름과 불안의 냄새였다. 여름이 되면 모든 거리는 냄새를 풍기는 법이다. 이번에 눈에 띈 것은 음산한 건물이었다. 지도에는 나오지 않았지만, 현관 문짝 위에 아직도 뚜렷하게 읽을 수 있을 정도로 '간이 숙박소'라고 쓰여 있었다. 입구 옆에 숙박료가 적혀 있었다. 그것도 읽어보았다. 숙박료는 비싸지 않았다.

그 밖에 무엇을 보았을까? 어린아이를 태운 유모차가 있었다. 토실토실 살이 오른 얼굴에는 연한 녹색이 감돌고 이마에는 눈에 띄게 큰 부스럼이 나 있었다. 부스럼은 거의 나아서 아프지는 않은 모양이었다. 어린아이는 입을 벌리고 자면서 요오드포름과 감자튀김 기름과 불안의 냄새가 가득 찬 공기를 들이마셨다. 달리 어떻게 할 수도 없다. 중요한 것은 살아 있다는 것이다. 그것이 무엇보다도 중요하다.

창문을 열어놓은 채 자는 버릇 때문에 고역이다. 전차는 벨을 울리며 나의 작은 방을 미친 듯 지나간다. 자동차는 잠자는 내 위를 달려간다. 큰 소리를 내며 문이 닫힌다. 어디선가에서는 창유리가 깨어져 떨어진다. 그 큰 조각은 폭소를 터뜨리고, 작은 조각은 소리 죽여 웃는다. 그리고 갑자기 건너편 집에서 둔탁한, 막힌 듯한 소리가 들린다. 누군가가 계단을 올라온다. 쉬지 않고 올라오고 있다. 또

온다. 내 방 앞에까지 왔다. 오랫동안 문 앞에 서 있다가, 지나간다. 그러고는 다시 거리가 소란해진다. 소녀의 날카로운 목소리가 들린다.

"아니에요, 그만해요. 이제 됐어요."

전차가 흥분해서 달려와, 소녀의 목소리를 짓누르고 지나간다. 모든 것을 짓누르고 간다. 누군가 외치고 있다. 사람들은 달리며, 서로 추월한다. 개 한 마리가 짖는다. 얼마나 기쁜 일이냐, 한 마리의 개는. 새벽녘에는 닭까지 울어, 뭐라 형언할 수 없는 안도감을 느끼게 한다. 그리고 나는 나도 모르는 사이에 잠이 든다.

이것은 소음이다. 그러나 그러한 소음보다도 더욱 무서운 것이 있다. 바로 정적이다. 큰불이 났을 때에도 조용함 속에서 긴장이 극에 달하는 순간이 있다. 내뿜는 펌프의 물은 끊기고, 소방수는 사닥다리를 올라가는 일을 중지하고, 모두들 숨을 죽이고 꼼짝하지 않고 서 있다. 머리 위의 시커먼 추녀 끝이 소리도 없이 밀려나오고, 높은 벽은 솟아오르는 불기둥 앞에서 시커멓게 소리 없이 넘어진다. 모두가 숨을 죽이고 목을 움츠리며, 눈을 치켜뜨고 쳐다보면서, 무서운 결말을 기다리고 있다. 이 도시의 정적은 그와 흡사하게 고요하다.

나는 보는 것을 배우고 있다. 나 자신도 어째서인지는 잘 알 수 없으나, 모든 것은 지금까지보다도 마음속 깊이 파고들어 언젠가 머물던 곳보다도 더 깊숙이 안으로 들어간다. 오늘까지 나 자신도 몰랐던 마음의 구석이 있어, 지금은 모든 것이 그곳으로 들어간다. 그 구석에서 무슨 일이 일어나고 있는지는 나도 모른다.

오늘은 편지를 썼는데, 그것을 쓰면서 나는 이 도시에 온 지 겨우 3주밖에 되지 않은 것을 깨닫고 의아해졌다. 다른 곳에서, 예를 들면 시골에서 보낸 3주일은 단 하루처럼 짧게 느껴지는데 이곳에서는 몇 해가 된 듯이 느껴진다. 나는 이제 두 번 다시 편지를 쓰지 않겠다. 내가 변해가고 있다는 것을 무엇 때문에 알리겠는가? 내가 변해가고 있다면 이제까지의 나는 내가 아니다. 이제까지의 내가 아니라면 나는 아는 사람이 더는 없다. 나를 모르는 타인에게 편지를 쓸 수는 없다.

내가 이미 말했던가? 보는 것을 배우고 있다고. 그렇다. 나는 눈을 뜨기 시작했다. 아직은 서투르나, 그러나 부지런히 수업하리라.

예를 들면 나는 지금까지, 누구나 여러 개의 얼굴을 갖고 있다는 사실을 깨닫지 못했다. 수억 명의 인간이 살고 있으나, 얼굴은 그보다도 훨씬 더 많다. 누구나 여러 개의 얼굴을 갖고 있기 때문이다. 여러 해 동안 같은 얼굴을 하고 있는 사람도 있지만, 물론 그러한 얼굴은 상처투성이가 되고 더러워지고 주름이 잡혀, 여행 중에 끼고 다니던 장갑처럼 느슨해져버린다. 그들은 검소하고 단순한 사람들이다. 이런 사람은 얼굴을 바꾸지 않고 한 번도 씻지를 않는다. 이 정도면 충분하지 않으냐고 그들은 주장하나, 그 누구도 그들의 주장이 틀렸다고 반증할 수는 없다. 그렇지만 그들도 얼굴을 네다섯 개씩 가지고 있기 때문에 당연히 의문이 생긴다. 사용하지 않는 얼굴은 어떻게 하는가? 그들은 나머지 얼굴을 쟁여둔다. 자기 자식들에게 그 얼굴을 쓰게 한다. 그러나 또 그들이 기르는 개가 그 얼굴을 쓰고 외출하는 경우도 생각할 수 있다. 조금도 이상스럽지는 않다. 얼굴은 여하튼 얼굴이니까.

그런데 또 무서울 정도로 차례차례 재빨리 얼굴을 바꿔, 금방 낡아버리게 만드는 사람들도 있다. 처음에는 아무리 바꾸어도 없어질 것 같지 않다가 40세를 전후해서 이미 최후의 얼굴에 이르러버린다. 물론 이 얼굴에도 특유의 비극이 생긴다. 이러한 사람들은 얼굴을 소중하게 여기는 데 익숙하지 못하다. 일주일이 채 못 되어 최후의 얼굴도 쪼개지고, 구멍 뚫리고, 여기저기가 종이처럼 얇아지고, 차츰 얼굴도 뭣도 아닌 살갗이 나온다. 그들은 그, 얼굴이 아닌 얼굴을 달고 돌아다니는 셈이다.

그런데 그 여자는 어땠을까. 그 여자는, 완전히 자기 몸 속에 파묻힌 듯 구부리고, 두 손에 얼굴을 묻고 있었다. 노트르담데샹 거리의 길모퉁이였다. 나는 그 여인을 보며 소리 죽여 걸었다. 가난한 사람들이 생각에 잠겨 있을 때는 방해하지 않아야 한다. 그들에게도 뭔가 좋은 생각이 떠오르게 마련이다.

거리는 너무나도 공허했다. 너무나도 조용한 게 싫증이 나 내 발에서 발소리를 빼앗아, 마치 나막신을 달가닥거리는 것처럼 이곳저곳으로 울리게 했다. 여인은 그 소리에 놀라 두 손에서 얼굴을 쳐들었다. 너무나도 갑작스럽게 쳐들었기 때문에 얼굴은 손 안에 남아 있었다. 나는 손바닥 안에 놓여 있는 움푹 파여 텅 빈 형태의 얼굴을 볼 수 있었다. 손에서 떨어져나간 얼굴을 보지 않고, 손에 남은 얼굴만을 보는 것은 무서운 노력이 필요했다. 얼굴의 내부를 보는 것도 무서웠으나, 얼굴 표면이 없어진 밋밋한 머리통만 보는 것은 더욱 무서웠다.

　나는 무서워서 견딜 수가 없다. 공포감이 들면, 거기에 맞서 수단을 강구해야 한다. 이 도시에서 병에 걸리게 되면, 견디지 못하리라. 디외 병원*에 입원이라도 하게 되면, 나는 틀림없이 그곳에서 죽게 되리라. 이 병원은 분위기 좋고 쾌적해서 사람들이 많이 찾는다. 노트르담 대성당의 정면을 우러러보고 있으면, 그 순간 일각을 다투듯 전속력으로 광장을 횡단하여 병원으로 달려가는 마차의 물결에 깔릴 것만 같다. 조그마한 합승 마차들이 경적을 계속 울리면서 질주하기 때문이다. 어느 죽어가는 소시민이 곧장 디외 병원으로 달려가려고 마음먹고 있으면, 폰 사강 공**일지라도 마차를 세우고 길을 비켜주지 않을 수가 없다. 죽어가는 사람은 완고하다. 예를 들면 마르튀르 거리의 골동품상 르그랑 부인이 센강 시테섬의 어느 특정한 장소***로 마차에 실려 오기라도 할 때에는 파리의 모든 교통이 마비되어버린다. 앞뒤 안 가리는 이 조그마한 마차의 창에는 시선을 끄는 아주 신비로운 우윳빛 유리가 끼워져 있는데, 그 마차 안에서 일어나는 가장 화려한 단말마의 고통을 연상할 수 있다. 그 정도의

---

* 　프랑스 파리에서 가장 큰 국립병원으로 노트르담 대성당 근처에 있다.
** 　사강은 실레지아의 옛 공국이다. 여기서는 프랑스의 명문가 귀족을 말한다.
*** 　디외 병원을 말한다.

상상은 문지기의 상상력만으로도 충분하다. 그러나 좀 더 풍부한 상상력을 가지고 있는 사람이 그 상상력을 좀 더 다른 방면에 적용한다면 상상력은 무한히 발전해서 끝이 없을 것이다. 나는 또 지붕 없는 마차가 도착하는 것을 보았는데, 덮개를 접은 역마차로 일반 요금으로 운행한다. 임종을 앞둔 환자를 태우고서 한 시간에 2프랑을 받는다.

이 훌륭한 디외 병원은 아주 오래된 병원으로서, 클로비스 왕* 시절에도 몇 개의 침대에서 사람들이 마지막을 맞았다. 지금은 559개의 침대에서 사람들이 숨을 거둔다. 죽음의 대량 생산이라고 할 수밖에 없다. 이와 같은 대량 생산으로는 어느 누구도 침착하게 정성 들인 죽음을 맞이할 수 없으나, 문제는 그게 아니고 수량이 문제다. 지금 세상에 정성 들인 죽음 같은 것을 동경하는 자가 있을까. 그런 자는 한 사람도 없을 것이다. 그만한 여유를 가진 부유층까지도 요즘은 죽음에 무관심하고 냉담해지기 시작했다. 자기만의 고유한 방법으로 죽고 싶다는 바람은 차츰 없어지고 있다. 좀 더 시간이 지나면 자기만의 고유한 죽음은 자기만의 고유한 생활과 마찬가지로 드물어질 것이다. 아아, 지금은 모든 것을 기성품으로 충당하는 시대다.

이 세상에 태어나서 기성품의 생활을 찾아내어 몸에 붙이기만 하면 된다. 그리고 이 세상에서 나가는 날, 나가지 않으면 안 되는 날은 걱정하지 마세요, "여기 당신의 죽음입니다, 손님." 지금은 누

---

* 466~511, 프랑크 왕국을 세운 왕이다.

구나 세상에 올 때와 다름없이 우연히 죽는다. 누구나 병에 딸린 죽음을 할당받고 있다(지금은 모든 병이 알려져 있어서 최후의 결말은 어느 것이든 병에 딸려 있고, 인간에게 딸려 있지 않으며 이를 누구나 다 알고 있다. 병자는 말하자면 아무 할 일이 없다).

요양소에서는 환자가 의사와 간호사에게 마음에서부터 감사해하며 앞다투어 죽어간다. 그리고 모든 환자가 요양소가 규정한 방법으로 죽는다. 그래야 환영받기 때문이다. 그러나 자기 집에서 죽는 자는 상류 사회의 장엄한 죽음을 택하는 것은 물론, 말하자면 그와 때를 같이하여 호화로운 장례식이 시작되고 여러 가지 놀라운 관습이 뒤따른다. 그 집 앞에는 가난한 사람들이 모여 서서 지칠 때까지 구경한다. 가난한 사람의 죽음은 의식 같은 것을 모두 생략한 평범한 죽음이다. 어떻게 해서든 자기 분수에 맞는 죽음을 발견하게 되면 그것으로 불평은 없다. 수의가 약간 커서 헐렁헐렁해도 지장은 없다. 그 정도는 사람이 약간 더 커지기 때문이다. 그러나 너무나 옹색한 죽음으로 가슴의 단추가 채워지지 않거나 숨이 막히거나 하면 물론 좋지 않다.

이제는 친지 하나 없는 고향집을 생각해보면, 이전에는 죽음이 틀림없이 이렇지는 않았을 거라고 생각한다. 그 무렵에는 누구나가 마치 과실이 씨를 가지고 있듯 자신의 내부에 죽음을 간직하고 있다는 사실을 의식하고 있거나, 혹은 느끼고 있었을 것이다. 어린아이는 작은 죽음을, 어른은 큰 죽음을 간직하고 있었다. 여자는 그것을 태(胎) 안에, 남자는 가슴속에 잉태하고 있었다. 하여튼 누구나 죽음을 갖고 있어, 그 때문에 특유의 침착성과 조용한 품위를 갖게 되었다.

나의 조부이신 시종관(侍從官) 브리게도 죽음을 잉태하고 있다는 사실을 누구나 느낄 수 있었다. 그리고 그것은 또 얼마나 큰 죽음이었던가. 그 죽음의 소리는 무려 두 달 동안이나 울려퍼져서 집에서 멀리 떨어진 소작촌에까지 크게 들려왔다.

죽음이 다가오면서, 오래된 그 넓은 집도 비좁아 측면 행랑을 증축해야만 했다. 날이 갈수록 시종관의 몸이 부풀어갔기 때문이다. 그는 이 방에서 저 방으로 끊임없이 옮겨 다녔고, 밤이 되기도 전에 옮겨갈 방이 남아 있지 않으면 크게 화를 냈다. 그러고는 하인과 시녀와 언제나 몸 주위에서 떼어놓은 일이 없는 개들을 빠짐없이 거느리고, 계단을 올라 집사의 부축을 받아 할아버지의 돌아가신 어머니가 숨을 거두었던 방으로 이동했다. 그 방은 23년 전 어머니가 돌아가셨을 때와 똑같은 상태로 남아 있었으며, 평소에는 아무도 들어올 수 없었다. 그런데 지금은 무리 지어 우르르 밀려들어간 것이다. 커튼을 젖히자, 여름 오후의 강렬한 햇살이 겁을 먹은 듯 부들부들 떨고 있는 가구들을 무자비하게 드러내며 금이 간 거울 속에서 어설프게 몸을 돌렸다. 하인들도 햇살과 조금도 다름이 없었다. 신기한 나머지 얼떨떨한 모습으로 이것저것 손을 대보는 시녀도 있었다. 젊은 하인들은 눈을 휘둥그렇게 뜨고 두리번거렸고, 나이 많은 하인들은 걸어 다니면서 뜻밖에 들어오게 된 빈방에 대해서 지금까지 들어온 여러 가지 소문을 기억해내려 했다.

특히 개들은 모든 것에서 냄새가 나는 그 방에 들어와 매우 흥분한 것 같았다. 홀쭉한 장신의 러시아산 그레이하운드는 안락의자 뒤를 어지럽게 뛰어다니더니 몸을 흔들며 춤을 추는 듯한 큰 걸음 걸이로 방을 가로질러 문장(紋章) 속 개처럼 뒷발로 서서 가느다란 앞다리를 백금빛 창틀에다 걸치고 뾰족한 코끝을 긴장시켜 이마를 뒤로 당기고, 안뜰 좌우를 내려다보고 있었다. 가죽 장갑처럼 노랗고 다리가 짧은 노란 닥스훈트는 아무것도 변한 것은 없는 듯이 태연한 표정을 지은 채 창가의 비단을 입힌 널찍한 의자에 앉아 있었다. 털이 불그스름하고 성미가 까다롭게 생긴 포인터는 금박을 입힌 테이블 다리 모서리에다가 등을 비비대고 있었고, 그 바람에 그림이 그려진 테이블 위에 놓인 세브르*의 찻잔이 미세하게 흔들렸다.

지금까지 방심한 채 잠만 자고 있던 가구들에게는 무서운 한때였다. 성급한 손으로 서투르게 펼친 책갈피에서 장미 꽃잎이 떨어져 짓밟히기도 했다. 망가지기 쉬운 조그마한 미술품은 손에 붙잡혔다가 곧 부서져서는 급히 제자리에 놓였다. 여러 가지 못 쓰게 된 집기 몇 개가 커튼 뒤에 숨겨지기도 하고, 또는 벽난로의 금빛으로 칠한 철망 뒤로 던져졌다. 이따금 무엇이 떨어지는 소리가 났다. 융단 위에 떨어진 것은 둔한 소리를 냈고 단단한 마룻바닥에 떨어진 것은 맑은 소리를 냈다. 여기저기서 깨지는 것도 있어, 날카로운 소리를 내기도 하고 혹은 거의 소리도 없이 깨지기도 했다. 언제나 소중하게 다루어왔던 물건들은 떨어지면 그만이었다.

---

* 베르사유 근처에 있는 도자기의 명산지다.

왜 이렇게 되었는가? 언제나 출입을 금한 채 보존해오던 방이 왜 이렇게 황폐해졌느냐고 묻는 사람이 있다면, '죽음' 탓이라고 대답할 수밖에 없다.

울스고르의 크리스토프 데트레프 브리게 시종관의 죽음, 그것이었다. 짙은 감색 제복에서 미어져 나올 듯이 부풀어오른 그의 몸은 방바닥 한가운데에 꼼짝도 하지 않고 누워 있었다. 아무도 식별할 수 없을 정도로 변해버린 낯선 큰 얼굴은 눈을 감고 있었다. 주위에서 일어나는 모든 것에 무관심했다. 사람들은 그를 침대에 눕히려고 했으나, 그는 거절했다. 병이 심각해진 저녁부터 침대를 싫어했기 때문이다. 거기에다 그곳 이층 거실의 침대는 너무 작아서 그를 눕힐 수도 없었고, 아래층으로 내려가는 것도 원하지 않아서 바닥의 양탄자 위에 눕혀둘 수밖에 없었다.

그렇게 양탄자 위에 누워 있었으며, 그러고 보니 이미 죽어버린 것처럼 보이기도 했다. 어두워지기 시작하자 개들이 문틈으로 한 마리, 또 한 마리 사라져 나중에는 털이 뻣뻣하고 기분 나쁜 듯한 표정의 개 한 마리만 주인 옆에 앉아 털이 긴 넓죽한 앞다리를 크리스토프 데트레프의 커다란 흙빛 나는 한 손 위에 올려놓고 있었다. 대부분의 하인들도 이미 바깥 복도로 나가 있었다. 복도는 벽이 희어서 방 안보다도 밝았다. 아직 방에 남아 있던 하인들은 방 한가운데에 누워 있는 커다란 덩어리, 점점 시커멓게 되어가는 그 큰 덩어리를 가만히 들여다보고는 그 큰 옷을 입은 것이 죽어버렸으면 하고 바랐다.

그러나 그것에는 아직 살아 있는 부분이 있었다. 소리가 아직 살아 있었다. 한 달 반쯤 전에는 아무도 생각하지 못했던 목소리, 그건 이미 시종관의 목소리는 아니었다. 그 목소리의 주인은 크리스토프 데트레프가 아니고, 그의 죽음이었다.

크리스토프 데트레프의 죽음은 이미 며칠 동안을 울스고르에서 군림하며 사람들에게 이야기하고, 요구했다. 자신을 옮기도록 요구하고, 푸른 방으로 데려가라고 요구하고, 조그마한 객실로 그리고 넓은 홀 안으로 자신을 옮기라고 요구했다. 개를 데려오라고 요구하고 웃어라, 이야기하라, 음악을 연주하라, 입을 다물라고 요구하며, 이 모두를 동시에 요구했다. 친구를, 여자를, 고인을 만나게 해 달라고 요구하고, 자신도 죽고 싶다고 요구했다. 요구하고, 소리를 질렀다.

밤이 되어 불침번이 아닌 하인들이 지친 몸을 침대에 눕혀 잠들려고 하면, 반드시 크리스토프 데트레프의 죽음은 소리 지르기 시작했다. 소리 지르고, 끙끙거리고, 언제까지고 끊임없이 신음하여, 개들은 처음에는 거기에 맞추어 함께 짖어댔으나 이내 잠잠해져서는 잠을 자는 것을 두려워하고, 가늘고 긴 다리를 떨며 선 채로 무서워하고 있었다. 여름철 덴마크의 광막한 밤, 크리스토프의 죽음이 신음하는 소리를 듣고 마을 사람들은 폭풍우가 몰아닥친 듯이 일어나서, 옷을 입고 말없이 램프 주위에 모여 그 소리가 그치기를 기다렸다. 해산이 가까워진 여인은 될 수 있는 대로 깊숙한 방으로 옮겼고, 가능하다면 칸막이가 두꺼운 침소에 눕혔다. 그러나 소리는 그곳에까지 파고들어왔다. 여인은 그 소리가 자기 몸 안에서 떠들고 있는 것처럼 들려, 자기도 일어나 있고 싶다고 애원하며 느슨한 흰옷 차림인 채로 달려나와 윤곽이 흐려진 표정으로 여러 사람 옆에 앉았다. 그 무렵 산달이 임박한 암소는 안정을 하지 못해 언제 까지나 새끼를 낳지 못했다. 결국 그 암소의 몸에서 죽은 새끼를 억지로 꺼냈는데 어미 소의 내장까지 몽땅 끌려나와버렸다. 누구나 낮이면 밤이 오는 것을 두려워했으며, 며칠 밤을 잠을 자지 못하고 무서워 일어나곤 하여 피로에 지치고, 머리가 몽롱해져 일이 손에 잡히지 않았기 때문에 건초를 거둬들이는 것을 잊기도 했다. 일요일에 마을의 조용한, 온통 하얗게 색칠을 한 교회에 모이면 마을 사람들은 울스고르 대저택의 주인이 없어지기를 빌었다. 지금의 주인은 무서운 주인이었다.

농부들이 생각하거나 소망하는 일을 목사는 단 위에서 큰 소리로 외쳤다. 목사 자신도 매일 밤 잠을 빼앗겨 하느님의 마음을 알지 못할 지경이었기 때문이다. 교회의 종도 똑같이 외쳤다. 밤새껏 계속 떠들어대는 크리스토프 데트레프의 죽음은 종들에게는 무서운 강적이었다. 이 강적이 떠들기 시작하면 종은 아무리 땡땡 울려도 효력이 없었다. 마을 사람들은 모였다 하면 그 이야기였다. 울스고르 저택에 숨어 들어가 주인을 퇴비용 갈퀴로 찔러 죽이는 꿈을 꾸었다고 말하는 젊은이도 있었다. 마을 사람들은 흥분하고 지칠 대로 지치고 초조해져 그 젊은이의 꿈 이야기에 귀를 기울이고 자기도 모르는 사이에 이 젊은이가 꿈속에서 결행한 일을 과연 실제로 할 수 있을지 없을지를 지켜보았다. 몇 주일 전까지는 시종관을 사랑하고 가엾게 여기던 온 마을 사람들이 그 무렵은 누구나 모두 그렇게 느끼고 그렇게 이야기했다. 그러나 아무리 이야기를 해도 그

효력은 조금도 없고, 울스고르에서 군림하는 크리스토프 데트레프의 죽음은 물러갈 것 같지 않았다. 죽음은 10주일 동안 머무를 생각으로 와서 10주일 동안 머무르며, 10주일 동안 전제 군주처럼 행동하였고, 크리스토프 데트레프 브리게 자신도 그처럼 호되게 주인 행세를 한 일은 없었다. 그의 죽음은 후세 사람들에게 훗날까지 폭군이라 불리는 군주와도 같았다.

단순한 어떤 수종병 환자의 죽음과는 달라서 시종관이 일생 동안 가슴속에 품고 그의 피로 길러낸 폭군다운 악한 죽음이었다. 그가 평소의 생활에서 미처 사용할 수 없었던 교만, 의지, 지배력의 여분이 모조리 그 죽음 속으로 흘러들었고, 그 죽음은 울스고르에 머물며 폭군의 태도를 취했다.

누군가가 이 죽음과는 다른 죽음을 요구했다면, 브리게 시종관은 상대방을 어떤 표정으로 바라보았을까. 그는 자신에게 걸맞은 아주 괴로운 죽음을 택한 것이다.

내가 지금까지 직접 만난 사람이나 또는 말로 전해들은 사람에 대해서 생각해보면, 누구든 똑같은 식으로 죽어갔다. 그리고 모든 사람들은 각자에게 어울리는 죽음을 가졌다. 남자들은 죄수처럼 죽음을 가슴속에 간직하고, 여자들은 고령이 되면 조그맣게 오그라들어 거창하게 커 보이는 침대 위에서 마치 무대 위에 누운 것처럼 온 가족, 하인, 개들이 지켜보는 가운데 말없이 장엄하게 죽었다. 철없는 어린아이마저도 어린아이다운 평범한 죽음을 갖지 않고, 마음을 긴장한 채 현재까지 자라온 생활과 이제부터 자라게 될 생활을 합해서 죽었다.

부인들이 아이를 잉태하고 서 있는 모습은 그 얼마나 우수에 찬 아름다움을 느끼게 하는가. 가늘디가는 두 손을 올려놓고서 자신도 깨닫지 못한 채 보호하고 있는 커다란 태 속에는 두 개의 열매가 숨어 있었다. 어린 아기와 죽음이. 넓기만 한 얼굴에 감도는 진하고 풍요에 찬 미소는 태내에서 성장하고 있는 어린 아기와 죽음을 때때로 느꼈기 때문이 아니었을까.

나는 공포와 맞설 수단을 강구했다. 아침까지 자지 않고 밤을 새워 글을 쓰기로 했다. 그 덕으로 나는 울스고르의 들판을 먼 곳까지 거닌 다음처럼 피로를 느낀다. 지금에 와서는 그 낡고 넓은 저택에 모르는 사람들이 살고 있다는 것을 믿기 어렵다. 그 저택의 이층 하얀 방에는 지금은 하녀들이 자고 있을지도 모른다. 저녁부터 아침까지 세상 모르고 땀에 젖어 푹 자고 있으리라.

그리고 나는 이렇게 해서 아는 사람도 없이, 가진 것도 없이, 트렁크 하나와 책을 넣는 궤짝 하나만을 짊어진 채 사실은 아무것에도 흥미를 갖지 않고 세상을 방황하고 있다. 집도 없이, 오래된 가구도 없이, 개들도 거느리지 않고, 도대체 이것은 무슨 생활일까. 적어도 추억이라도 있다면. 그러나 현재 추억을 갖고 있는 자가 있을까. 어린 시절의 추억이 있어도 그것은 땅속에 묻혀버린 것 같다. 추억을 다시 더듬어 다다르려면 나이를 먹어야만 할 것이다. 나는 늙는 것을 즐거운 일로 생각한다.

오늘은 가을답게 맑게 갠 아침이었다. 나는 튈리에 공원을 산책했다. 동쪽에 있는 모든 것이 태양을 받아서 눈부시게 빛나고 있었다. 태양을 받고 있는 것은 안개가 서려 있어 밝은 회색 커튼을 통해서 보는 것 같았다. 아직 안개가 걷히지 않은 뜰 안에는 회색빛 동상이 회색 안개 속에서 햇볕을 받고 서 있었다. 멀리 계속되는 화단에서는 군데군데 꽃이 눈을 떠, 깜짝 놀란 소리로 '빨강' 하고 외쳤다. 샹젤리제 쪽에서 매우 키가 크고 홀쭉한 남자가 거리 모퉁이를 돌아서 가까이 다가왔다. 그 남자는 T자형 지팡이를 들고 있었는데, 이젠 그것을 겨드랑이 밑에다 대지 않고 가볍게 앞으로 내밀어 의전관의 지팡이처럼 힘찬 소리가 나도록 이따금씩 보도 위를 찔렀다. 무엇인가 기쁜 웃음을 참을 수 없는 듯이 곁눈질도 하지 않고 태양을 향해, 나무들을 향해서 웃음 지었다. 그 걸음걸이는 어린아이의 걸음걸이처럼 조심스러웠으나, 예전의 자유스러운 걸음걸이의 추억에 가득 차 있어 매우 가벼워 보였다.

조그만 달이 지닌 온갖 능력에 새삼 놀랐다. 주위의 모든 것은 우윳빛을 띠고, 가볍고 밝은 빛 속에 있는 듯 없는 듯 희미하면서도 또렷하게 보였다. 바로 가까이 있는 것도 먼 느낌을 띠고 멀리 물러나 어렴풋이 보이며, 분명치가 않다. 그리고 멀리 계속되는 것은 강도, 다리도, 길도, 끝이 없어 보이는 광장도, 모두가 멀리 보이는 경치를 뒤로 흡수하여 명주에다 그린 그림과 같은 느낌을 준다. 그러한 밤에 센강의 퐁네프 다리 위를 건너가는 연한 녹색의 마차, 또는 붙잡을 수 없는 무엇인가 빨간 것, 진주빛의 늘어선 집들을 둘러싼 방화

24

벽에 붙은 포스터까지도 말할 수 없이 아름답다. 모든 것은 단순화하여 마네의 그림 속 인물처럼 몇 개의 정확한 밝은 면으로 요약된다. 부족한 면도 없고 남는 면도 없다. 센강변 헌책방에서 책을 늘어놓고 있다. 가제본 책의 선명한 노란색이며 퇴색한 노란색, 보랏빛을 띤 갈색 장정들, 커다란 질(帙)의 녹색 화첩, 이 모두가 진실하고, 살아 있으며 그것들이 결합되어 하나도 빠진 것이 없는 조화로운 분위기를 조성하고 있었다.

창 밑 거리는 다음과 같이 구성되어 있다. 여인이 조그마한 손수레를 미는데 그 수레 앞에는 손으로 돌려서 연주하는 손잡이 오르간이 세로로 실려 있다. 그 뒤에는 바구니가 가로질러 놓여 있고, 그 바구니 안에는 어린 아기가 모자를 쓰고 기쁜 듯이 두 다리를 버티고 서서, 앉으려 하지 않는 모습이다. 여인은 손잡이 오르간의 핸들을 이따금 돌린다. 그러면 어린 아기는 발을 힘껏 밟으면서 바구니 속에서 일어선다. 녹색 나들이옷을 입은 소녀는 춤을 추며 창을 올려다보면서 탬버린을 흔든다.

보는 것을 익히다 보니, 일을 시작해야겠다는 생각이 든다. 나는 스물여덟 살이 되었는데, 아직 일다운 일을 한 적이 거의 없다. 이제까지 한 일을 헤아려보자. 카르파초*에 관한 논문을 썼으나 유치했다. 〈결혼 생활〉이라는 드라마를 썼으나, 그릇된 관념을 애매한 수

---

* 르네상스 시대 베네치아파 화가이다.

법으로 증명해 보이려고 한 것에 불과하다. 시도 썼다. 그러나 젊어서 시를 쓰면 훌륭한 시는 쓸 수 없다. 시 쓰는 것을 여러 해 기다려 오랜 세월, 자칫하면 늙은이가 될 때까지 깊이와 향기를 모아서 써야 하는데, 결국 최후에는 겨우 훌륭한 시를 10행쯤 쓸 수 있을지 모르겠다. 시란 일반적으로 믿고 있는 것처럼 감정이 아니기 때문이다. 감정이란 아무리 젊어도 가질 수가 있다. 그러나 시는 감정이 아니고 경험이다. 한 행의 시도 많은 도시를, 여러 사람을, 갖가지 물건을 보지 않고서는 쓸 수 없다. 동물의 마음, 비행할 때 새가 느끼는 감정, 조그마한 꽃이 새벽녘에 피는 모습을 깊이 연구하지 않으면 안 된다. 알지 못하는 지방의 들길, 뜻밖의 해후, 다가오는 것을 오랫동안 지켜본 이별, 아직 밝혀지지 않은 어린 시절, 그리고 부모님에 대해서. 어린 우리들을 기쁘게 해주려고 가져다준 장난감에 대해서 우리들이 기뻐하지 않아 기분이 상한 부모님의 일(다른 아이들이라면 틀림없이 기뻐했을 장난감이었으므로), 묘한 기분으로 시작되어 몇 번이나 깊고 큰 변화를 가져오게 한 어린 시절의 병, 그리고 조용하고 적적한 방 안에서 보낸 나날, 해변의 아침, 그리고 바다, 이곳저곳의 여러 바다, 또 하늘 높이 날아올라 별과 더불어 흘러간 여로의 밤을 상기해야만 한다.

이 모두를 상기하는 것만으로는 충분치가 않다. 밤마다 얼굴이 다른 애욕의 밤, 진통하는 여자의 외침, 육체가 다시 폐합(閉合)되는 것을 기다리며 깊은 잠을 계속하는 훌쭉한 백의의 임산부, 여기에 대해서도 추억해야 한다. 또 임종하는 사람의 베갯머리에 앉은 일도 있어야 한다. 창문을 열어놓고, 미어지는 듯한 오열이 들리는 방에서 죽은 사람 옆에 앉은 경험이 없어서는 안 된다. 그러나 추억을 갖는 것만으로 충분하다고 할 수는 없다. 추억이 많아지면, 잊어버릴 수 있어야 된다. 재차 추억이 되살아날 때까지 느긋하게 조용히 기다리는 참을성이 있어야 한다. 추억만으로는 충분하지 않기 때문이다. 추억이 피가 되고, 시선이 되고, 표정이 되고, 이름을 잃고 우리들과 구별이 없어지게 되면, 행운의 진기한 순간에, 시구의 최초의 한마디가 그런 추억 속에서 찬연히 등장해서 떠오르게 된다.

나의 시는 모두 그런 식으로 이루어지지 않았다. 그러니 시라 할수도 없었다. 희곡도 마찬가지다. 나는 드라마를 쓰는 데 큰 잘못을 범했다. 서로가 고뇌를 주는 두 사람의 운명을 이야기하기 위해서, 제삼자를 등장시켜야만 했던 나는 어리석은 모방자에 지나지 않았던 것일까? 어처구니없이 나는 함정에 빠졌다. 나는 모든 생활과 문학에 등장하는 이 제삼자, 현실에서는 결코 존재한 일이 없는 망령과 같은 제삼자, 이는 아무런 뜻도 없는 인간으로, 그를 묵살하지 않으면 안 된다는 것을 알고 있어야 했다. 이 세 번째 인간은 우리들의 주의를 인생의 가장 깊은 비밀에서 빗나가게 하려는 자연의 술책의 하나다. 진행 중인 진짜 '드라마'를 감추는 병풍이다. 소리도 없는 조용함 속에서 연출되는 진짜 싸움에서 주의를 빗나가게 하기 위해서, 그 입구에서 떠들어대는 싸움이다. 문제가 되는 두 사람의 인물만을 다루는 일은 지금까지 너무나 어려운 과제였다는 생각이 든다. 세 번째의 인물은 조작된 것이기 때문에 오히려 다루기 쉽고, 누구의 손으로나 감당할 수 있었다.

이러한 작가들의 희곡을 읽으면, 제1막에서부터 이미 세 번째 인물을 등장시키고 싶어 견디지 못하는 초조한 기색이 역력하며, 그들은 거의 그의 등장을 참고 기다리지 못한다. 그리하여 세 번째 인물이 등장하게 되면, 갑자기 모든 것은 부드럽게 진행되기 시작한다. 그와 반대로 그 인물의 등장이 조금이라도 늦추어지면 말할 수 없이 지루하다. 그 인물이 없으면 아무것도 진행되지 않고, 모든 것은 정지되고 정체되어 대기 중이 된다. 그러나 가령 이와 같은 정체와 기다림으로 그쳤다고 한다면 어떨까? 극작가여, 그리고 인생에 통달한 관객 여러분, 만약 아무 데나 들어맞는 곁쇠처럼, 결혼이라는 자물쇠 구멍이면 어디나 들어맞는 귀염둥이 한량이나 잘난 체하는 풋내기가 없다면 연극은 대체 어떻게 될 것인가? 이를테면 악마에게 유괴를 당해버렸다면? 그러한 경우를 가정해보자. 그러면 모든 사람은 조작된 극장 안의 공허함을 갑자기 깨닫게 되고, 극장은 위험한 구멍처럼 막혀버리게 되고, 칸막이 된 관람석의 쿠션에서 옷좀나방이 날아올라 텅 빈 장내를 힘없이 춤출 뿐일 것이다. 극작가들은 교외의 별장 지대에 더는 살 수 없게 될 것이다. 모든 공공의 첩보 기관이 동원되어 극작가를 위해서 멀리 세계의 구석구석까지 극의 줄거리 그 자체였던, 다른 것이 대신할 수 없는 세 번째 인물을 찾아다닐 것이다.

더욱이 두 사람은 우리들 가까이 살고 있다. 세 번째 인물이 아닌, 문제의 두 사람은 우리들 가까이에서 괴로워하며 행위하며 절망하고 있기 때문에 그들에 대해서는 이야기하지 않으면 안 될 일이 놀랄 만큼 많이 있지만, 오늘날까지 거의 아무것도 이야기된 바 없다.

우스운 일이다. 나는 이 조그만 방 안에 앉아 있으며, 올해 스물 여덟 살이 되는데 아무도 나, 브리게 청년을 알지 못한다. 나는 여기에 주저앉아서 살고 있으나, 존재하지 않는 것과 같다. 그러나 이 존재하지도 않는 인간은 회색의 파리 오후에 값싼 아파트의 5층 방에서 생각하기 시작하였고, 이렇게 생각하고 있다.

사람은, 하고 나는 생각한다. 오늘날까지 진실한 일, 중요한 일을 단 한 가지도 보고, 듣고, 인식하고, 표명한 일이 없었다는 게 있을 수 있는 일일까? 인간은 보고, 생각하고, 쓰기 위해서 몇천 년의 시간을 가졌는데도, 그 몇천 년의 시간을 초등학교 학생이 버터를 바른 빵과 사과를 먹는 점심시간처럼 어수선하게 보내버렸다는 게 있을 수 있는 일일까?

그래, 있을 수 있는 일이다.

인간은 갖가지 발명과 진보, 문화와 종교와 철학을 가졌는데도, 천박한 생활을 계속해왔다고 생각할 수 있을까? 천박한 생활일지라도 없는 것보다는 낫겠지만, 그것마저도 놀라울 정도로 싫증나는 회색 커버에 싸여서 인간은 여름 휴가철을 만난 살롱의 가구처럼 변해버렸다는 사실이 있을 수 있는 일일까?

그래, 있을 수 있는 일이다.

세계사 전체가 잘못 풀이되고 있다고 생각할 수 있을까? 길을 가다가 넘어진 낯선 사내가 죽으려고 하는데, 공연히 떠들어대는 사람들이 그 주위를 에워싸고는 그 죽어가는 사람의 이야기를 하지 않고 울타리를 만드는 군중에 대한 이야기를 하는 것처럼, 역사가 군중에 대해서만 이야기해왔다고 해서 과거가 잘못이라고 말할 수 있을까?

그래, 그럴 수도 있는 일이다.

태어나기 전에 일어난 일을 지금부터 되찾아야 한다고 믿는 자가 있을까? 누구나 지난 세대의 모든 것에서 태어난 한 인간으로서, 태어나기 전의 일을 알고 있을 터이니 과거를 다르게 알고 있는 타인에게서는 아무것도 들을 필요가 없다고 한 사람 한 사람을 설득해야만 한다고 생각할 수 있을까?

그래, 그럴 수도 있는 일이다.

이 모든 사람은 이전에 존재한 일이 없는 역사를 구석구석까지 알고 있다고 말할 수 있을까? 현실의 생활에 흥미를 갖고 있지 않기 때문에, 그들의 생활은 아무도 없는 방에서 시간을 새기고 있는 시계와 같이 그 아무것과도 관계 맺어지는 일 없이 헛되이 지나가버린다고 말할 수 있을까?

그래, 있을 수 있는 일이다.

현실에 살고 있는 소녀들에 대해서 아무것도 모른다고 생각할 수 있을까? '부인들', '아이들', '소녀들'이라고 말하지만 그 말은 이미 오래전에 복수형을 갖고 있지 않으며, 단지 무수한 개개인을 뜻하고 있음을(아무리 교양이 있는 자라도) 알아차리지 못했다고 말할 수 있을까?

그래, 있을 수 있는 일이다.

'신'이라는 말을 입에 담고, 그 말이 누구에게나 같은 것을 뜻한다고 믿는 자가 있을까? 두 명의 초등학생을 보면 된다. 한 어린이가 칼을 샀는데, 옆의 아이도 같은 날 똑같은 칼을 샀다고 하자. 일주일 후에 두 아이가 칼을 서로 맞추어보면, 비슷할 뿐이고 꼭 같지는 않음을 알게 된다. 두 개의 칼은 두 아이의 소유물이 된 후에 각기 다른 변화를 이룬 것이다("너희들은 무엇이든지 곧 못 쓰게 만들어버리긴 하지만 말야"라고 한 학생의 어머니가 말할 것이다). 그렇다. 신을 갖고 있으면서도 그 신을 사용하지 않을 수 있다고 믿는 일이 있을 수 있는 일일까?

그래, 있을 수 있는 일이다.

이 모두는 어느 것이든 있을 수 있는 일로서, 조금이라도 가능하기만 하다면 어떻게 해서든지 꼭 해야만 한다. 그리하여 이 초조감을 느낀 자는 누구라도 좋으니, 그 잊어버리고 있던 일을 조금이라고 성취시키는 데 곧 착수해야 한다. 이름도 없는 무명인으로서, 그 일을 성취하는 데 알맞지 않는 자일지라도, 그것을 할 사람이 달리 있지 않으니까. 젊고 이름도 없는 이국 사람 브리게는 5층 방에서 책상을 마주하고 앉아 낮이나 밤이나 계속 쓰지 않으면 안 되리라. 그렇다. 그는 쓰지 않으면 안 된다. 결국 그렇게 될 것이다.

나는 그 무렵 열두 살인가, 아니면 열세 살이 틀림없다. 아버지는 나를 우르네클로스테르에 데려갔다. 아버지가 왜 장인어른을 방문할 생각을 했는지는 모른다. 두 사람은 어머니가 돌아가신 후 몇 년 동안 만난 일조차 없었다. 아버지 자신도, 장인인 브라헤 백작이 만년에 이르러 은둔한 이 옛 성을 그때까지 한 번도 방문한 일이 없었다. 그 성은 외할아버지의 사후에 다른 사람 손으로 넘어가 나는 그후 한 번도 그 기묘한 성을 보지 못했다. 어린아이의 머리에 남은 인상을 끄집어낸다면, 성은 사실상 건물이라고 말할 수는 없었다. 모든 부분이 분산되어 있었다. 저쪽에 방 하나, 이쪽에 방 하나, 그리고 이 두 방을 연결시켜주지 않고 서로서로 뚝 떨어진 조각으로서 보존되어 있는 마루. 이처럼 모든 것이 조각조각 떠오른다. 저쪽 방, 이쪽 방, 느슨하게 내려오는 넓은 계단. 좁고 작은 나선형 계단, 이 어둠침침한 계단을 내려갈 때는 피가 혈관 속을 흐르는 것 같은 기분이었다. 탑의 방, 높은 공중에 튀어나온 발코니, 작은 문을 열고 한 발 내디디면 뜻밖의 노대(露臺). 이러한 것이 지금도 추억으로 남아 있으며 앞으로도 사라지지 않을 것이다. 그 저택의 모습이 끝없는 상공에서부터 마음속으로 떨어져 마음속 밑바닥에 부딪혀 산산이 부서지는 것 같다.

매일 밤 7시에 저녁식사를 하기 위해 모인 홀만은 지금도 예전 모습 그대로 기억해낼 수 있을 것 같다. 나는 밝을 때에는 그 홀을 본 적이 없다. 창이 있었는지, 그것이 어느 쪽으로 열려 있었는지 기억에 없다. 가족이 홀 안으로 들어갈 때에는 육중하게 생긴 촛대에 언제나 촛불이 타고 있어, 몇 분 후에는 시간을 잊게 하고 홀 밖에서 본 일을 완전히 잊게 했다. 천장이 둥글었다고 생각되는데, 이 높고 둥근 천장이 그 홀 안의 어느 것보다도 강한 인상을 뿜어냈다. 천장이 어둡고, 빛이 구석구석까지 충분히 비친 일이 없는 이 홀은 외계의 인상을 빠짐없이 잊게 하였으며, 이를 대신하는 다른 어떤 인상을 주는 일도 없었다. 나는 의지도 의식도 욕망도 저항력도 잃은 채 멍청하게 앉아 있었다. 자신이 마치 텅 빈 홀의 일부분 같았다. 나는 이 얼빠진 기분에 처음에는 뱃멀미와 같은 언짢은 상태로 한쪽 다리를 뻗어, 마주 보고 앉아 있는 아버지 무릎에다 발을 대었고, 그렇게 견뎌냈다. 아버지와 나의 관계는 거의 냉담했기에, 나의 이러한 행동은 이상스럽다고 말할 수밖에 없었으나, 아버지는 나의 이상스러운 행동을 이해해주었는지, 적어도 나무라지는 않았다. 나는 나중에야 이상하게 느꼈다. 그러나 긴 식사 시간 내내 앉아 있을 수 있었던 것은 아버지의 무릎에 발을 살짝 대고 있었기 때문이었다. 처음 2, 3주 동안은 식사를 할 때마다 필사적으로 노력해야 했으나, 그 후부터는 어린아이의 거의 무한정이라고도 할 수 있는 순응력으로 회식의 불유쾌한 시간에 완전히 익숙해져 식탁에 두 시간씩 앉아 있는 것도 고통스럽지 않았다. 식탁에 앉아 있는 사람들을 관찰하는 일에 흥미를 느끼고 나니 두 시간은 오히려 후딱 지나가버렸다.

외할아버지는 식탁에 앉는 사람들을 가족이라 불렀고, 다른 사람들 역시 그렇게 부르고 있었으나 이 호칭은 전혀 근거가 없었다. 식탁에 모이는 네 사람은 먼 인척 관계이기는 했으나 가족이라고 할 수 있는 사이들은 전혀 아니었다. 내 옆에 앉은 숙부는 이미 노인으로, 선이 딱딱하고 햇볕에 탄 얼굴에는 검은 멍이 있었는데, 화약 폭발로 입은 화상이라고 했다. 불평가로서 불만이 많았던 숙부는 소령 때에 퇴역을 하고, 지금은 성 안의 내가 모르는 방에서 연금술 비슷한 실험을 계속하고 있었다. 하인들의 소문으로 판단해보면, 교도소 어딘가와 연락을 하고 그곳에서 1년에 한두 번씩 시체를 받아다가 해부하고, 거기에다 무엇인가 이상스러운 조치를 취해서 부패를 방지했다. 이 숙부의 맞은편에는 마틸데 브라헤 양이 앉아 있었다. 이 여자는 나이가 애매한 인물로 어머니의 먼 친척이었는데, 아는 거라고는 놀데 남작이라고 자칭하는 오스트리아인 심령술사와 빈번하게 편지를 주고받는다는 것뿐이었다. 그 심령술사에게 완전히 마음이 기울어서, 아무리 사소한 일이라도 사전에 그 남자의 승인, 아니 그보다는 축복이라고 할 만한 것을 받기 전에는 착수하지 않았다. 내가 봤을 당시 그녀는 매우 살이 쪄 있었다. 부드럽고 나른하게 살이 찐 모습은 입고 있는 헐렁헐렁한 밝은색 옷 속으로 아무렇게나 흘려 넣은 것 같은 느낌이었다. 동작은 게으르고 절도가 없으며, 눈에는 언제나 눈물이 괴어 있었다. 그런데도 어딘지 모르게 나의 부드럽고 날씬한 어머니의 모습을 생각나게 하는 점이 있었다. 그녀를 지켜보면 볼수록, 돌아가신 후에는 뚜렷하게 기억이 안 나던 어머니의 고상하고 조용한 모습이 빠짐없이 되살아났다. 마틸데 브라헤의 얼굴을 매일 대하게 된 후로 나는 죽은 어머니가 어떤 용모를 하고 있었는지 비로소 생각해냈다. 어머니의 모습을 비로소 알았다고도 말할 수 있다. 그 무렵에 처음으로 어머니의 모습이 무수히 작은 인상에서 조립되어, 지금은 어딜 가나 내 마음에서 사라지는 일이 없다. 나중에 깨달은 일인데, 브라헤 양의 얼굴에는 돌아가신 어머니의 얼굴 모습의 특징이 모두 실제로 있었고, 단지 브라헤 양의 얼굴에는 또 하나의 얼굴이 파고들어가 이목구비를 서로 떨어뜨리고 비뚤어놓고 흩어지게 만든 것 같았다.

마틸데 브라헤 양 옆에는 어느 친척 여인의 어린 자식이 앉아 있었다. 나와 같은 또래였으나, 나보다 작고 약해 보였다. 주름 잡은 깃 위로 가늘고 창백한 목이 솟아 있었고, 목은 다시 기다란 턱에 가려졌다. 얇은 입술은 굳게 다물어져 있었고 콧날은 언제나 조금씩 떨렸으며, 아름다운 짙은 갈색 눈은 한쪽만 움직였다. 이따금 그 한쪽 눈이 슬프도록 조용하게 나를 보고 있었는데, 움직이지 않는 다른 한쪽 눈은 어느 누구에게 팔려서 자유롭게 쓸 수 없는 듯 언제나 방 안의 똑같은 구석만을 향하고 있었다.

식탁 상좌에는 커다란 팔걸이의자가 있었고, 그것을 외할아버지의 몸 밑에다 밀어 넣는 일만을 맡아 하는 하인이 있었다. 외할아버지는 그 큰 의자에 책보에 싸인 조그마한 물건처럼 앉아 있었다. 이 귀가 먼 오만한 노인을 각하나 시종관이라고 부르는 자도 있었고, 장군이라고 부르는 자도 있었다. 외할아버지는 그 칭호를 실제로 모두 갖고 있었으나, 오래전부터 그 영직(榮職)에서 물러나 있었기 때문에, 이제는 거의 무의미한 칭호였다. 외할아버지는 어떤 순간에는 매우 날카로운 느낌을 주었으나, 곧 다시 해이해진 기분으로 되돌아갔다. 내게는 일정한 명칭과 연결할 수 없는 인품인 양 느껴졌다. 때때로 정답게 대해주며 내 이름을 유머러스한 악센트로 부르고 곁으로까지 불러댄 일도 있었으나, 나는 그를 단 한 번도 할아버지라고 부를 마음이 내키지 않았다. 가족 전체가 브라헤 백작에게 존경과 두려움이 뒤섞인 태도로 대하고 있었으나, 에리크 소년만은 이 고령의 가장과 어떤 친밀한 사이가 되어, 움직이는 한쪽 눈으로 이따금 외할아버지에게 재빨리 뜻 있는 눈짓을 하였고, 외할아버지도 재빨리 거기에 대꾸했다. 때로 이 두 사람은 낮이 긴 오후에 이따금 으슥한 화랑(畵廊) 끝에 나타나 손을 맞잡고 말없이 입을 열지 않고 의사를 교환하면서 시커먼 낡은 초상화 앞을 거니는 것을 볼 수 있었다.

나는 거의 하루 종일을 뜰이나 밖의 너도밤나무 숲 또는 들에서
보냈다. 다행히 우르네클로스테르에는 개들이 있었고, 그 개들은
언제나 나를 따라다녔다. 여기저기 소작인의 집이나 농장에서 우유
와 빵과 과일을 대접받았다. 나는 적어도 마지막 몇 주일 동안은 저
녁식사 모임을 괴로워하지도 않았고, 혼자만의 시간을 꽤 홀가분한
기분으로 즐겼다고 생각한다. 홀로 있는 것이 행복했기 때문에 거
의 아무하고도 이야기를 하지 않았다. 개와는 이따금 짧은 이야기
를 했다. 기분일 뿐이지만 개와는 참으로 잘 통했다. 하긴 과묵함은
우리 집안의 특징이기도 했다. 아버지 덕에 나는 과묵함에 익숙했
다. 그렇기 때문에 저녁식사 때 아무도 거의 이야기를 하지 않는 것
이 이상스럽지 않았다.

우리들이 도착한 처음 며칠 동안 마틸데 브라헤는 말을 많이 했
다. 아버지에게 외국의 도시에 살고 있는 옛날 친지의 소식을 묻고
먼 옛날의 인상을 회상하며 이야기했다. 죽은 친구의 이야기며, 어
느 청년의 이야기 등을 꺼내고는 눈물을 머금을 정도로 감동했다.
그 청년이 그녀를 사모하였으나 그녀는 그 열렬한 짝사랑을 받아
들이지 않았음을 암시하기도 했다. 아버지는 정중하게 귀를 기울이
고, 이따금 찬동하는 듯이 고개를 끄덕이며 극히 절제하며 필요한
대꾸만을 하고 있었다. 백작은 식탁 상좌에 앉아서 입술을 활처럼
다물고 계속 미소를 짓고 있었으나, 그 얼굴이 평소보다도 크게 보
여 가면을 쓴 것처럼 보였다. 그도 이따금씩 이야기를 했지만, 목소
리는 매우 낮았고 딱히 누구를 향한 것도 아니었지만 홀 구석구석

까지 잘 들렸다. 무관심하지만 규칙적인 시계의 진행을 연상시키는 목소리였다. 그 소리 주위의 정적은 어느 음절에도 똑같은 특별하고도 공허한 공명(共鳴)을 갖고 있는 것처럼 느껴졌다.

　브라헤 백작은 아버지에게 아버지의 죽은 아내, 나의 어머니 이야기를 자주 하는 것을 예의라고 생각하는 것 같았다. 그는 어머니를 시빌레 백작 영애라고 부르고, 그의 모든 대화는 어머니에 대한 일을 질문하듯이 끝났다. 나는 웬일인지 그 영애가 흰옷을 입은 매우 젊고 생기 넘치는 소녀로서, 당장에라도 우리가 있는 곳으로 들어올 것만 같았다. 나는 외할아버지가 어머니에 대해서 말하는 것과 같은 어조로 '우리의 사랑스러운 안나 소피'에 대해 이야기하는 것을 들었다. 나는 어느 날 외할아버지가 특별히 마음에 들어하는 듯한, 그 소녀에 대해서 슬쩍 물었다. 콘라드 레벤틀로브 재상*의 딸 이야기로, 프리드리히 4세의 비가 된 그 소녀가 로스킬레**에 묻힌 지 150년 가까이 된다고 했다. 외할아버지에게는 과거와 현재의 구별은 전혀 의미가 없었다. 죽음은 조그마한 사건으로 완전히 무시했다. 한번 기억에 남은 인물은 언제까지나 살아 있었기 때문에 죽은 것은 문제가 되지 않았다. 이 늙은 주인이 돌아가신 후 몇 해가 지난 후에 모든 사람은 그가 미래와 현재를 똑같이 완고하게 혼동한 일을 서로 이야기했다. 그는 언젠가 어느 젊은 부인에게 그 자식

---

*　프리드리히 4세의 총애를 받은 세력가다.

**　셸란섬에 있는 도시로 15세기까지 덴마크의 수도였으며 로스킬레 성당에 왕족들의 유해가 안치되어 있다.

들에 대한 이야기를 했는데 특히 한 아들의 여행에 대해서 세세하게 이야기했다. 첫아이를 임신한 지 3개월째였던 부인은 계속 이야기를 하는 노인 앞에서 놀랍고 두려운 나머지 정신을 잃을 것 같은 상태로 앉아 있었다고 한다.

그러나 그때는 내가 웃은 것이 발단이었다. 나는 큰 소리로 웃었고, 웃음을 그칠 수가 없었다. 어느 날 저녁 식사에 마틸데 브라헤의 모습이 보이지 않았다. 노인에 거의 장님에 가까웠던 하인은 마틸데의 자리까지 갔을 때에 평소과 같이 요리를 떠가도록 접시를 내밀었다. 하인은 잠시 그대로 기다렸다가 만족을 하고 위엄을 갖춘 모습으로 아무것도 달라진 일이 없는 것처럼 다음 자리로 옮겨갔다. 나는 그 광경을 지켜보고 있었는데, 그것을 보고 있던 순간은 조금도 우습지 않았다. 그러나 잠시 후에 요리를 입에 넣는 순간 웃음이 갑자기 치밀어 올라 목이 메이고, 사람들을 소란스럽게 만들었다. 나도 그 상황이 불편했고, 웃음을 그치려고 필사적으로 노력했으나, 웃음은 경련을 하듯 치밀어 올라 도저히 억누를 수가 없었다.

아버지는 나의 무례를 얼버무리려는 듯 평소의 무디고 낮은 목소리로, "마틸데는 어디 아픈가요?" 하고 물었다. 외할아버지는 평소와 같이 미소를 지으면서, "아니야, 크리스티네를 만나고 싶지 않을 뿐이야" 하는 뜻의 대답을 했다. 나는 웃음을 참는 데 안간힘을 쓰고 있었기 때문에 외할아버지의 그 말씀에 주의를 기울일 겨를이 없었다. 그 때문에 나는 옆자리의 햇볕에 그을린 소령이 자리에서 일어나 백작에게 입속말로 중얼중얼 사죄를 하고 인사를 한 후에 홀에서 나간 것이 외할아버지의 말씀과 관계가 있다는 것을 깨닫지 못하였다. 그러나 소령이 백작의 등 뒤 문 앞에서 몸을 돌려 이쪽을 바라보고 에리크 소년에게 따라오라는 듯 손짓을 하고, 고개를 끄덕이고 한 일이 나의 주의를 불러일으켰다. 그리고 소령이 갑자기 내게도 똑같은 신호를 하는 것을 보고, 나는 완전히 놀라버렸다. 놀란 나머지 웃음의 경련이 딱 멎었다. 그러나 나는 소령을 좋아하지 않았으며, 에리크 소년도 소령의 신호를 모르는 척하고 있는 것을 보았기 때문에 나는 소령에게 그 이상 주의를 기울이지 않았다.

식사는 늘 그렇듯이 길어졌고 겨우 디저트 시간이 되었는데, 그때 나는 불빛이 미치지 않는 어두컴컴한 구석에서 일어난 움직임에 시선이 끌려 숨을 죽이고 그것을 응시했다. 가운데 이층으로 통한다고 들었던, 언제나 자물쇠가 잠겨 있다고 믿었던 그 문이 서서히 열렸다. 호기심과 놀라움이 섞인, 지금까지 경험하지 못한 기분으로 그 문을 응시하고 있는데 어두운 문으로 밝은색 옷을 입은 호리호리한 여자가 나타나 이쪽으로 천천히 걸어왔다. 나는 뛰어 일어나려고 했는지 소리를 질렀는지 기억하지 못하지만, 의자가 넘어지는 소리에 그 이상스러운 여자에게서 눈을 뗐다. 의자에서 일어난 아버지가 새파란 얼굴을 하고 꼭 쥔 두 손을 내리고, 그 여자 쪽으로 걸어갔다. 밝은색 옷을 입은 여자는 그것을 전혀 깨닫지 못한 듯 우리 쪽으로 한 걸음 한 걸음 다가와 백작의 자리에서 얼마 떨어지지 않은 곳까지 왔다. 백작은 갑자기 팔걸이의자에서 일어나 아버지의 팔을 붙잡아 식탁으로 끌어당겨 아버지를 붙잡고 있었다. 그 낯선 여인은 방해하는 사람 하나 없는 장소를 천천히, 주위에는 아무런 관심도 두지 않은 채, 어디선가 컵이 희미하게 떨면서 울리고 있을 뿐인 고요 속을 한 걸음 한 걸음 걸어 반대쪽 벽에 있는 문으로 사라졌다. 그 순간에 나는 본 일이 없는 그 여자 뒤에서 공손하게 인사를 하면서 문을 닫은 것이 에리크 소년임을 깨달았다.

식탁에서 떠나지 않은 것은 나뿐이었다. 나는 팔걸이의자에 뿌리 박힌 듯 다시는 혼자서 일어날 수 없을 것같이 느껴졌다. 잠시 동안은 아무것도 보지 않은 채 멍청히 눈만 뜬 채 있었다. 그리고 아버지에 대한 생각이 나고, 외할아버지가 역시 아버지의 팔을 붙잡고 있는 것을 보았다. 아버지의 얼굴은 성이 난 듯 붉었다. 외할아버지는 사나운 짐승의 하얀 손톱처럼 손가락을 아버지의 팔에다 찌르고, 평소의 가면과 같은 미소를 띠고 있었다. 나는 외할아버지가 한 음절씩 잘라 무슨 말을 하는 것을 들었으나 그 뜻은 이해할 수가 없었다. 그러나 외할아버지의 그 말은 귓속 깊이 박혔던 모양인지, 지금부터 2년 전쯤 어느 날 먼 옛날의 그 말이 불시에 마음 한구석에서 솟아올라, 그 후로는 잊은 일이 없다.

"시종관 자네는 흥분을 잘하고, 예의를 차릴 줄 몰라. 다른 사람이 각기 자기 일을 하는 것을 왜 방해하는 거야."

외할아버지는 말씀하셨다.

"저게 누구입니까?"

아버지는 외할아버지의 말씀을 가로막듯 소리쳤다.

"이곳에 있을 권리가 있는 여자야. 크리스티네 브라헤야."

외할아버지는 대답했다. 재차 그 이상스럽고 가냘픈 정적이 주위를 차지했고, 다시 컵이 떨리기 시작했다. 그러자 아버지는 몸을 확돌려 팔을 잡아 빼고서 홀에서 달음질쳐 사라졌다.

나는 아버지가 밤새껏 방 안을 오락가락하는 발소리를 들었다. 나도 잠을 자지 못하고 있었다. 그러나 어느 틈엔지 꾸벅꾸벅 졸았던 모양으로 새벽 무렵 갑자기 잠이 깨어 베갯머리에 무엇인가 흰 것이 앉아 있는 것을 보고 피가 얼어붙을 정도로 놀랐다. 너무나 무서웠지만, 간신히 이불 속에다 얼굴을 숨길 수가 있었고, 이불 속에서 무서움과 걱정으로 울기 시작했다. 울고 있는 눈 위에서 갑자기 이불이 걷히면서 번쩍 하고 시야가 밝아졌다. 나는 아무것도 보지 않으려고 눈물에 젖은 눈을 꼭 감았다. 아주 가까운 데서 나를 달래는 소리가 얼굴에 따스하고 기분 좋게 닿았다. 들은 기억이 있는 목소리였다. 마틸데 양이었다. 나는 금방 마음을 놓았으나, 완전히 울음을 그친 후에도 그대로 위안을 받고 있었다. 마틸데의 정다움은 달콤하게 느껴졌는데, 나는 그 정다움에 따스해지고 위안받을 이유가 어쩐지 있는 것처럼 느꼈다. "이모님" 하고 나는 간신히 말하고, 그녀의 흐리멍덩한 얼굴 생김새에서 돌아가신 어머니의 그림자를 뜯어 맞추려고 했다.

　"이모님, 그 여자는 누구예요?"

　"아아, 불쌍한 여자란다. 아가야, 가엾은 여자란다."

　브라헤 양은 한숨을 쉬면서 대답을 했는데, 그 한숨이 내게는 우습게 생각되었다.

　그날 아침 나는 하인 두셋이 한 방에서 짐을 꾸리고 있는 것을 보았다. 집으로 돌아가게 됐다는 생각에 조금도 이상스럽게 여기지 않았다. 아버지도 역시 다분히 그럴 생각이었을 것이다. 그러나 아버지와 나는 출발하지 않았다. 아버지가 그날 밤 일이 있은 후에도 왜 우르네클로스테르에 남아 있었는지는 오늘날까지도 알지 못한다. 하여튼 우리는 그날 이후 8주인가, 9주 동안 그 집에 머물면서, 여러 가지 기이한 일에 가슴을 조이며 지냈다. 크리스티네 브라헤는 그 후에도 세 번 나타났다.

그 무렵 나는 크리스티네에 대해서 아무런 지식도 없었다. 그녀가 오랜 옛날에 둘째 아이를 낳다가 죽었고, 그때 태어난 사내아이는 장성한 후에 무섭고 참혹한 운명을 짊어졌다고 하는데, 나는 그것도 모르고 있었다. 크리스티네 브라헤가 이미 죽어버린 것조차도 몰랐다. 아버지는 알고 계셨을 것이다. 신경질적이고, 철저하고 명쾌한 기질인 아버지가 이때만은 자제를 하고 아무 말도 하지 않고, 그 사건을 묵과하시려고 했던 것일까. 나는 아버지가 얼마나 깊은 오뇌에 싸여 있는지, 아무런 까닭도 모르고 바라보고 있었다. 또 아버지가 마침내 단념하는 것을 아무런 까닭도 모르고 보고 있었다.

우리가 마지막으로 크리스티네 브라헤를 보았을 때의 일이었다. 그날 밤은 마틸데 양도 함께 식탁에 앉아 있었는데, 평소와는 어딘지 달랐다. 그녀는 우리가 이곳에 도착했을 무렵과 똑같이 이것저것 요령부득으로, 가끔 혼란을 일으키면서 계속 지껄여댔다. 마음이 안정되지 않은 듯, 이야기를 하면서 끊임없이 머리며 옷매무새를 고쳤다. 그리고 갑자기 날카로운 비명을 지르며 일어서서 뛰더니 사라져버렸다.

그 순간 나도 모르게 그 문으로 시선을 옮겼다. 예상했던 대로였다. 크리스티네 브라헤가 들어왔다. 그 순간 옆에 있던 소령이 심하게 몸을 떨었는데, 그것을 본 나는 나도 모르게 몸을 떨었다. 소령은 일어설 힘이 없는 듯, 햇볕에 타 화상 자국이 있는 나이 든 얼굴을 이 사람 저 사람에게 돌렸다. 입은 멍청하게 벌어져 충치를 다 드러내고 그 안에서는 혀가 넘실넘실 움직이고 있었다. 갑자기 그의 얼굴이 보이지 않는다 싶었는데 그의 희끗희끗 센 머리는 이미 식탁 위에 엎드려 있었고 위아래로 양팔이 아무렇게나 내던져져, 주름잡힌 반점투성이 한쪽 손이 가느다랗게 떨고 있었다.

그리고 크리스티네 브라헤는 비길 데 없는 정적 속을 병자처럼 한 걸음 한 걸음 천천히 지나갔다. 정적 속에서 늙은 개는 신음에 가까운 소리를 냈다. 수선화를 가득 담은 백조 모양의 은제 화병 왼쪽에서 외할아버지의 커다란 얼굴이 기분 나쁜 웃음을 띠고 가면처럼 나타났다. 외할아버지는 포도주 잔을 아버지 쪽으로 들어올렸다. 그리고 크리스티네 브라헤가 아버지의 의자 뒤를 지나갈 때, 나는 아버지가 잔을 붙잡더니 어떤 아주 무거운 것을 들어올리는 듯이 잔을 식탁에서 두세 치 들어올리는 것을 보았다.

그날 밤 우리는 출발했다.

국립 도서관에서

나는 도서관에 앉아서 시인의 작품을 읽고 있다. 홀에는 많은 사람이 앉아 있으나, 거의 그것을 느낄 수 없을 만큼 조용하다. 모두가 독서에 열중하고 있다. 이따금 여기저기에서 책장을 넘기는 사람이 꿈속에서 몸을 뒤치듯 몸을 움직일 뿐이다. 독서를 하는 사람들 속에 있는 것은 참으로 기분이 좋은 일이다. 왜 모든 사람은 언제나 이처럼 조용하게 있지 못할까. 누군가에게 가까이 가서 그를 슬쩍 건드려도, 그는 조금도 그것을 깨닫지 못한다. 일어날 때에 옆 사람에게 가볍게 부딪혀 그것을 사과하면, 그는 오직 이쪽 목소리가 들린 쪽을 향해 고개를 끄덕이고 돌아보지만 눈은 아무것도 보지 않으며, 그 머리카락은 잠을 자고 있는 사람의 머리카락과 같다. 이것은 참으로 기분 좋은 일이다. 나는 그와 같은 사람들 사이에 앉아서, 시인의 작품을 읽고 있다. 그 무슨 운명인가. 이 홀에서 300명 정도의 사람들이 함께 책을 읽고 있으나, 모든 사람이 시인의 작품을 읽고 있다고는 도저히 생각할 수 없다(무엇을 읽고 있는가는 신만이 안다). 정말 시인이란 300명도 안 되기 때문이다. 그런데 어떤가, 이 사람들 중에서 아마도 가장 가난하고 이방인인 내가 시인의 작품을 읽고 있는 것이다.

나는 가난한데, 입고 있는 옷은 나날이 여기저기 해어지기 시작하고, 구두도 완전하다고는 할 수 없지만, 그러나 내 칼라는 깨끗하고, 내의도 더럽혀지지 않았고, 나는 이대로 어떤 다과점(茶菓店), 번화가의 일류 다과점에도 들어가 이 손을 거리낌없이 과자 접시에 내밀어 과자를 집어낼 수가 있으리라. 아무도 그것을 수상하게 여기지 않을 것이며, 소리를 질러 쫓아내려고 하지도 않을 것이다. 내 손은 적어도 명문 자손의 손으로서 매일 네 번 내지 다섯 번은 씻고 있는 손이다. 손톱 사이에 때가 끼어 있지도 않으며, 오른쪽 집게손가락에 잉크도 묻지 않았다. 특히 관절이 깨끗하다. 가난한 사람들은 그런 구석구석까지 주의를 해서 씻지 않는다는 것은 누구나 알고 있는 바와 같다. 그러므로 이 손을 보고 나를 지나치게 평가할 사람이 있을지도 모른다. 실제로 그러한 사람들이 있다. 장사꾼이 그

한 예다. 그러나 예를 들면 생미셸 거리나 라신가(街)에는 내 손에 속지 않고, 깨끗한 관절을 비웃는 인종이 있다. 그들은 한눈에 모든 것을 알아차려버린다. 사실은 내가 그들과 같은 무리로서, 약간 연극을 하고 있다는 것을. 마침 카니발이니까. 그래서 그들은 나의 연극을 깨뜨리지 않으려고 한다. 약간 삐죽거리면서 내게 눈짓을 할 뿐이다. 그것을 본 사람은 하나도 없다. 더욱이 그들은 나를 신사처럼 취급해준다. 특히 누군가가 가까이 오면 내게 굽실거려주기까지 한다. 나는 밍크 외투를 입고 뒤에서 내 자가용 마차가 따라오는 것처럼 점잔을 부린다.

나는 이따금 잔돈을 던져주는데, 그들이 뿌리치지나 않을까 하고 내심 조마조마한다. 그러나 그들은 그것을 잠자코 받아준다. 그런 때에 삐죽거리거나 눈짓을 하거나 하지만 않으면 더는 말할 나위가 없으리라. 도대체 그들은 누구일까. 내게 무슨 용무가 있는 것일까. 나를 기다리고 있는 것일까. 나를 어떤 점에서 알아보는 것일까. 내가 수염 손질을 다소 등한히 하고 있는 것은 확실하다. 그 버림받은 이들의 노쇠하고 퇴색된 수염은 볼 때마다 나에게 강한 인상을 주었는데, 나의 수염도 약간이기는 하지만, 그와 같은 수염을 떠올리게끔 한다. 그러나 수염 손질을 게을리했다고 해서 안 될 것은 없지 않은가. 일에 쫓겨 수염 손질을 게을리하는 사람들이 있는데, 그 때문에 그들을 버림받은 자로 여기지는 않는다. 그 사람들이 단순한 거지라기보다는 버림받은 자라는 것은 나도 잘 알고 있다. 아니 그들은 본래 거지는 아니다. 이 두 부류는 분명하게 구별하지 않으면 안 된다. 그것은 인생이 뱉어낸 찌꺼기 인생의 쓰레기다. 인생이 뱉어낸 침에 후줄근히 젖어, 그들은 벽에, 가로등에, 광고탑에 달라붙고 또는 뒷골목을 하수처럼 느릿느릿 배회하면서 시커멓고 더러운 흔적을 남기고 간다.

예를 들면 그 노파는 내게 무슨 용무가 있었을까. 약간의 단추와 바늘을 담은 침실용 테이블 서랍을 하나 끼고, 어느 움막에서 기어 나온 듯한 그 노파는 왜 내게 붙어 다니면서 내 얼굴을 빤히 쳐다보았을까. 짓무른 눈으로 내 정체를 간파하려는 것 같았다. 병자의 체내에서 흘러나온 푸른 고름을 뽑아낸 것 같은 눈이었다. 그리고 언젠가 회색 머리를 한 조그마한 여인은 왜 그 쇼윈도 앞에서 내 옆에 15분 동안이나 붙어 서서 기다란 낡은 연필을 내 앞에 내밀고 있었을까? 그 연필은 여인의 꼭 쥔 더러운 손가락 사이에서 아주 천천히 밀려 나왔다. 나는 쇼윈도의 진열품을 구경하느라고 아무것도 깨닫지 못하는 시늉을 하고 있었다. 그러나 그 여인은 내가 그녀를 의식하고 있음을 알았으며, 내가 도대체 무엇을 하고 있는가를, 서서 생각하고 있었다는 것도 알았다. 연필이 문제가 아니라는 것은 나도 알고 있었다. 그것이 어떤 신호라는 것, 동료 사이의 신호라는 것, 버림받은 자만이 아는 신호라는 것을 나는 느낄 수 있었다. 나는 그 여인이 내게 어디 어디를 가라, 무엇무엇을 하라는 등 신호를 하고 있다는 것을 막연히 알았다. 그리고 무엇보다도 이상한 일은 나는 줄곧 이 신호가 뜻하는 어떤 비밀의 약속에 대하여 기억이 있고, 이 장면은 내가 마음속으로 기대하지 않으면 안 되었던 장면인 것 같은 기분을 계속 억누를 수 없었던 점이다.

이것은 두 주일 전의 일이었다. 그러나 최근에는 그러한 인간을 만나지 않는 날이 하루도 없다. 해질 무렵뿐 아니고, 백주의 복잡한 거리에서도 조그마한 남자나 노파가 불시에 나타나서 내게 아는 체를 해 보이고, 무엇인가를 암시하고, 그것으로 임무가 끝난 듯이 자취를 감추어버렸다. 언젠가는 내 방에까지 닥쳐오겠다는 생각을 하게 되리라. 내가 어디에 사는지도 이미 아는 게 틀림없다. 문지기에게 제지당하지 않고 들어오는 일도 문제가 없으리라. 그러나 당신들, 내가 이 도서관에 있는 한 나는 당신들에게 붙잡힐 염려는 없다. 이곳에 들어오려면 특별한 입장권이 필요하다. 당신들이 가지고 있지 않은 그 입장권을 나는 갖고 있다. 알다시피 나는 거리를 다소 겁을 먹고 걷는다. 하지만 마침내 어떤 유리문 앞에 와서는 집에 돌아온 것처럼 그 문을 열고 들어가 다음 문 앞에서 입장권을 제시한다(당신들이 연필이나 바늘을 보여주는 것과 똑같지만 내 기분이 바로 상대방에게도 전해져서 상대방이 내 의사를 바로 이해해주는 점만이 다르다). 그리고 나는 이 책에 둘러싸여서, 저 세상 사람인 듯 당신들의 손이 미치지 못하게 되어, 안심하고 앉아서 시인의 작품을 읽는다.

당신들은 시인이 무엇인지 모를 것이다. 예를 들면 베를렌이라고 해도, 아무것도 느끼지 못하지요? 아무것도 연상하지 못하지요? 바로 그 점입니다. 당신들은 당신들이 알고 있는 사람 중에서 베를렌을 식별할 수는 없겠지요? 당신들은 구별을 하지 않는 인종이라는 것을 나는 알고 있다. 그러나 내가 읽고 있는 것은 다른 시인으로서, 파리에 살고 있지 않은 시인*이다. 산속의 조용한 집에 살면서 고원

---

*   피레네산맥에서 일생을 보낸 프랑시스 잠을 뜻한다.

의 깨끗한 공기 속에 울려 퍼지는 종소리와 같은 시를 짓는 시인이
다. 그는 조용한 자기 집 창문을 노래하고, 가련하고 고요한, 멀리
보이는 경관을 조용하게 비치고 있는 책장 유리문을 노래하는 행복
한 시인이다. 내가 되고 싶었던 바로 그러한 시인이다. 그는 소녀들
에 대해서도 풍부한 지식을 갖고 있기 때문이다. 그리고 나도 소녀
들에 대해서 풍부한 지식을 가질 수 있었을지도 모르기 때문이다.
그는 100년 전에 살았던 소녀들에 대해서 알고 있다. 그 소녀들이
이미 이 세상을 떠난 것은 그에게는 문제가 되지 않는다. 그는 그 소
녀들에 대해서 무엇이든 알고 있었다. 그것이 중요하다. 그는 여기
저기에 옛날 식의 꼬리가 달린 가느다랗고 날씬한 글자로 적혀 있
는, 소녀들의 얌전한 이름을 중얼거린다. 이미 희미하게 운명의 울
림, 환멸과 죽음의 울림이 약간 섞이기 시작한 그녀들의 연상의 친
구들의 어른다운 이름을 중얼거려본다.

아마도 그의 마호가니 책상 서랍 하나에는 소녀들의 퇴색한 편
지와 한 장 한 장 떨어진 일기장 낱장이 들어 있을 것이다. 그 일기
장에는 생일날의 일, 여름철의 피크닉에 대한 일이 적혀 있을 것이
다. 또 그의 침실의 구석에 있는, 가운데가 부푼 장롱 속에는 소녀들
의 여름옷이 들어 있는 서랍이 있을지도 모른다. 부활절에 입은 새
하얀 의상, 사실은 여름 의상으로 만든 것을 여름까지 기다리지 못
하고 미리 입었던 얼룩무늬 망사 의상이 들어 있는 서랍. 이와 같은
조용하고 안정된 물건들로 둘러싸여, 어느 유서 깊은 집의 아주 조
용한 방에 앉아서 창밖의 밝은 신록의 뜰에서 목소리를 시험하는
곤줄박이의 첫 울음소리를 듣고, 시간을 알려주는 멀리 마을 탑의

시계 소리를 듣는 것은 참으로 행복한 경우리라. 조용한 방에 앉아서 오후 태양의 따뜻한 한줄기 무늬를 지켜보고, 이 세상에 없는 소녀들에 대해서 갖가지 일을 알고 있고, 시인이라고 하는 것. 나도 이 세상 어딘가에 누구에게도 걱정을 끼치지 않는 집, 문을 잠근 산장 하나에 살 수 있다면, 이와 같은 한 사람의 시인이 되었을지도 모른다. 나는 방 하나로만 지냈을 것이다. 지붕 밑의 밝은 방에서. 그 방에서 오래된 물건들, 선조의 초상화, 서적에 둘러싸여 생활했을 것이다. 그리고 하나의 팔걸이의자를, 그리고 꽃과 개를 갖고, 돌이 많은 길을 산책하기 위해서 튼튼한 지팡이를 하나 가졌을 것이다. 그 외에는 아무것도 바라지 않을 것이다. 단지 표지가 누렇게 된 상아색 가죽 표지를 가진, 그리고 표지에는 오래된 꽃무늬가 그려진 수첩이 있어, 거기에다 썼을 것이다. 나는 여러 가지 생각을 갖고 많은 사람에 대한 추억을 갖고 있었으니, 쓸 것도 여러 가지 있었을 것이다.

그러나 그와는 전혀 다른 실정이었다. 그 이유는 신이 알고 있으리라. 나의 낡은 가구는 어느 창고에 보관되어 있고, 그곳에서 썩어가고 있으며 나 자신은 아아, 잠잘 집도 없고, 비는 사정없이 내 눈에 내리고 있다.

나는 때때로 센강변 근처의 노점 앞을 산책한다. 골동품상이며 조그마한 헌책방이며 동판화를 파는 가게 같은 곳에는 쇼윈도에 상품이 가득 진열되어 있다. 가게에 발을 들여놓는 손님도 없고, 장사는 전혀 안 되는 모양이다. 안을 들여다보니 주인이 묵묵히 앉아서 한가하게 책을 읽고 있다. 내일 일을 걱정하는 일도 없고, 벌이가 되지 않는 것에 구애도 받지 않고, 그 앞에는 개가 기분이 좋아서 앉아 있거나, 고양이가 헌책 등에 적혀 있는 책이름을 지우려는 듯이 책꽂이 앞을 돌아다니면서 더욱 조용하게 만들고 있다.

아, 나도 저런 생활로 만족할 수 있다면, 나는 상품을 가득 늘어놓은 쇼윈도를 양도받아 그 뒤에서 개와 나란히 20년쯤 앉아 있어 보고 싶다고 종종 생각했다.

"아직 절망은 아니다"라고 큰 소리로 말해보는 것은 좋은 일이다. 다시 한번 "아직 절망은 아니다"라고. 그러나 그것이 도움이 되겠는가?

난로에서 또다시 연기가 나기 시작하여 밖으로 나가지 않으면 안 되었던 일은 사실 절망할 정도의 일은 아니다. 피로해서 감기 기운이 있는 것도 대단한 일은 아니다. 하루 종일 뒷골목을 돌아다닌 것은 내 잘못이다. 루브르 박물관에 앉아 있을 수도 있었으니까. 아니 그렇지는 않다. 그곳에는 갈 수가 없다. 그곳에는 어느 특정한 사람들이 몸을 녹이려고 앉아 있기 때문이다. 그들은 벨벳을 둘러씌운 벤치에 앉아서 두 발을 난로 격자 위에다, 커다란 빈 구두만이 올려져 있는 것처럼 올려놓고 있다. 참으로 겸손한 사람들로서, 새까만 제복에다 많은 훈장을 달고 있는 경비원에게 내쫓기지 않는 것을 더 없는 기쁨으로 여기고 있다. 그러나 내가 들어가면 눈살을 찌푸리며, 살짝 고개를 끄덕인다. 그러고서 그림 앞을 왔다 갔다 하는 내게서 눈을 떼지 않는다. 끊임없이 나를 좇으면서 짓무른 탁한 눈을 떼려고 하지 않는다. 그러니까 루브르에 가지 않은 것이 다행이다.

나는 하루 종일 걸어서 돌아다녔다. 얼마나 많은 시가지를, 거리를, 묘지를, 다리를, 길을 지났는지 모른다. 어디선가 채소를 실은 수레를 밀고 행상을 하는 남자를 보았다. 그 남자는 "슈 플뢰르(Chou-fleur)*, 슈 플뢰르" 하고 소리를 지르고 있었는데, 플뢰르(fleur)라고 말할 때 외(eu)의 모음이 묘하게 쓸쓸하게 울렸다. 그 남자 옆에 몸이 건장한, 보기 흉한 여인이 붙어 있으면서 그 남자를 이따금 쿡쿡 찔렀다. 남자는 찔릴 때마다 "슈 플뢰르, 슈 플뢰르"라고 소리 질렀다. 때로는 찔리기 전에 먼저 소리 지를 때가 있었으나, 언제나 그것은 헛일로 바로 다시 소리 지르지 않으면 안 되었다. 마침 언제나 사주는 집 앞에 왔기 때문이었다. 그 남자는 장님이었다는 이야기를 썼던가. 아직? 그는 장님이었다. 장님으로서 소리 지르고 있었다. 그러나 그렇게 말한 것만으로는 사실과 다르다. 그 남자가 밀고 있던 수레를 무시하고, 꽃양배추라고 소리 지르고 있던 일을 모른 체한 것이 된다. 그러나 그것은 중요한 일일까? 설사 그것이 중요한 일일지라도 더욱 중요한 것은, 내가 본 광경이 내게 무엇을 뜻하는가 하는 일이 아닐까? 나는 '장님으로서, 소리 지르고 있는' 노인을 본 것이다. 그것만을 본 것이다.

그러한 집이 있다고 이야기해도 믿을 사람이 있을까. 누구나 내가 지어낸 이야기라고 생각하리라. 그러나 이번에는 아무것도 생략

---

* '꽃양배추'를 뜻한다.

하지 않고, 물론 조금도 보태지 않고, 있는 그대로다. 보텔 재료를
어디서 가져올 수 있겠는가. 내가 가난한 것은 누구나 알고 있다. 그
것을 모르는 사람은 없다. 그것을 집이라고 할 수 있었을까. 엄밀하
게 말하면, 이미 형태가 없어진 집이었다. 위에서 아래까지 파괴되
어버린 집이었다. 남아 있던 것은 인접되어 있는 다른 집, 이웃의 높
은 건물이었다. 그 건물도 이웃집이 완전히 파괴되어버렸기 때문에
당장에 넘어질 것 같았다. 타르를 칠한 한 쌍의 긴 기둥이, 무너진
집의 지면에서 벌거벗겨진 이웃집 벽에 비스듬히 걸려 있었다. 내
가 앞에서 이미 이 벽에 대해 말한 적이 있는지 기억나지 않는다. 그
러나 그것은 과거부터 있었던 건물의 최초의 벽이 아니고(그렇게 생
각하는 것이 당연할지 모르지만) 파괴된 건물 마지막 벽이다. 나는 그
벽의 안쪽을 본 것이다. 파괴된 건물의 각 층의 방 안 벽을 보았다.
거기에 벽지가 붙어 있었다. 이곳저곳에 방바닥이며 천장의 흔적이
남아 있었다. 방 안의 벽들을 따라 더러워진 허연 공간이 벽 전체의
위에서 밑으로 내려와 있었다. 그 허연 공간 속을 화장실의 녹슨 철
관이 형언할 수 없이 불결한 느낌으로, 말하자면 연동하는 창자처
럼 흐느적거리면서 꾸불텅꾸불텅 내려와 있었다. 등화용 가스관이
지나가는 천장 가장자리를 따라 회색 먼지가 흔적을 남기고, 그 흔
적은 여기저기에서 뜻하지 않은 커브를 그리고, 변색된 벽에 시커
멓게 무참히 뚫려 있는 구멍 속으로 들어가 있었다. 그러나 무엇보
다 깊은 인상을 준 것은 각 방의 벽이었다. 각 방에서 보낸 생활이
벽에 스며들어 짓밟히고 채인 채 계속 살아 있었다. 그 생활은 여기
저기에 아직도 살아 남아 못에도 매달려 있었으며, 두세 치의 폭으

로 남아 있는 방바닥의 잔해에도 엉켜 붙어 있었고, 아직 다소 방다운 모습이 남아 있는 네 구석의 나머지 밑으로 기어 들어가 있기도 했다.

또 해마다 조금씩 변색된 빛깔 속에도 남아 있는 생활이 보였다. 푸른색은 곰팡이가 낀 녹색으로, 녹색은 회색으로, 노란색은 낡고 퇴색하고 썩어가는 흰색으로 변색되고 있었다. 그러나 생활은 거울이며, 액자며, 선반 그늘이었기 때문에 비교적 아직 새것인 채로 있는 벽에도 숨어 있었다. 왜냐하면 생활은 벽에다 그러한 가구의 윤곽을 남기고, 그 윤곽을 투사하고, 감추어져 있다가 백일하에 드러난 그 벽에도, 거미집이며 먼지와 함께 깃들어 있었기 때문이다. 생활은 벽토가 떨어진 부분에도 잠기고, 벽지 하단이 늘어진 습기 찬 부분에도 잠기고, 매달려 있는 누더기 속에도 잠겨 흔들리고 여러 해 전에 생긴 더러운 얼룩에서도 배어 나오고 있었다. 파괴된 칸막이 벽의 잔해로 나뉘어진 이 각 방의 벽, 본래는 푸른색이며 녹색이며 노란색의 벽지를 발랐던 벽은 생활의 끈적끈적하고 깊이 가라앉은 습기 찬 공기, 아직 단 한 번도 바람으로 불어낸 일이 없는 탁한 공기를 발산하고 있었다. 그 공기 속에는 정오와 병(病)들과 내뱉은 숨과, 여러 해 동안 쌓인 그을음이 스며 있었다. 겨드랑이 밑에서 배어 나와 옷을 흠뻑 적시고 무겁게 만드는 땀, 시큼하게 쉰 입내, 물크러진 발의 악취가 스며들어 있었다. 찌르는 듯한 오줌 냄새, 그을음 냄새, 감자의 잔잔한 냄새, 오래된 돼지비계의 깊이 가라앉은 미끈미끈한 냄새가 스며 있었다. 보살핌을 받지 못한 어린 아기의 달콤하고 집요한 냄새, 학교에 가는 어린이의 공포가 섞인 냄새, 성년기의 남자아이들 침대의 끈적거리는 냄새가 스며 있었다. 그리고 골짜기 밑바닥처럼 깊고 몽롱한 뒷골목에서 올라오는 갖가지 냄새가 섞여, 도시에 내리는 더럽혀진 빗속에 녹아서 하늘에서도 냄새가 방울져 떨어졌다. 1년 내내 언제나 같은 길거리에 갇혀 있어, 약하게 가라앉아버린 바람이 갖가지 냄새를 실어왔다. 그 밖에 무슨 냄새인지도 모를 냄새가 섞여 있었다. 마지막 벽에 대한 것은 남겨놓고 다른 벽은 모두 부서졌다고 나는 썼던가? 내가 이야기하고 있는 것은 남아 있는 마지막 벽에 대한 것이다. 사람들은 내가 그 벽 앞에 오래 서 있었던 것으로 생각하리라. 맹세컨대 나는 그 벽을 알아본 순간 발꿈치를 돌려 달음질치고 있었다. 그 벽을 알아보았다는 것이 무서웠다. 나는 이 도시에서 보는 무서운 것을 모두 전에 본 적이 있다. 그렇기 때문에 그것은 쉽게 내 마음속에 들어온다. 내 마음에 깃들어 있으니까.

이러한 일이 있은 후 나는 다소 피로해서, 녹초가 되어 있었다고도 말할 수 있었다. 그런데 그 남자까지 나를 기다리고 있었다니 견딜 수 없는 일이었다. 그 남자는 달걀프라이를 두 개 먹으려고 들어간 조그마한 밀크 홀에서 나를 기다리고 있었다. 하루 종일 먹을 기회가 없었기 때문에 나는 공복이었다. 그러나 그 밀크 홀에서도 아무것도 먹을 수 없었다. 달걀프라이가 되기 전에 다시 거리로 뛰쳐나왔기 때문이다. 거리는 몸을 움직일 수 없을 정도로 혼잡했다. 마침 카니발의 밤이었다. 모두 근무가 끝나 정처도 없이 돌아다니고, 서로 밀치면서 웅성거리고 있었다. 모든 사람의 얼굴은 가설 무대에서 비치고 있는 빛을 받고, 상처에서 고름이 흘러나오듯 입에서 웃음소리가 흘러나왔다. 내가 앞으로 나아가려고 애를 써도, 사람들은 한층 깔깔대고 웃으면서 서로 밀치고 닥치고 할 뿐이었다. 한 여인의 숄이 어쩌다 내 옷 어딘가에 걸리는 바람에 나는 그 여인을 끄집어당겼고, 사람들은 나를 잡아 세우고 깔깔대고 웃었다. 나도 웃어야만 할 것 같았지만 웃을 수가 없었다. 누군가가 내게 콩페티*를 한 주먹 던졌고 그것이 내 눈에 맞아 매를 맞은 것처럼 아팠다. 거리 모퉁이는 군중이 밀치고 닥치고 하고 있어, 못 박힌 듯하여 한 치도 앞으로 나가지 못한 채 모두가 선 채로 성교를 하는 것처럼 느슨하게 오르락내리락할 뿐이었다. 나는 차도의 가장자리에서 틈새를 발견하고 미친 사람처럼 그곳을 달음질쳐 빠져나갔다. 달음질친 것은 나고 사람들은 선 채로 있었으나, 실제로는 사람들이 달리고 내가 서 있는 것만 같았다. 달려도 똑같은 일이었다. 눈을 들어 쳐다보니 한쪽에는 조금 전과 같은 집이 늘어서 있고, 다른 한쪽에는 가설 극장들이 늘어서 있었다. 다분히 아무것도 움직이지 않았다. 단지 나와 사람들의 머릿속이 빙글빙글 돌고 있어서, 그 때문에 모든 것이 빙글빙글 도는 것처럼 느껴졌을 것이다. 나는 거기에 대해서 생각하고 있을 여유가 없었다. 흠뻑 땀이 젖어 핏속으로 무엇인가 아주 큰 덩어리가 들어가서 그것이 혈관을 억지로 넓히며 이동하고 있는 것처럼, 마비되는 듯한 통증이 전신을 돌고 있었다. 그리고 공기가 없어진 지 이미 오래되어서 나는 폐가 내쉬는 공기만 빨아들이고

---

* 카니발에서 던지는 작은 공이다. 카니발에서는 작은 공이며 종이쪽지를 서로 던지는 관습이 있다.

있다는 느낌이 들었다.

　그러나 이제는 끝났다. 나는 그것을 뚫고 나올 수가 있었다. 그리하여 이렇게 내 방, 램프 앞에 앉아 있다. 난로를 감히 땔 수가 없어 약간 춥다. 왜냐하면 난로가 잘 타지 않고 연기를 내뿜어 또다시 밖으로 나가야 한다면? 나는 앉아서 생각한다. 가난하지 않으면 나는 좀 더 훌륭한 방을 빌릴 거라고. 이처럼 낡아빠지지 않은 가구, 전에 세든 이의 생활이 스며들지 않은 가구가 놓인 방을 빌릴 거라고. 처음에는 이 안락의자에 머리를 댈 마음이 전혀 내키지 않았다. 이 녹색 커버에는, 누구의 머리라도 꼭 맞게 들어갈 수 있을 것 같은 기름밴 회색 웅덩이가 파여 있다. 나는 처음에는 웅덩이에 손수건을 놓고 거기에다 머리를 기대어 세우듯 주의를 하였으나 요즘은 그것도 귀찮아졌다. 그런 조심을 하지 않아도 괜찮았다. 조그마한 웅덩이는 맞춘 것처럼 내 후두부에 꼭 맞았다. 그러나 나는 가난하지 않다면 무엇보다도 먼저 고급 난로를 살 것이다. 그리하여 연기 때문에 숨이 막혀 머리가 이상스러워지는 찌꺼기 석탄이 아니고, 산에서 운반되는 깨끗하고 탐스러운 장작을 땔 것이다. 또 시끄러운 소리를 내지 않고 치워주고, 내 희망대로 난롯불을 보살펴줄 사람이 필요할지도 모른다. 지금은 15분 동안이나 난로 앞에 웅크리고 앉아 난로 가까이 이마를 대어 불을 쬐고, 뜨고 있는 눈을 따갑게 하면서 몸을 흔들어야만 한다. 그것으로 이미 그날의 에너지를 완전히 소모해버리고 그 뒤에 사람들 사이로 나가게 되면 물론 바로 지쳐버렸다. 가난하지 않으면 나는 혼잡을 이루고 있을 때에 종종 마차를 빌려 붐비는 사람들을 바라보면서 달려가고, 매일 뒤발 레스토랑에서 식사를 하고, 밀크 홀에는 가지 않으리라……. 그 사람도 뒤발에서 식사를 한 일이 있을까? 분명 그런 일이 없을 것이다.

뒤발에서 나를 기다리고 있을 수는 없었으리라. 뒤발에서는 죽어가는 사람 따위는 들이지 않으니까. 죽어가는 사람? 나는 이렇게 내 방에 앉아 있기 때문에 하루 일을 침착하게 생각해볼 수가 있다. 무슨 일이든지 애매하지 않게 해두는 것은 좋은 일이다. 나는 밀크 홀에 들어가자마자 내가 종종 앉는 테이블에 먼저 온 손님이 있다는 것을 확인했을 뿐이었다. 나는 조그마한 카운터 쪽으로 인사를 하고 주문을 한 후 옆 테이블에 앉았다. 그가 몸을 움직인 것은 아니지만 앉자마자 나는 그를 느꼈다. 오히려 그 움직이지 않음을 느끼고 갑자기 그 움직이지 않는 뜻을 깨달았다. 우리들 사이에 연결이 생겨, 나는 그가 놀란 나머지 전신이 마비되어 있음을 알았다. 그는 체내에서 일어난 어떤 변화에 깜짝 놀라 전신이 마비되어버린 것이다. 아마도 혈관의 어느 하나가 파열되었던가, 전부터 두려워하고 있던 독소가 그 순간에 심실(心室)로 들어갔거나, 또는 뇌 속에 커다란 종기가 생겨 세상을 완전히 변혁시키는 태양처럼 빨갛게 타고 있는 것이리라.

나는 공포를 필사적으로 억누르면서 그를 보려고 했다. 나는 모든 것이 나의 상상에 지나지 않는다고 믿고 싶었다. 그러나 그때 이미 나는 의자에서 일어나 밖으로 달려나가고 있었다. 역시 나의 짐작은 틀리지 않았다. 그는 시커먼 두툼한 외투를 입고 앉아서, 절박한 흙빛 얼굴을 털목도리 속에 파묻고 있었다. 입술은 힘껏 닫아놓은 듯이 굳게 다물어져 있었다. 눈은 아직 살아 있는지 아닌지 분명치가 않았다. 회색의 안경알은 흐려 있어 눈알을 가리고 희미하게 떨고 있었다. 콧구멍은 크게 벌어져 있으며, 뼈와 가죽만으로 움푹 파인 관자놀이에 찰싹 달라붙어 있는 머리카락은 너무나 뜨거운 방에라도 있는 것처럼 시들어 있었다. 누런 기다란 귀는 뒤로 긴 그림자를 던지고 있었다. 그는 인간의 세계뿐만 아니라 이 세상의 모든 것과 헤어지지 않으면 안 된다는 것을 알고 있었다. 오래지 않아 모든 것이 의미를 상실하리라. 앉아 있는 테이블도, 찻잔도, 움켜쥐고 있는 의자도, 눈에 익은 일상생활의 모든 것이 이해할 수 없게 되고, 낯선 불투명한 것이 되리라. 그는 앉아서 그 일이 끝이 나는 것을 기다리고 있었다. 그리고 더는 저항하려고 하지 않았다.

그러나 나는 아직 저항하고 있다. 이제는 지칠 대로 지쳐서, 박해자들이 괴롭히는 일을 중단한다 해도 더는 살아갈 힘이 없다. 그것을 알면서도 나는 발버둥치는 것을 그만두지 않는다. 나는 아직 절망은 아니라고 자신에게 타이르지만 그 사람의 심정을 이해할 수 있었던 것은 나의 내부에서도 나를 이 세상의 모든 것과 헤어지게 하고 떼어놓기 시작하는, 어떤 일이 일어났기 때문이다. 나는 죽어가는 사람이 더는 아무도 알아보지 못하게 되었다는 이야기를 들을 때마다 언제나 섬뜩했다. 나는 그 말을 들으면, 그 죽어가는 사람이 외로운 얼굴을 베개에서 일으켜 무엇인가 알고 있던 것, 이미 본 일이 있는 어떤 것을 찾았으나 끝내 찾아내지 못한 심정을 상상했다. 나는 공포가 이처럼 크지만 않다면 모든 것이 이제까지와는 다르게 보이기 시작한다 하더라도 살아갈 수가 있을 거라고 생각하고 마음을 위로할 것이다. 그러나 그러한 변화가 나는 두렵다. 뭐라고 말할 수 없이 무섭다. 나는 아름답게 느끼기 시작한 현재의 인생을 아직 조금도 모르고 있다. 그러한 내가 현재의 인생과는 다른 세계에서 어떻게 하겠는가? 나는 즐겁게 느끼기 시작한 이 인생의 모습에서 떠나고 싶지 않다. 무슨 일이 있어도 무엇인가가 변해야만 한다면, 최소한 개가 되어서라도 지금 이대로의 인생에 머물고 싶다. 개라면 현재의 인생과 비슷한 세계에서 살 수 있고, 현재의 인생의 사물이 그대로 남게 될 것이다.

나는 잠시 동안은 좀 더 이대로 계속 모든 것을 기록할 수가 있고 이야기할 수가 있다. 그러나 곧 내 손은 나와 서먹서먹해져서, 내가 쓰라고 명령을 하면, 내가 원하지 않는 다른 말을 쓰게 될 때가 올 것이다. 지금과는 해석이 다른 시대가 다가와서 말과 말의 연관성이 없어지고, 모든 뜻이 구름처럼 분해되고, 비처럼 흘러 떨어져버리게 될 것이다. 나는 공포감을 느끼면서도, 무엇인가 커다란 변화를 가져오려고 하는 인간과도 같다. 그리고 아직 쓰는 일을 시작하기 직전에도 때때로 이와 같은 기분을 경험한 것을 기억하고 있다. 그러나 이번에는 나는 내가 쓰는 것이 아니고, 씌어질 것이다. 나는 바로 변화하는 인상이다. 앞으로 한 걸음이면 나는 이 괴로움의 뜻을 모두 이해하고, 그것을 긍정할 수가 있을 것이다. 앞으로 한 걸음이면 나의 이 광명 없는 불행한 기분은 청순한 행복감으로 변할 것이다. 그러나 그 한 걸음을 내디딜 수가 없다. 나는 넘어져서 일어나지를 못하고 있다. 쓰러져 산산이 부서졌다. 그래도 나는 구원의 손이 뻗쳐지리라고 믿는다. 여기에 밤마다 기도를 드린 말을 자신의 손으로 옮겨놓았다. 나는 그 말을 책 속에서 발견하고, 그것을 옮겨 써놓은 것이다. 언제나 그것을 몸 가까이 느끼고, 자신의 말처럼 자신의 손으로 써놓기 위해서였다. 그 말을 다시 한번 여기에 옮긴다. 이 책상 앞에 무릎을 꿇고 앉아서 쓰겠다. 읽기만 하는 것보다 오래 계속되고, 한 마디 한 마디가 영속되고, 사라지는 데에는 시간이 걸리기 때문이다.

모든 사람에게 불만스럽고, 스스로에게도 기쁨을 느끼지 못하는 나는 보상을 구해 심야의 정적과 고독 속에서 명예를 되찾기를 원합니다. 나의 사랑하는 자의 영혼이여, 나의 시구(詩句)에 노래한 자의 영혼이여, 나를 강하게 하고, 나를 지원하여 이 세상의 허위와 퇴폐의 독기를 나에게서 멀리 떠나게 해주시오. 신이여! 내게 아름다운 시를 노래할 힘을 부여해주시오. 내가 이 세상에서 가장 열등한 자가 아니고 내가 멸시하는 자보다도 열등한 자가 아님을 내 마음에 증명할 몇 행의 아름다운 시를 노래하게 해주소서.*

그들은 어리석은 자의 자식, 멸시할 자의 자식으로서, 나라 안에서 가장 천한 자리. 그런데 지금은 내가 그들의 노래가 되고, 그들의 조롱감이 되었도다…… 그들은 나의 길을 부쉈다…… 나의 멸망을 재촉하는 일이 어찌나 쉬운지 손을 빌릴 필요가 없다…… 지금은 내 영혼이 내 몸 안에 녹아 흘러, 환난의 날에 나를 꼭 붙잡는

---

* 보들레르의《파리의 우울》중 〈아침 한때에〉 일부이다.

다. 밤이 되면 뼈는 잘려서 몸을 떠난다. 나를 뒤쫓는 자 끝내 쉬지를 않는다. 내 질병의 커다란 힘에 내 의복은 보기 흉한 모양으로 변하여 내의의 깃처럼 내 몸에 꼭 달라붙는다…… 내 창자는 끓어올라 잔잔하지 않고, 환난의 날 내게 달라붙는다…… 내 거문고는 탄식의 소리가 되고, 내 피리는 통곡의 소리가 된다.[*]

의사는 내 이야기를 전혀 이해하지 못했다. 아무것도 알아듣지 못했다. 알 수 있도록 이야기하는 것은 어려운 일이었다. 의사는 전기요법을 시험해보자고 말했다. 좋겠지. 나는 카드를 받았다. 오후 1시에 살페트리에르 병원[**]으로 오라는 지시를 받았다. 나는 그곳으로 갔다. 바로크 건축인 몇 개의 건물을 지나, 몇 군데 안뜰을 횡단했다. 안뜰 이곳저곳에는 흰 모자를 쓴 사람들이 잎이 떨어진 나무 밑에 죄수들처럼 서 있었다. 마침내 나는 복도처럼 생긴 길고 어두운 방으로 들어갔다. 한쪽에 엷은 녹색의 흐린 유리창이 네 개 있고, 창과 창 사이에는 넓고 검은 벽이 있었다. 그 앞에 기다란 나무 벤치가 일렬로 기다랗게 놓여 있고, 그곳에 나를 아는 사람들이 앉아서 나를 기다리고 있었다. 그렇다, 모두 와 있었다.

방의 어둠에 눈이 익숙해졌을 때, 어깨를 비비대며 벤치에 길게 열 지어 앉아 있는 사람들 속에 다른 부류의 인간이 몇 사람 섞여 있는 것을 알았다. 그것은 직공, 하녀, 짐수레꾼 등의 서민들이었다.

---

[*] 〈욥기〉 30장을 참조하라.
[**] 파리의 부인 양로원으로 성신과 병원이 부속되어 있다.

복도 좁은 쪽에 있는 다른 의자 두 개에 뚱뚱한 여인 둘이 태연하게 앉아서 이야기에 열중하고 있었는데, 그들은 접수받는 여인 같았다. 시계를 보니 1시 5분 전이었다. 앞으로 5분 후나 10분 후면 내 차례가 되겠지. 그렇다면 참지 못할 것도 없겠지. 공기는 흐리고 답답했고, 옷 냄새와 사람들이 입김으로 무더웠다. 어느 문틈으로 차고 상쾌한 에테르 냄새가 강하게 흘러 들어왔다. 나는 거닐기 시작했다. 이런 장소에서 이런 사람들과 이처럼 분주한 일반 진료 시간에 진료를 기다려야 하는 취급을 당했다는 사실을 불현듯 깨달았다. 이러한 대우는 내가 패잔(敗殘)의 무리 속으로 떨어졌다는 것을 비로소 공공연하게 증명해주었다. 나를 한 번 보고 저 의사는 그것을 안 걸까?

그러나 나는 그다지 조잡하지 않은 복장으로 의사를 방문하고, 명함까지 내놓고 안내를 부탁했다. 그러나 의사는 어떻게 해선지 그것을 느낀 것이 틀림없다. 아마도 내가 먼저 그것을 느끼게 했겠지. 그러나 실제로 이미 그랬기 때문에 나는 결코 그 사실이 크게 괴롭지 않았다. 벤치에 있는 사람들은 잠자코 앉아 있으면서 나를 의식하지 않았다. 두세 명은 환부가 아파서 그것을 참으려고 다리 한쪽을 조금씩 움직이고 있었다. 양쪽 손바닥으로 머리를 받치고 있는 남자도 몇 있었다. 다른 남자들은 퉁퉁 부어오른 얼굴로 잠에 푹 빠져 있었다. 목이 빨갛게 곪은 살이 찐 남자가 쭈그리고 앉아, 방바닥을 응시하면서 적당한 장소라고 생각되는 곳에다 이따금 침을 탁 뱉고 있었다. 한쪽 구석에서는 어린아이가 흐느껴 울고 있었다. 그 아이는 깡마른 긴 두 다리를 벤치 위에다 바싹 당겨놓고 앉아 있었는데, 그 다리와 헤어지지 않으면 안 될 것처럼 두 팔로 다리를 꼭 껴안고 있었다. 얼굴색이 나쁜 조그마한 여자가 동그란 검은 꽃 장식을 단 크레이프 모자를 비스듬하게 쓰고, 여윈 입술 주위에다 울음이 터져 나올 듯한 웃음을 띠고 있었다. 그 짓무른 눈에서 끊임없이 눈물이 나왔다. 그 여자에게서 멀지 않은 곳에 번들번들한 둥근 얼굴을 하고 무표정한 튀어나온 눈을 가진 소녀가 앉혀 있었다. 입을 벌리고 있어 끈적끈적하고 혈색이 나쁜 잇몸과 반짝이지 않는 삐뚤어진 치열이 보였다. 어느 쪽을 보아도 붕대뿐이었다. 머리를 여러 겹으로 완전히 싸서 이젠 그 누구의 눈이라고도 할 수 없는 한쪽 눈만이 내다보고 있는 붕대. 알맹이를 싸서 감추고 있는 붕대, 알맹이를 역력히 상상시키는 붕대. 풀려 있고, 그 더러운 움푹 들어간 곳에 이미 손이라고는 말할 수 없게 된 손이 가로놓여 있는 붕대. 붕대에 싸여 있는 한쪽 다리가 다리가 아니고 인간인 것처럼, 줄 가운데에서 크게 튀어나와 있었다.

나는 왔다 갔다 거닐면서 침착해지려고 노력했다. 그래서 정면 벽에다 주의를 집중시켰다. 한쪽으로만 열리는 문이 군데군데 있는 그 벽은 천장까지 닿지 않았기 때문에 벽 저쪽의 방과 이쪽 복도는 완전히 차단되어 있지 않았다. 시계를 보았다. 나는 한 시간 동안 거닐었다. 잠시 후에 의사가 왔다. 처음에 젊은 의사 몇 사람이 무표정한 얼굴로 지나가고 맨 나중에 내가 찾아갔던 의사가 밝은 빛깔의 장갑을 끼고, 실크 모자를 쓰고, 훌륭한 외투를 입고 지나갔다. 그는 나를 보자 모자를 가볍게 쳐들고 멍청히 웃음을 지었다. 이제는 곧 불러 들어가리라고 안심을 했으나, 또 한 시간이 지났다. 그 한 시간을 어떻게 보냈는지는 기억이 없다. 하여튼 한 시간이 지났다. 얼룩진 앞치마를 두른 감시인인 듯한 노인이 나타나서 내 어깨에 가볍게 손을 댔다. 나를 옆에 있는 어떤 방으로 데리고 갔다. 바로 그 의사와 젊은 의사들이 테이블을 둘러싸고 앉아 있다가 일제히 나를 보았다. 내게 의자를 권했다. 빨리빨리 증상이 어떤지를 설명하라는 명령을 받았다. 제발 간결하게 하라는 요청이었다. 바쁜 모양이었다. 나는 기분이 이상해졌다. 젊은 의사들은 앉아서, 거만함이 익숙한 표정으로, 그리고 냉정한 호기심을 갖고 나를 쳐다보고 있었다. 내가 아는 의사는 뾰족한 검은 수염을 만지면서 막연하게 웃음을 짓고 있었다.

나는 울음이 터질 것 같았으나, 그때 프랑스어로 대답하는 내 목소리가 들렸다.

"선생님, 저는 제가 말씀드릴 수 있는 것은 이미 다 말씀드렸다고 생각합니다. 여기에 계시는 선생님들에게도 그것을 알려줄 필요가 있다고 생각하신다면, 제게서 들은 선생님이 요령 있게 말씀하실 수 있으리라고 생각합니다만. 제가 말씀을 드리게 되면 간단하게는 되지 않을 테니까요."

의사는 은근한 웃음을 띠고 일어서더니 조수들과 창가로 가서 손을 수평으로 흔들흔들 움직이면서 서너 마디 속삭였다. 3분쯤 지났을까, 의사들 중에서 침착하지 못한 근시의 젊은 의사가 테이블 앞으로 되돌아와, 애써 엄숙한 눈길을 가장하며 질문했다.

"당신, 잠은 잘 자오?"

"아뇨. 잘 자지 못합니다."

그러자 그는 동료에게로 뛰어서 돌아갔다. 그리고 잠시 동안 또 이마를 맞대고 있다가 그 의사가 나를 향해서 알렸다. 나중에 또 부르겠다고. 나는 오후 1시에 오라고 한 사실을 환기시켰다. 의사는 미소를 짓더니 조그마한 흰 손을 두세 번 춤을 추듯 바쁘게 움직여 보였다. 매우 바빠서 어쩔 수 없었다는 뜻인 것 같았다. 나는 재차 복도로 나왔으나, 공기는 조금 전보다도 훨씬 더 탁해져 있었다. 완전히 지쳐 있었지만 다시 거닐기 시작했다. 탁하고 습기 찬 냄새에 현기증이 일기 시작했기 때문에 입구의 문 앞에 서서 문을 조금 열었다. 문의 바깥은 아직 밝고 해가 남아 있어서 그것이 뭐라고 말할 수 없을 만큼 기분 좋았다. 1분쯤 그곳에 서 있자 뒤에서 부르는 소리가 났다. 두 걸음쯤 떨어져 있는 조그마한 테이블에 앉아 있는 여자가 내게 뭐라고 잔소리를 했다. 누가 문을 열어달라고 부탁했느냐는 것이었다. 나는 숨이 막혀 견딜 수 없노라고 대답했다. 그것은 당신 사정이고 하여튼 문은 닫으라고 여자가 말했다. 최소한 창문이라도 열도록 해줄 수는 없느냐고 나는 물었다. 창문을 여는 것은 금지되어 있다고 대답했다.

그래서 나는 다시 거닐기 시작했다. 그렇게 해서 겨우 기분을 돌릴 수가 있었다. 거니는 것은 그 누구도 방해하지 않고 견딜 수 있었기 때문이다. 그러나 테이블에 기댄 여자는 그것조차 마음에 들어하지 않았다. 앉을 장소가 없느냐고 타박을 했다. 없다고 대답했다. 돌아다니는 것은 금지되어 있으니까 자리를 찾아 앉아달라, 한 사람 앉을 정도의 자리는 아직 남아 있다 하는 꾸지람이었다. 여자 말대로였다. 눈이 튀어나온 소녀 옆에 한 사람 앉을 만한 빈 자리를 곧 발견했다. 나는 거기에 앉았으나, 그대로 있으면 무엇인가 무서운 일이 일어날 것만 같은 기분이 들었다. 왼쪽으로는 잇몸이 썩기 시작한 그 소녀가 앉아 있고, 오른쪽으로는 앉아 있는 사람은, 잠시 후에야 비로소 그 정체가 판명되었다.

그것은 미동도 하지 않는 커다란 덩어리였는데 거기에는 얼굴이 붙어 있고 커다랗고 무거운, 움직이지 않는 손 하나가 붙어 있었다. 내 편에서 보이는 얼굴 절반은 밋밋하여 표정도 없고, 생명도 없어 보였다. 옷은 관에다 넣으려고 입힌 수의 느낌이 들 정도로 기분 나빴다. 검고 좁은 넥타이 역시 시체에다 감아놓은 듯 칼라 둘레에 느슨하게 벌린 것처럼 감겨 있었다. 저고리는 누군가 다른 이가 이 의지가 없는 살덩어리에 입힌 게 분명했다. 손은 누군가가 올려놔준 그대로 바지 위에 놓여 있었으며, 머리는 탕관(湯灌)* 할멈이 빗질한 것처럼, 박제의 동물 털처럼 하나하나 빗겨져 붙어 있었다. 나는 그것을 주의 깊게 관찰했으며, 이것이 나를 위해 마련된 자리임을 깨달았다. 마침내 나는, 이제부터 인생에서 항상 머물지 않으면 안 될 어떤 점에 도달했다고 생각했다. 운명은 참으로 기묘한 길을 찾아간다.

갑자기 바로 옆에서 어린아이가 놀라 보채며 우는 소리가 계속해서 들리더니 이윽고 짓눌린 듯한 낮은 울음소리로 변했다. 나는 어디서 들려오는지 알고자 귀를 기울였다. 그리고 다시 짓눌린 듯한 떨리는 낮은 울음소리가 들리고 거기에 섞여 여러 사람이 무엇

---

* 시체를 관에 넣기 전에 목욕시키는 일을 말한다.

인가 질문하는 소리, 한 사람이 작은 소리로 무엇인가를 명령하는 소리가 들렸다. 계속해서 무슨 기계가 무관심하게 울렸고, 주위에 상관없이 계속 울렸다. 나는 칸막이 벽이 천장까지 닿지 않은 것을 생각해냈다. 조금 전부터 들리는 소리는 모두 그 벽의 안쪽에서 들려온다는 것, 거기서 치료가 행해지고 있다는 것을 알려주었다. 얼룩진 앞치마를 두른 조금 전의 감시인이 이따금 모습을 나타내어 손짓을 했다.

나는 그가 나를 부를 수도 있다는 것을 잊고 있었다. 이번에는 나를 부르는 것일까? 그렇지는 않았다. 두 남자가 다리에 바퀴가 달린 의자를 밀고 와서, 내 옆의 살덩어리를 실었다. 나는 비로소 그것이 반신불수의 노인으로서 조금 전에 본 옆얼굴 외에 좀 더 낡은 쪼글쪼글한 옆얼굴이 있어 그쪽 희멀건 눈이 슬픈 듯이 떠진 채임을 보았다. 노인이 벽 저쪽으로 운반되자 내 옆이 갑자기 넓어졌다. 나는 앉아서 생각했다. 왼쪽 옆의 백치와 같은 소녀는 어떤 치료를 받을까, 이 소녀도 큰 소리를 지를까 하고. 벽 저쪽에서는 공장처럼 기계가 규칙적으로 상쾌한 소리를 내고 있어서 불안을 느끼게 할 것 같은 점은 조금도 없었다.

갑자기 기계 소리가 그치고 다시 조용해진 벽 저쪽에서 귀에 익은 듯한 목소리가 거만스럽게 위압적으로 말했다.

"웃어요!"

조용했다.

"웃어요. 자, 웃어요, 웃어."

나는 참을 수가 없어 웃기 시작했다. 왜 벽 저쪽의 노인이 웃으려고 하지 않을까, 이상스럽게 생각되었다. 한 대의 기계가 달칵달칵 움직이기 시작하고, 다시 또 잠잠해지고, 서로 이야기하는 소리가 들리고, 조금 전의 위압적인 목소리가 다시 명령했다.

"앞으로(avant)라고 말해봐."

그리고 한 문자씩 끊으면서 되풀이했다.

"아-베-아-엔-데(a-v-a-n-t)……."

조용했다.

"하나도 안 들려. 다시 한번……."

그리고 벽 저쪽에서 달콤하고 갯솜 같은 목소리가 무슨 말인가를 더듬으며 말하는 것을 들었을 때, 내 마음속에는 어렸을 때의 무서움이 몇 년만에 되살아났다. 어렸을 적, 열이 나서 누워 있을 때, 커다란 무서움을 느끼게 했던 그 큰 것이 다시금 마음속에 되살아났다. 그랬다. 집안사람들이 내 침대 주위에 서서 맥을 짚으며 무엇에 놀랐느냐고 물었다. 나는 언제나 "큰 것이"라고 대답했다. 의사가 불려 와서 나를 달래면 나는 의사에게 '큰 것'을 내보내달라고 부탁했다. 그렇게 되면 완전히 좋아진다고. 그러나 의사도 역시 다른 사람과 같았다. 그 무렵 나는 어렸으므로 안심을 시켜주기가 어렵지 않았을 터인데, 의사는 그 큰 것을 내쫓아주지 않았다. 그것이 지금 또 나타난 것이다.

그 후 나도 모르는 사이에 전혀 나타나지 않게 되었고, 열이 날 적에도 나타난 일이 없는데, 열도 없는 오늘 불현듯 그것이 나타난 것이다. 이제 와서 내 속에서 종기처럼, 제2의 머리처럼 생겨난 것이다. 그런 큰 것이기 때문에 내 신체의 일부분이 결코 되지 못했으나, 역시 나의 일부분이기는 했다. 그것은 죽어버린 큰 동물처럼 나타난 것이다. 아직 살아 있었을 때에는 내 손이고 팔이었던 동물처럼. 그리고 나의 피는 나와 그 큰 것 속을 한 몸인 양 흐르고 있었다. 나의 심장은 큰 것 속에도 피를 보내려고 계속 긴장하고 있었다. 피가 모자랄지도 몰랐다. 피는 큰 것 속으로 가기를 싫어하다가 더러워지고 탁해져 돌아왔다. 그러나 큰 것은 점점 커져서, 내 코끝에서 미지근하고 시퍼런 종기처럼 커져 마침내 입 근처에까지 가까워지고, 마지막으로, 남은 눈 위에도 이미 그 윤곽의 그림자가 퍼졌다.

나는 그 많은 안뜰을 어떻게 달려서 빠져나왔는지 기억이 없다. 석양이었다. 낯선 시가지를 계속해서 거닐고, 담장이 끝없이 계속되는 산책길을 언제까지나 같은 방향으로 걷다가 끝이 날 것 같지 않으면, 이번에는 반대 방향으로 되돌아서 어떤 광장까지 왔다. 그곳에서 또 하나의 거리를 걷기 시작하여 역시 본 일이 없는 거리를 몇 군데나 지나고, 다시 몇 군데의 거리를 또 걸었다. 전차가 눈부시게 빛을 뿌리며, 탁탁 두들기는 것 같은 벨소리를 울리면서 몇 번이나 달려왔다가는 지나갔다. 그 방향판에는 내가 모르는 시가지 이름이 적혀 있었다. 나는 자신이 어느 거리에 있는지, 그 거리 어딘가에 머물러야 할 집이 있는지, 어떻게 하면 걷지 않아도 되는지 아무것도 알지 못했다.

그리고 이번에도 역시 이 병이다. 지금껏 언제나 기묘한 기분을 경험하게 만든 이 병. 사람들은 이 병을 과소평가할 것이다. 사람들이 다른 질병의 뜻을 너무 과장해서 생각하는 것처럼. 이 병은 일정한 증상이 없고, 환자의 성질이 증상으로 나타난다. 환자의 생활 속에서 완전히 인연을 끊었다고 생각하고 있던 가장 위험한 부분을 몽유병자와 같은 날카로운 본능으로 골라내어 그것을 환자의 코끝에다 내밀고, 당장에 그것을 소생시키려고 한다. 중학생 시절에 가엾고 단단한 손을 불쌍한 공범자로 만들어, 초라하기 짝이 없는 나쁜 버릇에 잠겼던 남자는 언젠가는 또 거기에 빠지기 시작하고, 혹은 어렸을 때에 고친 병이 재발한다. 몇 해 전에 주저하듯 얼굴을 돌리는 버릇이 있던 자는, 이 잊었던 버릇이 다시 나타난다. 이처럼 되살아나는 과거의 생활에는 요령을 잡을 수 없는 추억의 그물이 바닷속에 가라앉은 물건에 엉켜 붙는 물에 젖은 해조(海藻)처럼 부착되어 있어, 함께 떠오른다. 정작 본인이 알지도 못하고 지내던 생활이 떠올라서 기억 속에 있는 생활과 뒤섞여 잘 알고 있다고 생각하던 과거의 생활을 밀어내버린다. 왜냐하면 처음으로 떠오르는 생활은 휴양을 한 신선한 힘에 넘쳐 있으나, 언제나 생각이 나는 생활은 종종 생각이 나기 때문에 지쳐서 신선함을 잃고 있기 때문이다.

　나는 5층의 방에서 자고 있다. 나의 하루는 변화가 없고 바늘이 없는 시계의 문자판과 같다. 오랫동안 행방을 몰랐던 물건이 어느 날 예전의 장소에 조금도 다치지 않고, 보이지 않게 된 당시보다도 오히려 새것이 되어 누군가가 손질이라도 하고 있었던 것처럼 놓여 있는 것과 같이, 내 담요 위에는 어렸을 때의 잊어버렸던 추억이 여기저기 뒹굴고 있어 신선해 보인다. 잊고 있던 공포가 빠짐없이 되살아났다.

　걸치고 있는 담요 가장자리에 나와 있는 조그마한 털실이 딱딱하지 않음에도 강철 바늘처럼 딱딱하고 뾰족하지는 않을까 불안,

잠옷의 조그마한 단추가 내 머리보다도 크지는 않을까, 커서 무겁
지는 않을까 하는 불안, 침대에서 엎질러져 떨어지는 빵 부스러기
가 방바닥에 닿아서 유리 깨지는 듯한 소리를 내며 부서지지는 않을
까 하는 불안, 그리고 그렇게 되면 사실은 만사가 헛것이 되어, 돌이
킬 수가 없게 되는 것이 아닌가 하는 숨막히는 불안, 찢겨진 편지 한
부분에 그 누구도 보아서는 안 되는, 무어라고 말할 수 없는 아름다
운 말이 적혀 있어 방 안 어디에다 감추어도 안심이 될 것 같지 않은
불안, 무심코 잠들어버리면 난로 앞에 떨어져 있는 석탄 부스러기가
날아와 입속으로 파고들지 않을까 하는 불안, 그 어떤 숫자가 내 머
릿속에서 커지기 시작하여 마침내 내 몸속에 담길 수 없게 되지 않
을까 하는 불안, 내가 지금 자고 있는 곳은 화강암 위가 아닌가 하는
불안, 내 입에서 고함 소리가 나와 사람들이 내 방문 앞으로 달려와
마침내 문을 부수고 들어오지 않을까 하는 불안, 무심코 입을 놀려
자신도 두려워하고 있는 일을 사람들에게 지껄여버리지는 않을까
하는 불안, 모든 것은 말로써 표현할 수 없기 때문에 아무것도 알릴
수 없지 않을까 하는 불안, 그리고 또 여러 가지 불안…… 불안.

나는 어렸을 때의 추억이 되살아나기를 바랐고, 그것은 되살아났
다. 그리고 어렸을 때의 추억은 당시와 똑같이 가슴 답답하고, 나이
들게 되는 것이 아무런 소용도 없었음을 느끼게 했다.

어제는 열이 잡혔다. 오늘은 아침부터 봄과 같은, 그림 속 봄처럼
밝은 날이다. 국립도서관에 가서 오랫동안 읽지 못한 시인들의 책
을 만나기로 하자. 그러고 나서 한가로이 공원을 거닐어도 좋을것

이다. 싱싱한 물이 고인 커다란 못에는 바람이 불고, 어린아이는 작은 돛을 단 배를 띄우며 놀고 있을지도 모른다.

그렇다고 대단한 일을 기대한 것은 아니다. 그저 어느 것에도 거리낌없는 경쾌한 기분으로 힘있게 집을 나섰을 뿐이다. 그러나 오늘도 어떤 사건이 기다리고 있다가 나를 종잇장처럼 구기더니 내팽개쳐버렸다. 정말 무서운 사건이었다.

생미셸 거리는 조용해서 더욱 넓게 보였는데 약간 비탈이 져서 힘들지 않고 걸어 내려올 수 있었다. 머리 위에서 유리로 된 창문들이 밝은 소리를 내며 열리는데, 유리에 반사된 빛이 하얀 새들처럼 거리 위쪽으로 날았다. 빨간 바퀴가 달린 마차가 지나갔다. 저 아래쪽을 걷고 있는 이의 짐 보따리는 엷은 녹색이다. 번쩍거리는 마구(馬具)를 단 말이 물을 뿌려 더욱 새까만 차도 위를 달려간다. 훈훈하면서도 상쾌한 바람이 부드럽게 불어서, 모든 것은 솟아올랐다. 향기와 외치는 소리와 종소리가.

저녁에 나는 가짜 집시가 빨간 옷을 입고 음악을 연주하는 한 카페 앞을 지나갔다. 열린 창에서는 밤샘에 지친 공기가 부끄러운 듯이 기어 나오고 머리를 매끈하게 빗질한 사환들은 가게 앞을 쓸고 있었다. 그 가운데 한 명은 허리를 구부리고 선 채로 테이블 밑으로 누런 모래를 한 줌씩 던지고 있었다. 그때 길을 지나던 사내가 그 사환을 쿡 찔러 길 아래쪽을 가리켰다. 얼굴이 빨개진 사환은 사내가 가리키는 방향을 잠시 지켜보았는데 곧 수염이 없는 그의 볼에는 웃음이 뿌려지는 듯 퍼졌다. 그리고 손짓으로 동료들을 부르고는, 자신도 어느 것 하나 놓치지 않겠다는 듯 웃음 가득한 얼굴을 이쪽 저쪽으로 부지런히 돌렸다. 동료들은 줄지어 서서 길 아래쪽을 바라보며 웃음을 짓는데, 어떤 친구는 뭐가 우습다는 것인지 알지 못해 안절부절못하며 찾는 기색이 역력했다.

나는 약간 불안해지기 시작했다. 어쩐지 반대쪽 보도로 건너가고 싶어졌지만 발걸음을 조금 빨리 했을 뿐이었다. 그리고 무심코 앞서 걷는 두세 명의 행인을 관찰했다. 그러나 그 누구에게서도 특별한, 그러니까 우습게 보이는 모습은 찾아볼 수 없었다. 그런데 푸른 에이프런을 두르고 빈 바구니 자루를 어깨에 멘 점원 하나가 누군가의 뒷모습을 지켜보는 것을 깨달았다. 그는 싫증이 날 때까지 바라보고는, 카페 쪽으로 몸을 돌려 아직 웃고 서 있는 점원을 향해 이마 위로 손을 흔들어 보였는데 누구나 알고 있는 그러한 손짓이었다. 그리고 그는 검은 눈을 빛내면서 만족스러운 듯 몸을 흔들며 내쪽으로 걸어왔다.

시야를 가리는 것이 없어지면 곧 이상한 광경이 눈에 들어올 것이다, 나는 기대했다. 하지만 검은 외투를 입고 연한색 블론드의 머리를 짧게 깎았으며, 부드럽고 검은 모자를 쓴 키가 크고 여윈 남자가 내 앞을 지나갔을 뿐 거리에는 아무도 없음을 알았다. 나는 그 남자의 옷차림이나 거동에서 특별히 우스운 점이 없음을 알았다. 때문에 그 남자에게서 눈을 떼어 인도 훨씬 아래쪽을 살피려 했다. 그런데 바로 그 순간, 남자가 뭔가에 걸려 비틀거리는 것을 보았다. 나는 그 뒤에 바짝 붙어 걷고 있었으므로 조심했다. 그러나 그 장소에 와보니 발에 걸릴 거라곤 아무것도 발견할 수 없었다. 그 남자와 나는 계속 걸었으며, 둘 사이의 거리는 일정했다. 그렇게 횡단보도에까지 왔을 때였다. 남자는 두 다리를 불규칙적으로 움직이며 보도를 뛰어 내려갔다. 그것은 어린아이가 기쁠 때에 걸으면서 뜀박질하는 것과 비슷했다.

그리고 건너편 보도에 오를 때에는 가랑이를 길게 벌린 채 올라가버렸다. 그러나 보도에 발이 올라간 순간, 한쪽 다리를 약간 끌어올리고 다른 한쪽 다리로 한 번 높이 뛰고 또 뛰고, 그 동작을 몇 차례나 반복하는 식으로 뛰었다. 뜻밖의 뜀박질은 그 부근에 과일의 씨라든가 미끄러지기 쉬운 껍질 같은 게 있어, 이번에도 역시 비틀거린 거구나 짐작하게 했다. 그리고 참으로 이상한 것은 그 남자도 그러한 방해물이 있다고 믿는 눈치였으며, 그 경우라면 누구나 그러하듯이 화가 난 표정과 원망 가득한 눈초리로 불쾌한 장소를 뜰 때마다 그는 돌아보았다. 나는 또다시 위험을 느꼈다. 반대쪽 보도로 건너가라, 이런 경고를 하는 마음속의 소리를 들었으나, 나는 남자의 뒤를 따랐고 그의 좌우의 발놀림에 신경을 곤두세웠다. 그런데 스무 걸음쯤 걷는 동안 그는 뜀박질을 한 번도 하지 않아, 내 마음은 이상하다 싶을 만큼 편안해졌다. 그러나 발에서 눈을 떼어 위를 보았을 때, 나는 그 남자가 다른 종류의 괴로움을 느끼기 시작했음을 알았다. 그의 외투 깃이 똑바로 서 있어, 그는 그것을 바로잡으려고 한 손으로 또는 양손으로 애를 쓰지만 아무리 해도 깃은 바로잡아지지 않는 것이었다. 하지만 그렇게 특별할 것이 없는 행동이었으므로 나는 불안을 느끼지 않았다.

그러나 다음 순간, 남자의 분주한 두 손이 동시에 다른 동작을 하고 있음을 깨닫고, 나는 아주 깜짝 놀랐다. 외투 깃을 바로잡으려는 면밀하고 참을성 있는 동작은 구분 동작을 과장해서 하는 듯했는데, 이와 동시에 눈에 띄지 않을 정도로 재빠른 동작으로 깃을 살짝 세우고 있음을 보았기 때문이다. 나는 이것을 깨닫자마자 혼란에 빠져버렸다. 조금 전까지만 해도 그를 절뚝거리게 하여 그를 괴롭히던 두 동작이 이제는 남자의 목덜미로 옮겨가, 다시 말해 이상한 동작이 곤두선 외투 깃을 매만지는 신경질적인 손끝에 숨어 있음을 깨닫는 데 2분 정도 걸렸다. 그리고 그것을 깨달은 순간부터 나는 남자에게서 멀어질 수가 없었다.

나는 남자의 육체 안에서 어떤 도약의 충동이 빙빙 돌아다니며 몸 이곳저곳에서 출구를 찾고 있음을 알았다. 남자가 왜 사람들 앞에서 두려워하는지 나는 이해했다. 그래서 나도 행인들이 그에게서 뭔가를 눈치채게 되는 것이 아닐까, 조심스럽게 주위를 살피기 시작했다. 갑자기 그 남자의 두 다리가 약간 펄쩍 뛰는 것을 보고 등골이 오싹해졌으나, 그것을 본 사람은 아무도 없었다. 그리고 누군가 그를 주목하기 시작하면, 나도 약간 비틀거려 보이리라 생각했다. 그렇게 해야 호기심이 많은 사람들도 눈에 보이지는 않지만 노상에 뭔가 장애물이 있어 두 사람 모두 그것에 걸려 비틀거리나 보다라고 믿게 할 수가 있으리라 생각했기 때문이다. 이렇듯 내가 그를 구원할 방법을 생각하고 있는 사이 남자는 스스로 교묘한 수단을 찾아냈다. 말하는 것을 깜빡 잊고 있었는데, 그는 지팡이를 갖고 있었다. 검은 색깔의 나무로 손잡이를 둥그렇게 구부려 만든 평범한 지팡이였다. 궁하면 통한다고 초조와 불안 때문에 위기를 모면할 방법을 찾아낸 것이다. 우선 지팡이를 한 손으로(다른 손은 언제 어느 때에 필요하게 될지도 몰랐다) 등에, 그러니까 척추에 꼭 대고, 둥글게 구부러진 손잡이의 끝을 외투 깃 속으로 감추었다. 그렇게 지팡이가 목뼈와 첫째 등골뼈를 떠받치는 것처럼 느끼는 방법을 생각해냈다. 이 자세라면 사람의 눈길을 끌지는 않았다. 고작해야 약간 거만해 보일 뿐이었다.

뜻밖에 화창하고 상쾌한 봄날 덕분에 대수롭지 않게 보일 수 있었다. 아무도 돌아보려고 하지 않았고 이것으로 일은 순조롭게 풀렸으며 안성맞춤이 아닐 수 없었다. 물론 그는 다음 횡단보도에서 팔딱팔딱 두 차례 뛰었다. 가벼운 뜀뛰기로 눈에 띌 정도는 아니었다. 한 차례 눈에 띄게 뜀뛰기를 했으나, 이 또한 사람의 시선을 끌염려는 조금도 없었다(때마침 도로에 소화기 호스가 가로질러 있었다). 아직은 염려하지 않아도 되었다. 가끔씩 다른 한 손을 동원해 두 손으로 힘차게 지팡이를 허리에 붙여 위험을 금세 벗어날 수 있었다. 그럼에도 나의 불안은 커져만 갔다. 그렇지만 내가 어찌할 방법이라곤 없었다. 그가 계속 무사히 걸으면서, 태연한 모습을 보이려 초인적인 노력을 계속하고 있는 동안, 그의 체내에 무서운 경련이 일어나고 있음을 나는 느끼고 있었다.

그의 몸에서 끔찍한 경련이 자라고 있음을 느끼는 내 마음에도 그의 불안이 전이되었다. 심한 경련이 그의 근육을 떨게 만들 때마다 지팡이를 두 손으로 움켜쥐려 안간힘을 쓰는 남자의 처절한 모습이 보였다. 순간 두 손의 모양은 무서울 정도로 진지하여, 나는 사력을 다하고 있음에 틀림없는 사내의 의지력에 나의 모든 희망을 걸었다. 그러나 이럴 때 의지력이 무슨 소용인가. 의지력이 다하는 순간이 곧 올 것이고, 때는 머잖아 찾아오는 것을. 가슴을 두근거리면서 남자를 뒤따르던 나는, 잔돈을 긁어모으듯 내가 가진 남은 의지를 모아 남자가 써주기를 그의 두 손을 지켜보면서 희망했다. 만일의 경우에는 나의 빈약한 의지나마 알뜰하게 써주기를.

그가 그것을 받아들였다고 나는 생각한다. 그리고 내게는 그 이상 남은 힘이 없었음을 안다.

생미셸 광장에는 많은 마차가 굴러다녔고 사람들도 바쁘게 왕래하고 있었다. 나와 남자는 몇 차례나 두 마차 사이에 끼여 앞으로 나갈 수가 없었는데, 그때마다 남자는 숨을 들이켜며 긴장을 푸는가 하면 천천히 걸으며 다리를 약간 떨기도 하고, 목을 젖히곤 했다. 그것은 그의 몸 안에 갇혀 있던 병이 그를 정복하려는 책략이 분명했다. 병에 저항하려는 그의 의지가 다리와 목 두 군데서 무너졌다. 그리고 이 굴복은 경련을 하는 근육에 희미한 유혹의 자극과 두 박자의 충동을 남겼다. 그러나 지팡이는 아직 등골에 받친 상태였고, 두 손은 분명하 성이 나 있고 노여워하고 있었다. 이렇게 우리 둘은 다리를 건넜으며, 무사했다.

그런데 남자의 걸음걸이가 흐트러지기 시작하더니 두 걸음쯤 달리다가는 멈추어서 그대로 서 있었다. 왼손이 슬그머니 지팡이를 놓더니 지팡이를 서서히 쳐들고 허공에서 부들부들 떨고 있는 것이 보였다. 남자는 모자를 뒤로 약간 젖히고 이마를 만졌다. 머리를 약간 돌려 몽롱한 눈동자로 하늘과 집과 강을 차례로 둘러보고, 긴장을 풀었다. 지팡이는 손을 벗어나고 그는 이제 하늘을 날려는 것처럼 두 팔을 벌렸다. 경련이 자연의 힘과 같은 기세로 폭발하여 전신을 앞으로 기울이게 하는가 하면 활 모양으로 뒤로 젖히게 하고, 목을 끄덕이다가 숙이게 했다. 그는 춤의 충동을 이기지 못하겠다는 듯 경련을 일으키며 군중 속에서 폭발했다. 어느덧 사람들이 몰려들어 남자의 모습은 보이지 않게 되었다.

더 따라간들 무슨 뜻이 있었겠는가. 나는 얼이 빠진 것 같았다. 공허한 종이 부스러기와 같은 기분이 되어 많은 집을 따라 오던 큰길로 다시 걷기 시작했다.

헤어질 수밖에 없었으므로 헤어진 이후 그대에게 무슨 할 얘기가 남아 있을까, 생각해보는데 아무것도 없네요. 하지만 그대에게 편지를 쓰려 합니다. 아니 아무래도 쓰지 않으면 안 되겠다고 생각하고 씁니다. 판테옹에서 그 성녀(聖女)의 그림을 보았기 때문입니다. 홀로 있는 성녀, 그리고 지붕, 문짝, 조심스러운 둥근 빛을 비추고 있는 방 안의 램프, 저쪽으로 잠자고 있는 시가(市街), 강 그리고 달빛에 비치고 있는 아스라한 먼 풍경을 보았지요. 성녀는 잠든 시가지를 지키고, 나는 울고 또 울었답니다. 한 장의 그림 안에서 뜻밖의 것들을 보았기에 흘린 눈물, 나는 성녀 앞에서 흐느껴 울었답니다. 울지 않고는 견딜 수가 없었지요.

지금 이곳은 파리입니다. 파리에 머문다고 하면 누구나 기뻐하고 사람들은 나를 부러워하겠지요. 일리가 있습니다. 무엇보다 파리는 큰 도시고, 넓으며 야릇한 유혹들로 가득 차 있으니까요. 다시 나를 말한다면, 나는 어떤 의미에서 파리의 유혹에 빠져버렸다고 말할 수밖에 없습니다. 그렇다고 말할 수밖에 달리 할말이 없다고 생각되기 때문이지요. 나는 파리의 유혹에 진 것입니다. 이것이 성격까지 바꾸지는 않았다 할지라도, 나의 세계관, 어찌 되었든 내 생활에 변화를 가져왔지요. 이 변화 때문에 모든 것에 대해서 지금까지와는 완전히 다른 사고 방식이 생겨, 이제까지의 어떤 사고 방식보다도 나를 인간에게서 격리시키는 차이를 느끼고 있습니다. 지금까지와는 다른 세계, 새로운 해석으로 가득 찬 생활입니다. 모든 것이 너무나 새로워 당분간은 약간 어려운 처지입니다. 나는 이 새로운 환경에서 아직 초년생이니까요.

언젠가 바다를 보러 오지 않겠느냐, 했던가요? 그런데 나는 그대가 이곳으로 와주리라고 생각하고 있었어요. 그대는 내게 그럴 뜻이 있는지 가르쳐줄 수 있었겠지요. 나는 그것을 묻는 것을 잊어버렸답니다. 어쨌거나 이제는 그럴 필요가 없게 되었습니다.

그대 아직 보들레르의 〈시체〉라는 비범한 시를 기억하고 있나요? 이제야 나는 그 시를 이해할 수 있을 것 같아요. 마지막 연을 뺀다면, 그의 표현은 옳은 것이었지요. 그런 일을 당하여 그는 어떻게 하면 좋았을까. 무서운 것, 겉으로는 혐오스럽게 느껴지는 것 속에서 인생의 있는 그대로의 모습을 보고, 그것을 어떤 현실보다도 진실한 현실이라고 생각하는 것이 보들레르에게 주어진 일이었지요. 선택이나 거부는 허용되지 않았어요. 플로베르가《성(聖) 줄리엥 수도사의 전설》을 쓴 것이 우연이라고 생각하나요? 누군가 나병 환자와 한 이불 속에서 잠들면서 밤마다 사랑하는 따뜻한 가슴으로 그를 포근하게 해줄 수 있을지, 아닐지가 내게는 무엇보다도 중요한 일이라고 생각됩니다. 그럴 수만 있다면 그런 기분이 되기만 하면 나쁘게 될 리가 없겠지요.

내가 이곳에서 환멸을 느끼고 있다고는 생각하지 않았으면 해
요. 사실은 그 반대니까요. 설령 아무리 무서운 현실일지라도 나는
그 현실을 위해서 어떤 꿈이라도 버릴 각오가 되어 있으며, 스스로
도 이런 변화에 놀라고 있답니다.

아아, 이 기분을 나눌 수 있다면. 그러나 그대와 나누어도 이 심
경이 존속할 수 있을까요? 그것이 가능할까요? 아니, 이 기분은 고
독만이 줄 수 있는 경지라는 생각이 듭니다.

이상이 편지의 초안이다.

공기 하나하나의 성분에 함유되어 있는 무서운 것의 존재. 우리
는 그것을 공기와 함께 들이마신다. 그리하여 그것은 우리들 속에
침전되고, 응고되고, 기관과 기관 사이에서 날카로운 기하학적 도
형을 형성한다. 형장에서, 고문실에서, 정신병원에서 수술실에서,
늦가을 아치형 다리 밑에서 무수한 영혼이 경험한 고뇌와 공포는
모두가 죽지 않는 끈질긴 생명을 갖고, 사라지지 않으려고 하며, 모
든 존재를 질투하고, 자신의 무서운 현실성을 상실하지 않으려고
한다. 인간은 그 공포를 약간이라도 잊을 수가 있었으면 하고 바란
다. 그러나 그것은 우리들의 뇌리에 새겨져 있고 수면은 그것을 지
워 없애려고 살짝 그것을 문지르지만 꿈은 수면을 밀어내고 선(線)
을 투사한다.

그러면 인간은 눈을 뜨고 숨을 헐떡이며, 어둠 속에 촛불을 켜고,

마치 설탕물이라도 마시듯 희미한 불빛이 주는 위안을 들이켜는 것이다. 그러나 이 얼마나 덧없는 안식인가. 시선을 약간만 옮겨도, 눈에 익은 정다운 세계를 둘러싼 어둠이 눈에 닥쳐오고, 조금 전까지 위안이 되었던 촛불의 둥근 빛은 그것을 둘러싼 공포의 윤곽이었음이 분명해진다. 그러므로 방을 공허하게 만드는 등불을 조심하라. 잠들지 않고 앉은 네 뒤쪽에 생긴 그림자가 너의 주인인 양 일어서지 않을까 하여 뒤돌아보지 마라. 차라리 불 밝히지 않은 어둠 속에 가만히 앉아 있는 편이 안전하다. 그리고 아무것도 식별할 수 없는 어둠 속에 너의 끝없는 마음을 융합시켜 어둠의 묵직한 마음이 되도록 힘쓰는 것이 낫지 않을까. 그러면 너는 네 마음속에 너를 몽땅 끌어들이고, 네가 보고 있는 눈앞에서 네 몸은 네 손안에서 슬그머니 없어져버리는 것 같다. 가끔 생각난 듯 너는 막연한 몸짓으로 네 얼굴 윤곽을 더듬어본다. 그러면 너는 공간을 상실한 것 같은 느낌을 갖게 된다. 네 마음속 그토록 좁은 장소에 아주 큰 것이 들어 있을 수 없다는 것, 여기서 너는 만족감을 갖는다. 어떤 공포도 네 속에 들어가지 않으면 안 되기 때문에 좁은 장소에 알맞게 작아지고, 작아지지 않으면 안 되는 것이 네가 가진 불안을 상당 부분 진정시켜준다. 그러나 네 주위의 어둠은 무한히 퍼져 있다. 주위의 무서움이 커질수록 네 속에서도 무서움이 부풀기 시작한다. 공포는 아직 약간은 네 마음대로 할 수 있는 혈관, 그리고 약간 둔감한 기관의 점막 속에서는 커지지 않으나, 무수하게 갈라져 있는 생명의 구석구석의 분지(分枝)에 펌프처럼 빨려들어가, 모세혈관 속에서 부풀기 시작한다.

공포는 모세혈관 속에서 높이 올라 너보다도 높아지며, 최후의 장소인 양 도망쳐간 너의 호흡보다도 높아진다. 아, 이번에는 어디로 도망갈까? 어디에 숨지? 심하게 요동치는 네 심장은 너를 네 속에서 밀어내고, 너를 뒤쫓고, 너는 이제 거의 네 속을 떠나와 다시는 돌아갈 수가 없다. 너는 짓밟힌 딱정벌레에게서 오장육부가 튀어나오듯 네 속에서 튀어나오고 이제 네 표면의 약간의 단단함과 탄력은 아무런 의미가 없다.

아, 칠흑같이 어두운 밤. 아, 밖의 어둠을 내다보는 무표정한 창. 아, 굳게 자물쇠를 채운 문. 모두가 옛날부터 무엇 때문인지도 잘 모르고 물려받고, 인정해온 습관이다. 아, 계단의 정적. 옆방에서 스며드는 정적, 높은 천장 부근의 정적. 오, 어머니, 어렸을 때의 무서운 정적을 감싸주셨던 오직 한 분뿐인 어머니. 그 정적을 가로막아주시고, "무서워하지 않아도 된다, 나다" 하고 말씀해주신 어머니. 무서움 때문에 숨이 막힐 것 같은 어린아이를 위해서 밤마다 그 정적이 되어주신 강한 어머니. 당신은 불을 붙이시고, 이미 그 불을 밝히는 소리는 당신 자신입니다. 그 불빛을 손에 들고, "엄마다, 무서워하지 않아도 된다"고 말씀해주신다. 그리고 불빛을 옆에다 가만히 놓으신다. 당신이라는 것, 불빛이 당신이라는 것, 숨겨진 뜻도 없고, 선량하고 단순하고 담백하게 늘어서 있는 정다운 물건들을 비추고 있는 불빛이 당신임은 의심할 여지가 없다.

어디선가 벽 속에서 부스럭거리는 소리가 들리고, 어디선지 마룻바닥을 거니는 발소리가 들리면, 당신은 하얀 얼굴에 밝은 웃음을 띤다. 당신의 얼굴을 불안하게 들여다보고 있는 어린아이에게 당신은 귓속말을 속삭이듯 이미 협상과 양해가 되어 있다는 듯 웃음을 보인다. 지상의 권세 중에서 당신의 힘을 당해낼 힘을 가진 자가 있을까? 보라, 왕은 누워 있는 채로 허공을 응시하며 생각에 잠겨 있으며, 옛날 이야기꾼도, 이런 왕의 불안에 떠는 마음을 달랠 수는 없다. 총애하는 여인의 부드러운 가슴을 안으면서도 공포가 스며들어 부들부들 떨기 시작하니 왕은 기쁨을 모르게 된다.

그러나 당신께서는 어린아이 곁으로 와서, 무서운 것 앞을 가로막고 서서 막아주신다. 그것도 무서운 것이 여기저기에서 들어올리고 들여다볼 수 있는 커튼처럼이 아니라, 당신을 찾는 어린아이의 부르는 소리를 듣고 그 무서운 것을 뛰어넘어 오신 것처럼 가로막아주신다. 당신은 어린아이를 놀라게 하려고 찾아온 그것은 훨씬 뒤에 남겨두고, 당신 뒤에는 당신이 급히 서둘러 오시는 발자국, 당신의 영원한 길, 당신의 사랑이 날아오는 자국만 이어질 뿐이다.

매일 그 앞을 지나다니는 석고상의 출입문 옆에 두 개의 마스크가 걸려 있다. 하나는 시체 안치소에서 뜬, 익사한 젊은 여인의 마스크다. 아름답고, 미소를 짓고 있다. 그 미소가 살아 있는 것처럼 아름다웠기 때문에 본을 떴을 것이다. 그 마스크 밑에는 예지에 싸인 그의 마스크*가 걸려 있다. 심하게 잡아당겨진 강철과 같은 감각의 융기. 끊임없이 발산하려고 하는 음악을 의지로 용서 없이 응결시킨 사람의 얼굴. 잡음이 섞인 헛된 소리에 흩어지지 않도록, 그리고

---

* 독일의 음악가 베토벤의 마스크를 말한다.

안에서 솟아나는 음악 이외의 소리가 들리지 않도록, 신에게 청각이 막힌 사람의 얼굴. 소리가 없는 감각만의 세계를, 긴장하고 대기하고 있는 세계를, 소리가 창조되기 전의 미완성의 다시 조용해진 세계를 전달하도록, 투명하고 영원한 소리만이 깃든 사람의 얼굴.

세계를 완성하는 사람. 비가 되어 땅에 바다에 강에 조용히 목표 없이 떨어지는 물방울이 전보다도 눈에 보이지 않는 모습으로 영원의 법칙에 기꺼이 따르면서, 땅에서 바다에서 강에서 떠나 올라가고, 떠올라 하늘의 구름을 만드는 것처럼, 우리들 속에 침전된 고뇌는 너에게서 상승하여 세계를 음악으로 덮는다.

너의 음악. 너의 음악은 세계를 에워싸는 음악으로서 인간의 세계에 머무를 음악은 아니었다. 너의 음악을 위해서 이집트의 사막에다 거대한 피아노를 갖다놓고, 천사가 왕이며 창부며 은자(隱者)가 잠자는 사막의 산맥을 넘어 아무도 없는 악기 앞으로 너를 데리고 갔어야 했다. 그리하여 천사는 네가 치기 시작하는 것을 두려워하고 높이 날아올라, 날아가버렸을 것이다.

그리고 도도히 흘러 넘치는 자여, 너는 아무도 듣는 사람이 없는 사막에서 힘차게 울리기 시작했으리라. 우주만이 견딜 수 있는 음악을 우주에게 되돌려주기 시작했으리라. 사막에 사는 아라비아인들은 미신적인 공포에 사로잡혀 멀리 지평선을 달려 지나갔으리라. 대상들은 열풍이 몰려온 것처럼 너의 음악 가장자리에 엎드렸으리라. 사자만이 밤의 어둠 속에서 네 주위를 여기저기 달음질쳐 돌아다녔으리라. 자기 자신에게 놀라고, 자신의 움직이는 피에 협박당해서.

누가 너의 음악을 인간의 더럽혀진 귀에서 탈환해줄 것인가. 간음은 하되 수태하는 일이 없는 불모의 귀를 가진 더럽혀진 자를 누가 음악당에서 쫓아내줄 것인가. 너의 정액이 힘차게 튀어 나와 그들은 그 밑에 창부처럼 누워 그것을 가지고 놀아난다. 또는 음악은 그들이 자위의 기쁨에 도취되어 누워 있는 사이에 오난의 정액*처럼 헛되이 떨어질 것이다.

아아, 그러나 더러움을 모르는 자가 누워 있는데, 그 순결한 귀에 너의 음악이 흘러 들어갈 때 그는 환희로 숨이 끊어지거나 너의 무한한 음악을 잉태하고, 그것을 수태한 두뇌는 온통 탄생으로 쪼개지리라.

그것이 결코 쉬운 일이라고는 생각하지 않는다. 또 그것이 용기를 필요로 함을 모르는 바 아니다. 그러나 누군가가 그 용기를, 남아도는 용기를 가지고 있어, 그들의 뒤를 밟아 그들이 어디로 들어가며 나머지 많은 시간을 무엇을 하며 보내고, 밤에는 잠을 자는지를 철저하게 끝까지 지켜본다고 잠시 상상해보자(한 번 그것을 지켜보면, 다시 그것을 잊거나 혼동하거나 하지는 못할 것이다). 무엇보다도 그들이 과연 잠을 자는가를 먼저 지켜보지 않으면 안 될 것이다. 그러나 용기가 있는 것만으로는 안 된다. 그들은 보통 사람처럼 뒤를 밟는 일이 녹록지 않고, 나타났다가는 사라지고 하는 순간이 일정하지 않기 때문이다. 어느 틈에 나타났다가는 또 어느 틈에 사라져버

---

* 〈창세기〉에 형이 죽은 후 관습에 따라 형수와 잠자리를 같이 하게 된 오난이 그 일을 탐탁치 않게 여기고 정액을 바닥에 흘려버린 이야기가 나온다.

리기 때문이다.

납으로 만든 장난감 군인처럼, 세워졌다가는 곧 치워져버린다. 그들을 만나는 장소는 약간 떨어진 곳이긴 하나 결코 숨겨진 비밀 장소는 아니다. 숲이 멀리에 있고, 잔디밭을 따라 길이 약간 구부러졌다. 그들은 그곳에 서서 유리로 덮여 있는 것처럼 신변에 투명한 분위기가 감돌고 있다. 너는 어떤 점으로나 두드러지게 눈에 띄지 않는 조그마한 모습의 그들을 명상에 잠긴 산책자라고 생각할지 모른다. 그러나 잘못 생각한 것이다. 너는 그들이 낡은 외투의 느슨해진 주머니에 왼손을 넣고 무엇인가를 찾고 있는 것을 보지 못했는가. 그것을 꺼내 그 조그마한 것을 서투른 솜씨로 눈에 띄도록 허공에다 쳐들고 있는 것을 보지 못했는가.

1분도 채 안 되어 참새 서너 마리가 모여든다. 녀석들은 호기심에 끌려 날아온 것이다. 그 남자가 움직이지 않고 제자리에 서 있는 것을 보고 안심하게 되면, 매우 조심성 있는 참새들이지만 더욱 가까이 날아오지 않을 이유가 없다. 이윽고 한 마리가 날아와 남자의 왼손 주위를 분주하게 날아다닌다. 그의 왼손에 오래된, 그리고 맛있는 조그마한 빵 부스러기 같은 것을 아무렇지도 않게 체념한 듯한 모습으로 쳐들고 있기 때문이다. 그리고 주위에 구경꾼들이 모여들수록(물론 적당한 간격을 두고서) 남자는 점점 그 사람들과 닮지 않은 딴사람이 되어간다.

그는 다 타 들어가는 촛불처럼 서서 남은 심지를 태워 마음까지 따뜻해져 조금 전부터는 단 한 번도 움직이지 않는다. 그가 얼마나 유인을 하여 끌어당기고 있는가를 떼 지어 있는 어리석은 참새들은 전혀 깨닫지 못해서다. 보고 있는 사람이 아무도 없고, 남자가 그 누구의 방해도 없이 오래 서 있을 수만 있다면, 아마도 천사가 불시에 내려와 염오(染汚)를 극복하고, 쭈그러진 손안에 놓인 오래된 빵 부스러기를 먹을 것이다. 그러나 언제나처럼 구경꾼들이 그것을 방해한다. 천사는 오지 않고 참새들만 모이게 한다. 구경꾼들은 참새만으로 만족하고, 남자의 목적도 참새를 부르는 것일 뿐이었다고 연설한다.

그들의 말이 옳으며, 비에 바랜 낡은 인형과도 같은 남자가 참새 외에 무엇을 기대하겠는가? 내 고향의 조그마한 뜰에 세워져 있는 뱃머리의 인형*처럼, 지면에 약간 수그린 모양으로 꽂혀 있는 듯이 보이는 그 인형과 같은 남자가. 수그린 남자의 자세는 그가 언젠가 어디에서, 인생의 파도의 가장 높은 뱃머리에 서 있었기에 나온 것일까. 언젠가는 화려한 색채로 칠해져 있었기 때문에 지금 이처럼 퇴색해버린 것일까. 네가 그 인형의 남자에게 그것을 물어보면 어떻겠는가?

그러나 여인이 새에게 모이를 주고 있어도 여인에게는 아무것도 묻지 않도록 해라. 너는 그 여인의 뒤를 따라갈 수도 있다. 여인은 지나가는 길에 아무렇지 않게 모이를 주는 거니까. 뒤를 밟는 것은 어렵지 않다. 그러나 방해하지 않는 것이 좋다. 여인은 자신도 어떻게 해서 그렇게 되었는지 모른다. 어느 사이에 손가방에 빵 조각이 많이 들어 있어 여인은 얇은 어깨걸이 밑에서 빵 부스러기의 큰 덩

---

* 폐선의 선수상(船首像)을 뜰에다 세워놓고 마귀를 쫓는 데 사용하는 풍습이 있다.

어리를 내밀고 있다. 약간 씹어서 침에 젖어 있다. 여인은 자신의 침 일부가 세상으로 나아간다는 것과 그것을 작은 새들이 부리에 묻혀 날아다니는 것이 기쁜 것이다. 새들은 곧 그 침의 맛을 잊어버리겠지만.

완고한 시인*이여, 당신의 작품을 나는 읽었다. 그리고 사람들이 당신의 작품을 조각조각으로 잘라내어 그들의 몫을 받고서는 만족해하는 것을 본받아, 나 또한 당신의 작품을 조각조각으로 읽으려고 했다. 나는 아직 명성이 무엇인지를 몰랐기 때문이다. 명성은 성장하는 인간에 대한 공공연한 파괴며, 군중이 떼를 지어 그 사람의 공사장에 밀려들어 애써 쌓아올린 돌을 무너뜨리는 것이다.

아직 이름이 없는 젊은이여, 당신의 마음에 전율할 것 같은 아름다운 뭔가가 솟아오르면 당신을 알고 있는 사람이 아무도 없음을 기뻐하라. 당신을 무시하는 사람들이 당신의 말에 반대하고, 당신이 사귀고 있는 친구가 당신을 버리고, 당신의 아름다운 생각 때문에 당신을 매장하려고 한다 해도 이 분명한 위험은 당신을 굳세게 다질 뿐이며, 훗날의 명성이 당신을 분산시키고 쓸모 없는 인간으로 만드는 음흉한 적의(敵意)에 비한다면 아무것도 아니지 않는가.

당신의 소문을 내달라고 아무에게도 부탁하지 말라, 업신여기는 소문일지라도. 때가 와서 당신의 이름이 세상에 알려지기 시작한 것을 알게 되면, 세상의 어떤 소문보다도 그것에 개의치 말라. 당

---

*   노르웨이의 극작가 입센을 말한다.

신의 이름은 더럽혀졌다고 생각하고 버려라. 그리고 신이 한밤중에 당신을 부를 수 있도록 어떤 새로운 이름을 지어라. 그리고 그 새로운 이름을 아무에게도 알리지 말라.

그대 소외당하고 고독한 시인이여, 세상 사람들은 당신의 명성을 듣고서 당신을 추격하였다. 세상이 당신을 원수처럼 미워한 것은 얼마 전의 일이었던가. 세상의 그들이 지금에서야 마치 당신을 친구의 한 사람인 양 사귀고 있다. 그리고 사람들은 당신의 말을 무지라고 불리는 우리에다 넣어 가지고 다니면서 거리거리의 광장에서 구경거리로 만들고, 우리 바깥에서 가끔 놀리곤 한다. 무서운 맹수라고 할 수 있는 당신의 말들을.

내 안에 있던 맹수가 절망 끝에 뛰쳐나와, 사막에 사는 내게 달려들었을 때, 비로소 나는 당신의 작품을 처음 읽어보았다. 그 절망의 상태는 당신도 최후에 맞이하게 되어 있는 아무런 구원도 있을 수 없는 절망이었다. 그러나 어떤 지도에도 당신의 궤도는 잘못 표시되어 있었다. 당신이 속한 궤도의 어두운 쌍곡선은 균열처럼 창공을 가로질러 단 한 번 지상으로 내려왔다가, 공포에 가득 차서 멀어져갔다.

한 여인이 머무르든 떠나든, 또 현기증이 일어나는 사람, 발광하는 사람이 있든 말든, 죽은 사람이 살아 있고 살아 있는 사람이 시체가 되어도, 그것이 당신과 무슨 상관이 있겠는가? 그 모두가 당신에게는 너무나 당연한 사실이었다. 그러니까 당신은 현관을 통과하듯 그러한 문제를 지나치고, 발을 멈추려고 하지 않았다. 그러나 당신은 우리의 사건들이 일어나고 가라앉고 변색하는 깊이에서 잠시 발을 멈추고, 몸을 굽혔다. 그때까지 엿볼 수 있었던 깊이보다도 더욱 깊은 곳에서. 당신의 면전에서 문이 저절로 열리고, 당신은 이제 불길에 끓는 증류기를 마음대로 가지게 되었다.

의심이 많은 당신은 누구 한 사람 그곳으로 데려가지 않았으며, 당신은 거기 틀어박혀 증류기 속의 여러 변화 과정을 분석했다. 그리고 당신은 무엇보다 고발하지 않고는 견디지 못하는 기질의 인간으로, 조형(造形)이라든가 이야기(說話)를 하는 인간은 아니었다. 그러므로 그 깊이에서 어처구니없는 계획을 결심한 것이었다. 처음엔 당신 자신도 확대경을 써야만 볼 수가 있을 정도의 미세한 변화를, 당신의 힘만으로 곧 몇억 배로 확대하여 수많은 사람들, 아니 모든 사람들 눈앞에 거대한 모습으로 나타내 보이려는 계획이었다. 이리하여 당신의 무대가 탄생했다. 당신은 몇 세기 동안 차츰 압축되어 한 방울의 물방울로 엉기게 되며, 거의 걷잡을 수 없는 주변을 가진 생활을 다른 인접 예술이 발견하기를 기다리고 있을 수는 없었다.

그리고 우리 삶 속에서 한 사람 한 사람은 그들 눈앞에서 펼쳐지는 장면들의 상징을 통해 비로소 발견한, 뛰어난 풍문이 진실이었음을 확인하고 모두들 함께 구경하고 싶어 한다. 그러나 이렇듯 사람들이 바라는 것을 당신은 참고 기다리고 있을 수 없었다. 당신은 그 자리에서 거의 측정이 불가능한 미세한 변화마저 측정하지 않으면 안 되었다. 당신은 감정이라는 온도계의 반 눈금 정도 올라가는 것, 거의 속박을 받지 않는 의지가 천칭(天秤)의 접시를 슬쩍 건드려놓아서 생긴, 바짝 다가가 눈을 가까이 대지 않고는 읽을 수 없는 아주 미세한 차이를, 그리고 한 방울의 동경 속의 희박한 혼탁함을, 신뢰의 원자에 생긴 눈에 보이지 않는 색채의 변화까지, 당신은 이 모두를 측정하지 않으면 안 되었다. 당신은 그것을 빠짐없이 조사하여 마음에 새겨두어야 했다.

지금에 와서 우리들의 인생은 그와 같은 과정 속에 존재하고 있기 때문이었다. 우리들의 생활은 우리들 마음속 깊은 곳으로 미끄러져 떨어졌고, 영혼의 아주 깊은 곳으로 들어가 약간의 추측을 허용하게 되었을 뿐이기 때문이다.

나타내지 않고는 견디지 못했던 시인, 영원한 비극적 시인이었던 당신은 이 모세혈관 속에 잠긴 미세한 생활을 순간적으로 가장 설득력이 강한 몸부림, 확실하고 정확한 현상으로 바꿔놓지 않으면 안 되었다. 이렇게 해서 당신의 작품에서 유례를 찾을 수 없는 광폭한 작업은 시작되었다. 당신은 영혼 깊은 곳에서 일어나는 변화의 상징을 외계의 현상 속에서 찾으려 했다. 당신은 더욱 맹렬하게 이런 노력을 계속한다. 집토끼가 선택되고 다락방이 선택되고 누군가가 돌아다니고 있는 홀의 선택이 그랬다. 옆방에서 유리가 깨지는 소리, 창밖의 화염 그리고 태양이 사용되었다. 교회가 나타나고, 바위가 늘어서 있어 교회의 내부를 연상시키는 골짜기가 나타났다. 그러나 당신은 그것으로도 만족하지 않았다.

마침내 탑이, 그리고 산맥이 그대로 반입되었다. 포착할 수 없는 세계를 표현하기 위해, 구체적으로 파악할 수 있는 현실의 사물들을 좌판처럼 늘어놓은 무대는 도시와 마을을 파묻는 눈사태에 덮여버렸다. 그 이상 당신에게는 어쩔 방법이 없었다. 당신이 힘껏 잡아

당기고 있던 활의 줄 양끝은 맹렬한 기세로 제자리로 되돌아갔고, 당신의 광기에 찬 힘은 부드러운 마법의 지팡이에서 사라졌으며, 당신의 작업은 헛수고로 끝났다.

그렇지 않았다면, 당신이 결국 원래의 기질대로 창에서 떠나지 않으려고 안간힘을 썼던 사실을 누가 이해하겠는가. 당신은 창밖으로 지나가는 사람들을 살펴보려 했다. 언젠가 다시 한번 새로이 출발하려는 결심이 섰을 때에 그들에게서 뭔가를 만들어낼 수가 없을까 하는 생각이 떠올랐기 때문이었다.

그 무렵에야 그 누구도 여자에 대해서는 제대로 표현할 수 없음을 나는 비로소 깨달았다. 누구나 여자에 대해서 이야기할 때에는 대상의 주위를 빙빙 돈다. 다른 사람들의 이름과 상태를 설명하고, 환경과 장소와 물건을 열거하고, 마침내 이야기의 중심에 이르면, 이제까지의 궁여지책 설명은 어느덧 한풀 죽어 물러가고 여자를 둘러싼 희미한 윤곽, 한 번도 그려본 일이 없는 윤곽만 남기고 말을 맺는다. 그래서 나는, "그 여자는 어떤 여자지?" 하고 물었다. "너와 비슷한 금발의 여자야"라고 하면서 그 밖에 알고 있는 몇 가지를 열거했다. 그러나 그 때문에 여자의 모습은 오히려 몽롱해져 아무것도 상상할 수 없게 되었다. 내가 여자의 모습을 역력히 볼 수 있었던 것은 내가 어머니를 졸라 이야기를 들을 때, 어머니의 모습뿐이었다고 말할 수 있다.

그럴 때에 어머니는 언제나 개가 나오는 장면이 되면 눈을 감고, 조용한 그러나 얼굴 전체가 투명하고 밝은 표정이 되어 어딘지 절박한 모습으로 얼굴을 두 손으로 감쌌다. 두 손은 차가운 듯 모두 관자놀이에 닿아 있었다.

"나는 그것을 보았단다, 말테야."

어머니는 맹세라도 하듯 말씀하셨다.

"이 눈으로 똑똑히 보았어."

어머니가 이 이야기를 하신 것은 이미 여러 해 전이었다.

어머니가 아무도 만나고 싶어 하지 않게 되고, 여행할 때에도 은으로 만든 촘촘한 조그만 체를 휴대하고서, 모든 음료수도 걸러 마실 무렵의 일이었다. 딱딱한 음식은 절대로 드시지 않고 겨우 비스킷이나 빵을 조금씩 드셨으며, 아무도 없을 때에는 그것마저도 어린아이가 먹는 것처럼 잘게 쪼개어 하나씩 드시곤 했다. 그 무렵 어머니는 바늘에 대한 공포가 심해졌는데 다른 사람들에게는, "나는 아무것도 소화시킬 수 없게 되었어요. 하지만 여러분은 걱정하지 말고 드세요. 난 이렇게 하는 것이 기분이 아주 좋으니까요"라고 변명할 뿐이었다.

그러나 나한테는 갑자기 생각난다는 듯 돌아보고(나도 그 무렵엔 꽤 컸다) 억지로 웃음을 지으며 말씀하셨다.

"세상천지에 바늘뿐이니 말이야, 말테. 어디에나 바늘이 숨어 있단다. 그것이 얼마나 떨어지기 쉬운지를 생각하면……."

어머니는 농담하듯 말씀하셨지만, 잘못 꽂힌 바늘이 언제 어디에 떨어져 있을지 모른다는 생각으로 벌벌 떨었다.

어머니는 잉에보르에 대해 말씀하실 때는 불안해하지 않았다. 몸

걱정도 잊어버렸다. 말씀하시는 소리도 평소보다 생생해지고, 잉에보르가 웃는 모습을 생각해내고는 웃고, 잉에보르가 얼마나 아름다웠는가를 알리려 하셨다.

"그 아이는 우리들 모두를 즐겁게 해주었단다."

어머니는 곧잘 말씀하셨다.

"네 아버지까지도 말야. 참으로 즐거우신 것 같았어. 한데 그 잉에보르가 마침내 병에 걸려, 그처럼 중한 병도 아닌 것 같았는데, 의사 선생이 곧 죽을 거라고 말하는 거야. 우리들은 모두 모른 체하고, 그것을 숨기고 있었던 거야. 잉에보르는 어느 날 침대에서 일어나 혼잣말처럼 말을 하는 거야. 자기 말이 어떻게 들리느냐고. 시험삼아 중얼거려보는 것처럼 말이야. '그렇게 조심하느라 마음을 써주시지 않아도 괜찮아요. 모두가 알고 있는 일이에요. 걱정 마세요. 이렇게 돼서 다행이에요. 난 더 살고 싶지 않아요' 했어. 어떠했겠어, 생각해보렴. 언제나 우리 모두를 즐겁게 하던 잉에보르가 '나 더 살고 싶지 않아요'라고 하는 거야. 너도 크면 언젠가 그것을 알 수 있을지 몰라. 말테야. 언젠가 그것을 생각해봐라. 알 수 있을지도 모르니까. 누군가 이런 일을 알 수 있는 사람이 있다는 게 참 다행이라고 생각한다."

어머니는 혼자 계실 때 늘 '이런 일'을 생각하고 계셨던 것이다. 그리고 만년에 어머니는 언제나 혼자였다.

"난 아무리 생각해도 모르겠으니 말이야."

어머니는 이상스럽게 뚜렷한 웃음을 띠며 이따금씩 말씀하셨다. 웃음을 짓는다는 것 외에는 어떤 목적이 없는 웃음, 누구에게 보이려는 웃음이 아니었다.

"그러나 아무도 그걸 알려고 하지 않는다는 건 이상스러운 일이
야. 엄마가 남자라면, 그래, 남자라면 더욱 그것을 생각해보겠지. 순
서를 좇아서 처음부터 말이야. 하지만 어쨌든 처음이 있을 테니까.
실마리를 알기만 해도 다행이지. 그렇지, 말테! 우리들은 누구나 언
젠가는 없어지게 되겠지만, 모두들 마음이 흩어졌거나 일이 바빠서
누가 없어져도 거기에 주의를 기울이는 자가 한 사람도 없는 것 같
다. 별똥별이 떨어져도 아무도 보려고 하지 않고, 마음속으로 뭔가
를 소망하지도 않는 것처럼. 너는 무엇인가 기원하는 것을 잊지 말
아라, 말테야. 소원을 갖는 것을 포기해서는 안 된다. 이루어지는 것
이 없더라도 그것은 품고 있어야 한다. 그러나 살아 있는 동안 소원
을 계속해서 품고 있다 보니, 그것이 이루어지길 기대할 수 없는 그
런 소원도 있으니 말이야."

어머니는 잉에보르의 작은 책상을 당신 방에 가져다놓았고, 나는
어머니가 종종 그 앞에 앉아 있는 것을 보았다. 나는 그 방에 거리낌
없이 들어갈 수 있었다. 내 발소리는 융단에 흡수되어 들리지 않았
으나 어머니는 나를 느끼고 한 손을 그 손의 반대쪽에 있는 내 어깨
너머로 내밀었다. 어머니의 손은 무게를 느낄 수 없을 정도로 가벼
웠다. 그 손에 입술을 대는 것은 밤마다 잠들기 전에 입술을 대도록
내미는 상아의 십자가상과 거의 같은 감촉이었다. 키가 작은 사면
(斜面) 책상의 뚜껑을 열고 앉아 있는 어머니 모습은 그랜드피아노
앞에 앉아 있는 것과 같았다.

"이 속은 햇볕으로 가득 차 있다."

어머니는 말씀하셨는데 정말 그 책상 속에는 낡았지만 노란색으로 래커 칠이 되어 있고, 그것을 배경으로 꽃이 그려져 있어 이상스러운 빛이 감돌았다. 꽃은 일정하게 빨간색과 파란색이었다. 이따금 세 개의 꽃이 나란히 있을 때에는 가운데 꽃은 짙은 보랏빛으로 좌우의 꽃 사이에서 칸막이를 하고 있었다. 바탕인 래커의 노란색이 빛을 내면서도 가라앉아 어두운 빛을 띠고 있는 것처럼 꽃의 색깔도 그리고 수평으로 이어진 가느다란 소용돌이 문양의 녹색도 가라앉은 조용한 빛깔이었다. 이 배색은 빛깔과 빛깔이 눈에 띄지는 않지만 내적으로 연결되어 묘하게 잔잔한 색채의 조화를 만들어냈다.

어머니는 작은 서랍을 열었다. 모두가 비어 있었다.

"아아, 장미!"

어머니는 말씀하시고, 시든 향기가 아직 희미하게 남아 있는 서랍 안으로 몸을 약간 구부렸다. 그런 경우에 어머니는 아무도 아직 깨닫지 못한 비밀의 서랍에 무엇인가 아직 귀중한 것이 들어 있어, 그 서랍 어딘가에 숨겨져 있는 스프링을 누르지 않는 이상 영원히 열리지 않는 것이 아닌가 하고 불안해했다. '불시에 그것이 열릴지도 몰라' 어머니는 마음속으로부터 불안스럽게 말하고, 부산하게 서랍을 하나도 빠짐없이 빼내어 보았다. 서랍에 넣어두었던 서류와 편지들을 어머니는 정성스런 손길로 모았지만 읽지도 않고 넣어두기만 했다.

"내가 읽어도 모를 테니 말이야, 말테. 틀림없이 내게는 너무 어려울 거야."

어머니는 모든 것이 어머니에게는 너무나 복잡해서 모른다고 믿고 있었다.

"인생에는 초보자가 갈 수 있는 학급은 없어. 언제나 단번에 가장 어려운 일을 배우게 된단 말이야."

모두들 어머니가 이렇게 된 것은 어머니의 동생인 윌레고르 스켈 백작 부인이 불에 타 죽은 후부터라고 말했다. 여동생은 무도회에 가기 전에 촛대가 있는 거울 앞에서 머리에 꽂은 꽃을 고치려다가 불에 타 죽고 말았다. 그러나 만년의 어머니에게 누구보다도 수수께끼였던 존재는 잉에보르였다.

내가 어머니를 졸라서, 어머니가 말씀해주신 그대로 여기에 적어보겠다.

더위가 한창인 여름 무렵, 잉에보르의 장례식이 끝난 목요일이었지. 언제나 오후에 모여 차를 마시던 장소인 테라스에서는 높은 느릅나무 사이로 조상 대대의 내려오는 무덤의 지붕이 보였어. 그 무렵까지 테이블은 한 사람도 더 앉을 수 없을 것처럼 자리가 배치되어 있었지만 우리 모두는 자리를 넓게 잡고 앉아 있었다. 그러나 모두 책이나 편물 바구니 따위를 가지고 온 상태라 자리는 비좁았고 몸놀림이 거북한 형편이었지.

아벨로네(어머니의 막내 여동생)가 차를 날라주어, 모두는 이것저것 부산하게 접시를 나누고 있었고, 네 할아버지만 팔걸이의자에 앉은 채 집 쪽을 바라보고 계셨단다. 마침 집배원이 올 시간이었지. 언제나 잉에보르는 식사 준비를 위해 조금 늦게까지 집에 남아 있었으니, 우편물을 가지고 오는 건 언제나 잉에보르의 차지였지.

그런데 잉에보르가 몇 주일 동안 병으로 누워 있는 사이에 모두 그 아이가 오지 않는 것에 익숙해져버린 거야. 모두 그 아이가 올 수 없는 것을 알고 있었어. 그런데 말테야. 그날 오후에 말이지 정말로 오고 싶어도 올 수 없는, 그 잉에보르가 온 거야. 우리들이 나빴는지도 몰라. 틀림없이 우리들이 그 아이를 부른 거야. 왜냐하면 지금도 기억하는데 엄마는 테이블에 앉아서 열심히 생각해내려고 하고 있었어. '무엇이 평소와 다른 거지' 하고 말이야. 엄마는 그것이 무엇인지 갑자기 알 수가 없었지. 완전히 잊어버리고 있었던 거지. 얼굴을 들고 보니, 모두가 일제히 집 쪽을 보고 있는 거야. 그것도 말이지, 평소와 다른 모습이 아니라 평소와 조금도 다름없는 침착한 모습으로 보고 있었지. 엄마는 무심코(말테야, 지금도 그걸 생각하면 등골이 오싹하단다) "저 애가 도대체 뭘 하고 있는 거지⋯⋯" 하고 말하려고 했어.

그러자 그때 이미 카발리에르가 평소와 같이 의자 밑에서 뛰어나와 잉에보르를 마중하러 달려갔지. 엄마는 봤단다, 말테야. 이 눈으로 똑똑히 봤어. 그 앤 오지 않았지만, 카발리에르는 그 아이를 마중하러 뛰어간 거야. 카발리에르에겐 잉에보르가 오는 게 보였던 거야. 우리들은 개가 그 아이를 마중하러 간다는 것을 깨달았지. 개는 우리들 쪽을 두 번 돌아봤어. 묻는 것처럼 말이야. 그리고 그 아이 곁으로 곧장 달려간 거야. 평소와 다름없이 말테야. 그러니까 그 아이가 살아 있을 때와 조금도 다름없이. 그리고 그 아이 곁으로 갔다고 보일 때, 개는 빙글빙글 뛰어다니기 시작했어. 말테야, 생각해보렴. 보이지 않는 무엇인가의 주위를 빙글빙글 돌고 있는 카발리에르를.

그리고 그 아이를 핥기 위해 아이를 향해 뛰어오르는 거야. 똑바로 뛰어올랐어. 우리들은 개가 즐거운 듯이 코를 킁킁거리는 소리를 들었단다. 개가 그처럼 몇 번이나 계속하여 뛰어오르는 것을 보고 있으려니까 그 아이가 정말 그곳에 서 있으면서 개가 뛰어오르는 그늘에 가려 보이지 않는 것으로 생각되었어. 그런데 카발리에르는 갑자기 한 번을 짖더니, 공중으로 뛰어올랐던 몸을 뒤집으며 기묘하게 딱딱한 모습으로 지면으로 떨어졌고, 아주 묘한 납작한 모습으로 지면 위에 뻗은 채 꼼짝도 하지 않았어. 그리고 언제나 잉에보르가 나오던 쪽과는 반대편에서 하인이 편지를 가지고 집에서 나왔어. 하인은 잠시 동안 주저하고 있었어.

모든 사람이 쳐다보는데 걸어오는 것이 쑥스러웠던 모양이야. 게다가 네 아버지가 하인에게 오지 말라고 손을 가로저어 보인 거야. 말테야, 네 아버지는 동물을 좋아하시지를 않았다. 그런 아버지가 천천히(엄마는 그렇게 생각했어) 개 옆으로 다가가더니 몸을 구부리셨어. 그리고 하인에게 무엇인가 말씀하셨어. 무엇인가 짧은 한마디를. 하인이 달려가서 카발리에르를 안아 올리려고 하더구나. 하지만 네 아버지가 개를 안아 들고, 어디로 가야 좋을지를 잘 알고 계시는 것처럼 집으로 들어가셨단다.

이야기를 듣고 있는 사이 어느덧 어두워졌다. 나는 어머니에게 '손'에 관한 이야기를 하려고 입을 열려던 참이었다. 그 순간이라면 그 이야기를 할 수 있었으리라고 생각했다. 나는 이야기를 시작하려고 숨을 들이마셨으나, 갑자기 하인이 모든 사람의 얼굴을 바라보며 걸어올 용기가 없었던 기분을 이해할 수 있을 것처럼 생각되었다. 그리고 어둡기는 했으나, 내가 무엇을 보았는지 아셨을 때의 어머니의 얼굴을 생각하니 무서워졌다.

나는 다시 한번 급히 숨을 들이마셨다. 그렇게 나는 별다른 이야기가 아닌 듯이 보이려 했던 것이다. 그리고 몇 해가 흘러가고, 우르네클로스테르의 화랑에서 그 이상스러운 밤을 보낸 후, 나는 '손' 이야기를 어린 에리크에게 털어놓으려고, 며칠 동안 그와 함께 지내며 기회만 엿보았다. 그러나 에리크는 나와 한 차례 이야기를 주고받은 그날 밤이 지나자, 다시 냉정한 태도로 돌아갔고, 나를 피하기만 했다. 에리크는 나를 경멸하는 듯했다. 그렇기에 나는 그에게 나에 대해 얘기해주고 싶었다. '손'에 관한 이야기가 실제로 내가 체험한 이야기라는 것을 이해시킬 수만 있다면, 나에 대한 그의 마음을 되돌릴 수 있다고 생각했다. 그러나 에리크가 나를 교묘하게 피해다녀서 결국 얘기를 못하고 말았다. 그리고 얼마 지나지 않아 우리는 그곳을 떠나야 했다. 그렇기에 멀리 어렸을 때로 돌아가 '손' 이야기를 하는 것은 이번이 처음이 된다(하지만 이것도 결국은 내가 나자신에게 이야기하는 것에 지나지 않는다).

그 무렵의 내가 얼마나 작았는지는 책상에서 마음대로 그림을 그리려면 팔걸이의자 위에 단정하게 무릎을 꿇고 앉아야 했던 것을 떠올리면 알 수 있다. 분명히 어느 겨울의 해질 무렵, 시내에 있는 집에서였다. 내 방에는 창과 창 사이에 책상이 놓여 있었다. 그리고 방에서 유일한 램프가 내 도화지와 마드무아젤의 책을 비추고 있었다. 마드무아젤은 내 가정 교사였는데 그녀는 내 옆에서 약간 뒤에 앉아 책을 읽고 있었다.

책을 읽고 있을 때 그녀의 마음은 언제나 마음이 먼 곳에 있는 것 같았는데, 나는 과연 그녀가 책을 읽고 있었는지조차 의심스럽다. 오랜 시간 계속해서 책을 붙잡고 있었지만 좀처럼 책장을 넘기지 않았다. 그래서 나는 책에는 들어 있지 않은 말이지만 그녀가 필요로 하는 단어들을 거기에 보태어 책을 읽는 것처럼, 그렇게 책장이 불어나는 것처럼 느끼곤 했다. 물론 나는 그림을 그리면서 이런 생각을 했다. 뭘 그려야겠다는 뚜렷한 계획도 없이 나는 천천히 그리고 있었다. 그러다 막히면, 머리를 약간 오른쪽으로 기울이고 그리던 그림을 바라보았다. 그렇게 해야 그림에서 부족한 부분이 어딘지 빨리 파악할 수 있었다. 싸움터에서 말을 타고 달리는 사관(士官)이거나 그가 한창 싸우고 있는 모습을 그렸다. 그런 그림은 뭉게뭉게 피어올라 모든 것을 감추어버리는 연기만 그리면 되니까 그리기가 훨씬 쉬웠다. 그런데 어머니는 내가 섬을 그렸다고 늘 주장하셨다. 큰 나무들과 성이 하나, 돌층계가 하나 그리고 물가에 꽃이 피어 있는데, 이런 섬의 풍경들이 물에 비치는 그림을 그렸다고 하였다. 아마도 그것은 어머니가 바라는 그림이었거나 그도 아니라면 세월이 훨씬 지난 어느 때의 일이리라.

그날 저녁 나는 분명히 기사를 그리고 있었다. 그것도 아주 기묘한 장비를 갖춘 말을 타고 있는 기사를 매우 선명하게 그리고 있었다. 기사의 옷차림을 여러 색으로 칠해야 했으므로 몇 번씩이나 색연필을 바꿔야 했다. 특히 빨간 색연필이 자주 필요했고 나는 그 연필을 몇 번이나 사용했다. 다시 빨간색이 필요해서 연필을 집으려 할 때였다. 연필이 램프에 비친 종이 위를 가로지르더니 책상 모서리까지 굴러가(아직도 그것이 눈에 보이는 것 같다), 내가 붙잡으려고 했을 때는 굴러 떨어져 보이지 않았다. 빨간 색연필이 꼭 필요했기 때문에 나는 그것을 잡으려고 의자 아래로 내려가야 했고, 정말 약이 올랐다.

나는 원래 행동이 서툴러서 의자에서 내려오려면 여러 동작을 취해야만 했다. 특히 다리가 너무나 길게 느껴졌는데 내 몸 아래서 끌어내기가 쉽지 않았다. 무릎을 꿇고 오래 앉아 있어 다리에는 감각이 없어져서였는데, 어디까지가 내 몸이고 어디부터가 의자인지 구분할 수가 없었다. 마침내 책상 밑으로 내려갔다. 하지만 머리가 약간 혼란스러웠다. 나는 책상 밑에서 벽까지 이어진 카펫 위에 내려섰다. 그런데 거기엔 또 하나의 새로운 일이 나를 기다리고 있었다. 지금까지 램프의 밝은 불빛과 도화지 위의 현란한 색채에 도취되어 있던 내 눈은 어두운 책상 밑에서 어느 것도 식별할 수가 없었다. 책상 아래는 그저 짙은 어둠으로만 느껴져 어딘가에 부딪치지나 않을까 불안스럽기만 했다.

내 감각만을 믿으며 무릎을 꿇은 채 왼손으로는 몸을 받치고 다른 손으로는 카펫의 긴 털 속을 빗질하듯 더듬기 시작했다. 카펫의 감촉이 부드러워 기분은 좋았다. 연필이 손가락에 쉽게 닿지를 않았다. 시간을 굉장히 낭비하고 있다는 생각이 들었고 마드무아젤에게 램프를 비쳐달라고 하고 싶었다. 그러나 어느덧 어둠이 서서히 걷히고 희미하게 뭔가 보이기 시작했다. 나는 희고 가느다란 막대로 막혀 있는 맞은편 벽을 분간할 수 있게 되었다. 책상다리의 위치도 알 수 있었고 무엇보다도 손가락을 쫙 벌리고 있는 내 손이 보였다. 그 손은 어쩐지 물속에 혼자 사는 동물처럼 책상 밑에서 헤엄치듯 움직이며 카펫 바닥을 더듬고 있었다.

지금도 분명하게 기억하지만, 나는 그 손을 숨을 죽인 채 지켜보고 있었다. 그 손은 여태 보인 일이 없는 듯한 운동을 계속하면서 카펫 위를 자유자재로 돌아다니고 있었다. 그리고 그것은 가르친 일이 없는 어떤 동작까지도 할 수 있을 것처럼 느껴졌다. 손이 움직이는 방향을 눈으로 좇는 일에 차츰 재미가 났고, 그러면서도 여러 상황을 예상하고 대비하고 있었다. 그런데 갑자기 맞은편 벽에서 다른 손 하나가 불쑥 나오는 것을 어찌 예상이나 했겠는가. 내 손보다도 컸으나 지금까지 본 일이 없을 만큼 여윈 손, 그 손은 맞은편에서 나와 비슷한 방법으로 손가락을 벌리고 카펫을 더듬으며 가까이 다가왔다. 나의 호기심은 잠시 계속되었으나, 그것은 곧 사라졌으며 빈자리에는 무서움만이 가득 찼다. 두 손 중에서 하나는 분명 내 손인데, 그것은 돌이킬 수 없는 어떤 일에 걸려들었다는 것을 느꼈다.

나는 무엇인가를 계속 찾고 있는 다른 손에서 눈을 떼지 않으면서 있는 힘을 다해 내 손을 붙잡아 모피 위에 편편하게 누르면서 천천히 끌어들였다. 나는 그 손이 찾는 일을 그만두지 않으리라는 걸 알았다.

그리고 어떻게 의자 위로 올라왔는지 기억이 없다. 나는 팔걸이 의자에 쑥 들어앉아서 이를 덜덜 떨고 있었다. 얼굴에서 핏기가 가셨고 동공에는 푸른 기가 없어진 것을 나도 느낄 정도였다. "마드무아젤" 하고 부르려고 했다. 그런데 소리가 나오지 않았다. 그러나 그녀도 깜짝 놀라 읽던 책을 내던지고, 의자 앞에 무릎을 꿇고 앉아 내 이름을 불렀다. 아마도 그녀가 나를 흔들었을 것이다. 그러나 내 의식은 뚜렷했고, 나는 말을 해야 한다는 생각을 하며 두 번 세 번 침을 들이삼켰다.

그러나 어떻게 말을 해야 좋을까, 나는 무척 진지하게 고민을 했다. 알아듣게 설명하기가 쉽지 않았다. 아니 곤란했다. 그와 같은 경험을 제대로 표현할 말이 있다고 할지라도 나와 같은 어린아이는 그런 단어를 찾아내기에는 너무 어렸다. 무엇보다도 내 나이에 어울리지 않는 단어들로 그 상황을 표현하게 되지 않을까 하는 두려움이 밀려왔고, 그렇게 말하지 않으면 안 될 것 같아 더 두려웠던 것 같다. 무엇보다도 책상 밑에서 본 현실을 처음부터 한 번 더 다른 형태로 다시 경험하는 것, 그것을 받아들일 용기가 남아 있지 않았다.

앞으로 혼자서 짊어지고 살아야 할 무엇인가가 내 삶 안으로, 바로 내 삶으로 들어와 내 생활의 일부가 된 것을, 그 무렵의 내가 이미 느꼈다고 주장한다면, 사람들은 망상이라고 할 것이다. 지금도 눈에 떠오르거니와, 나는 칸살이 붙은 조그마한 침대에 누워 잠도 못 이루고, 인생은 이런 것이구나 생각하며 확실치 않은 앞으로의 내 인생을 상상했다. 인생은 우리가 혼자서, 계속, 짊어지지 않으면 안 될 경험, 그리고 말로는 표현할 수 없는 기묘한 경험으로 가득 차 있다는 상상. 그러자 내 마음속에 슬프면서도 묵직한 자부심이 서서히 솟아올랐다.

내면 가득히 말할 수 없는 경험들과 하고픈 말들을 무거운 짐인 듯 젊어지고 묵묵히 살아가는, 앞으로 엮어갈 인생을 생각해보았다. 그러자 나보다 앞서 살아가는 이들에게 뜨거운 애정과 연민의 정을 느꼈으며, 그 어른들에게 감탄했다. 그리고 내가 어른들에게 감탄하고 있다는 것을 이야기하리라, 기회가 닿는 대로 마드무아젤에게 그것을 말하리라, 다짐했다.

그렇게 해서 나에게는 이런 병 하나가 생겨났다. 즉 이제까지 얘기한 '손' 때문에 겪은 일은 내가 최초로 경험한 사람이 아니고, 그 이전에도 여러 일을 겪었음을 나에게 믿게 하려는 병이었다. 열이 내 몸에 파고들어 아주 깊숙한 곳에서 그때까지 내가 깨닫지 못했던 경험들, 장면들, 여러 가지 사실들을 들춰냈다.

나는 그것들에게 파묻혀 누워 있으면서, 그것을 순서대로 질서 있게 자신 속에 다시 집어넣도록 하는 명령이 떨어지기를 간절하게 기다리고 있었다. 나는 그 일을 시작했는데 그것들은 손 밑에서 부풀어오르고, 반항하고, 감당할 수 없을 정도로 수가 많았다. 나는 심히 화가 났다. 그것들을 한 덩어리로 만들어 자신 속에다 집어던지고 꾹 눌렀으나, 뚜껑이 닫히지를 않았다. 나는 반쯤 열어놓은 채로 소리를 질렀다. 계속해서 소리를 질렀다. 안에서 밖을 내다보기 시작하자, 사람들이 조금 전부터 내 침대 주위에 서서 내 손을 붙잡고 있었다. 촛불이 하나 켜져 있어, 모든 사람들의 큰 그림자가 그 뒤에서 움직이고 있었다. 아버지가 내게 왜 소리를 지르는지 이야기하라고 명령했다. 소리를 낮춘 부드러운 명령이기는 했으나, 명령이 틀림없었다. 대답을 하지 않자 아버지는 매우 초조해했다.

어머니는 밤에 내 방에 오시는 일이 없었으나, 단 한 번 오신 일이 있었다. 그날 밤도 나는 계속 소리를 질러, 마드무아젤이 달려왔다. 하녀 책임자인 시베르센, 마부인 게오르크도 달려왔다. 그러나 나는 소리 지르기를 멈추지 않았다. 마침내 그들은 황태자가 개최한 대무도회에 참석 중인 부모님을 모시러 마차를 보냈다. 그래서 갑자기 나는 마차가 안뜰로 달려오는 소리를 듣고, 소리 지르는 것을 그쳤으며, 침대 위에 앉아서 문을 지켜보고 있었다.

방을 차례차례로 지나 가까워지는 듯 옷 끌리는 소리가 희미하게 들리고, 이윽고 어머니는 야회복을 입고 계신 것도 잊은 채 거의 달리다시피 들어와, 새하얀 밍크 외투를 뒤에다 벗어 던지고, 맨살이 드러난 팔로 나를 끌어안았다. 나는 난생처음이라는 듯 미칠 듯 기뻐하면서 어머니의 머리와 어머니의 매끄러운 조그마한 얼굴을, 귀에 달린 차가운 보석과 꽃향기가 나는 어깨 끝의 비단을 만지며 기대어보았다. 우리는 끌어안은 채로 조용히 울고 입맞춤을 했다. 이윽고 아버지가 곁에 서 있는 것을 느끼고 떨어지지 않으면 안 된다고 느꼈다.

"열이 높은 것 같아요."

어머니가 머뭇거리듯 말씀하시는 소리가 들렸다.

아버지는 내 손목을 잡고, 맥박을 살폈다. 아버지는 수석 수렵관의 제복을 입고, 폭이 넓은 푸른 천에 물결무늬를 짠 아름다운 푸른 훈장을 패용하고 있었다.

"우릴 부르러 보내다니, 쓸데없는 짓들을 하는군."

아버지는 나를 쳐다보지도 않은 채 방을 들여다보며 중얼거렸다.

별로 대단치 않으면 돌아가겠다는 약속을 하고 오신 것이었다. 걱정할 정도의 증세는 아니었다. 나는 어머니가 침대 위에 떨구고 간 무도회 프로그램과 흰 동백꽃을 보았다. 나는 흰 동백꽃을 처음 보았다. 차가운 것 같아서 꽃을 내 눈 위에다 올려놓았다.

그런데 뭐니 뭐니 해도, 이처럼 병을 앓는 오후의 시간처럼 지루한 것은 없다. 잠을 이루지 못한 채 밤을 새우면 반드시 잠을 자기 시작하고, 잠이 깨어 다음날 아침이 되었는가 하고 보면 아직 오늘 아침과 같은 날의 오후로, 언제까지나 오후인 채 그대로였다. 정돈된 침대에 누워 있으면 몸의 마디마디가 조금씩 자란 것처럼 느껴져 나른하고 무엇을 생각할 힘도 없었다.

설탕에 졸인 사과 맛이 언제까지나 입속에 남아 그 맛을 무의식 중에 무엇인가 다른 것으로 바꾸고, 그 상쾌한 신맛이 생각을 대신하여 내 안에 흐르게 만드는 것이 고작이었다. 며칠이 지나고 기력이 회복되자, 쿠션을 여러 개 포개어 등에 받치고 거기에 기대 일어나, 납으로 만든 장난감 병사를 늘어놓고 놀 수가 있었다. 그러나 침대용의 경사진 테이블 위에서는 납으로 만든 장난감 병사는 바로 넘어지는데 하나가 넘어지면 그 줄의 모두가 차례로 넘어졌다. 그때마다 처음부터 다시 세울 만큼 나의 체력은 회복되지 않은 상태였다. 갑자기 모든 것이 귀찮아져 모조리 치워달라고 부탁을 했다. 그리고 정리된 담요 위에 평소보다도 약간 멀리 떨어진 느낌이 드는 두 손을 바라보고 있는 게 기분이 좋았다.

어머니가 30분쯤 동화를 읽어준 일도 있었으나(제대로 된 긴 이야기를 읽어주는 것은 시베르센의 몫이었다), 동화는 구실에 지나지 않았다. 나나 어머니나 동화를 좋아하지 않는다는 점에서는 일치했다. 두 사람은 '기묘한 일'에 대해서 세상 사람들과 다른 생각을 갖고 있었다. 둘은 흔히 있는, 평범한 내용으로 일관하는 이야기야말로 가장 기묘한 이야기라고 생각하였다.

우리 두 사람은 공중을 자유롭게 날아보고 싶다는 생각도 하지 않았고, 요정에 대해서는 언제나 환멸을 느꼈으며, 자신이 아닌 것으로 변하는 것은 피상적인 즐거움처럼 느꼈다. 그러나 나도 어머니도 무엇인가를 하고 있는 것처럼 보이기 위해서 동화를 조금 읽었다. 누군가가 방으로 들어왔을 때에 무엇을 하고 있다는 것을 하나하나 설명해야 하는 일이 귀찮아서였다. 특히 아버지에게 우리는 약속이라도 한 듯 일목요연하게 꾸며댔다. 그러나 아무도 우리를 방해할 걱정이 없고, 문밖이 차츰 어두워지면 나와 어머니는 둘에게 공통적인 여러 가지 추억을 서로 이야기했다. 그럴 때면 어떤 추억도 먼 옛날 일처럼 느껴져, 미소를 지으면서 이야기했다. 왜냐하면 우리는 그런 얘기를 할 때 비로소 자란다고 생각했기 때문이다.

어머니는 한때 내가 사내아이가 아니고 계집애였으면 하고 바란 적이 있다고 이야기했다. 나는 어머니의 그 기분을 충분히 이해했고, 이따금 어머니의 방문을 노크하는 오후에는 그 생각을 했다. 어머니가 "누구니?" 하고 물으시면, 문밖에서 나는 "소피예요"라고 대답하는 것이 즐거웠다. 어린 목소리를 되도록 계집애처럼 귀엽게 내려고 하니 목구멍이 간지러웠다. 나는 집에서는 본래부터 계집아이의 짧은 옷을 입고 있었는데, 그 옷소매를 어깨까지 걷어올려 팔을 드러내고 어머니의 방으로 들어가면, 완전히 귀여운 어머니의 소피가 되었다.

개구쟁이 말테가 돌아온다 할지라도 말테와 혼동되지 않도록 어머니는 소피의 머리를 묶어주고, 또 소피는 언제나 집안일을 돕는 것으로 되어 있었다. 말테가 돌아오는 것, 그것은 결코 바람직한 일은 아니었다. 말테가 없게 된 것은 어머니에게나 소피에게 퍽이나 다행스러운 일이었다. 그래서 두 사람의 이야기는 말테의 개구쟁이 짓을 열거하고, 말테의 흉보기로 일관했다(소피는 억양이 없는 가늘고 높은 목소리로 지껄였다). "정말이지, 말테는……" 하고 어머니는 한숨을 쉬며 말했다.

그리고 소피는, 사내아이들을 꽤 많이 알고 있는 것처럼 세상 사내아이들의 개구쟁이 짓을 수없이 열거했다.

"소피는 그 후에 어떻게 되었을까?"

어머니는 그렇게 추억한 후 갑자기 말씀하셨다. 물론 말테는 거기에 아무런 대답도 하지 못했다. 그러나 어머니가 소피는 죽어버린 거겠지, 하고 말하면 말테는 완강하게 반대하며 비록 죽지 않았다는 증거는 없지만 그렇게 믿지 말라고 애원했다.

지금 생각하면, 열이 끊는 세계로부터 간신히 그리고 무사히 일상 세계로 돌아와 무엇이든지 서로 나누는 어른들의 세계로 옮겨와 살게 된 일이 이상스럽게 느껴지기도 한다. 어른들의 세계에서는 누구하고나 아는 사이로 지내야 하고, 친숙하고 사이좋게 지내려고 애썼다. 거기에서는 무엇인가가 기대되는 일이 있어도, 그 기대가 실현되거나 실현되지 않거나 어느 한쪽이어야 하며, 제 3의 경우란 존재하지 않았다. 슬픈 일이라고 정해진 일, 기쁜 일이라고 정해진 일처럼. 그러나 그것 말고도 좋은 일은 많다.

어른이 우리들을 기쁘게 하려고 무슨 일을 해주면 그것을 기쁨으로 여기고 즐거운 듯 행동해야 했다. 이것은 매우 단순해서, 그것을 이해하기만 하면 자연스럽게 거기에 맞장구를 칠 수가 있었다. 모든 것이 약속된 범위 안에 들어 있었다. 창밖은 여름인데도 교실에 앉아 있어야 되는 길고 단조로운 수업 시간, 나중에 프랑스어로 보고해야만 하는 산책, 밖에서 놀다가 불려 들어와 인사를 해야 되는 방문객도 그 한 예였다. 방문객은 내가 슬픈 기분으로 있을 때 도리어 내 얼굴을 우습게 여기고, 선천적으로 슬프게 생긴 새의 얼굴을 우습게 여기는 것처럼 내 얼굴을 재미있게 여겼다.

물론 생일날도 같았다. 본 일도 없는 남의 집 아이들이 초대되어 왔다. 딱딱해서 나까지도 딱딱하게 굳어버릴 것 같은 내성적인 아이. 내 얼굴을 할퀴고 이제 막 생일 선물로 받은 장난감을 망가뜨려 버릴 것 같은 난폭한 아이. 그리고 상자나 서랍 속의 장난감을 모조리 꺼내어, 산처럼 늘어놓은 채 갑자기 돌아가버리는 아이. 그러나 내가 평소처럼 혼자 있을 때에는 이 약속된 세계, 사실은 천진하고 단순한 세계를 모르는 사이에 밟고 넘어가, 그것과는 전혀 다른 예측할 수 없는 세계로 빠져 들어가는 수가 있었다.

마드무아젤은 이따금 심한 편두통을 앓았는데, 그런 날이면 나는 누구도 쉽게 찾아낼 수 없는 곳에 숨어 있었다. 아버지가 나를 찾고, 내가 집 안 어디에서도 보이지 않으면, 마부가 뜰로 찾아 나섰던 것을 기억하고 있다. 나는 위층 한 객실에서, 마부가 집을 뛰어나가 기다란 가로수길 첫머리에서 나를 부르는 것을 봤다.

울스고르 집 객실들은 팔(八)자 모양의 맞배지붕 밑에 일렬로 나란히 있었고, 그 무렵에는 손님이 거의 없었기 때문에 언제나 사용하지 않고 있었다. 객실 옆에 내가 강한 매력을 느꼈던 큰 구석방이 있었다. 그곳에는 오래된 흉상이 하나 놓여 있을 뿐이었다. 줄 제독*의 흉상으로 기억하고 있다. 사방 벽에는 회색의 붙박이장들이 죽 있었고 그 장 위쪽으로 벌거벗은 흰 벽에 창문이 뚫려 있는 것이 보였다. 나는 그중 하나의 열쇠 구멍에 열쇠가 꽂혀 있는 것을 발견했다. 그 열쇠는 어느 것의 열쇠 구멍에도 맞았다. 나는 순식간에 모든 장을 검사했다. 은실로 짠, 감촉이 아주 차가운 18세기의 시종복과 그에 딸린, 아름답게 수놓은 조끼가 있었다.

단네브로 훈장과 코끼리 훈장을 패용할 때 입는 제복도 있었는데, 사치스럽고 정교했다. 안감의 감촉이 매우 부드러워 처음엔 부인용 옷이 아닌가 생각했을 정도였다. 진짜 부인용 야회복은 그 안감만을 따로 떼어내버려 딱딱하게 굳은 채 걸려 있었는데 마치 마리오네트 인형 같았다. 너무 커서 유행에 뒤떨어져 무대에 오를 수 없게 된 인형의 머리만 다른 인형극에 쓰려고 뽑아내어 이제 몸통만이 남아 있는 그런 느낌 말이다. 그 옆의 문을 열고 들여다보니, 거기에는 깃 높은 제복이 죽 걸려 있어, 안이 어둠침침하게 보였다.

---

* 덴마크의 해군 제독으로 여러 차례 스웨덴 해군을 격파하고, 해군 장관으로서도
   공적이 컸다.

오래 입어서 낡아 보이는데 이렇게 보관하고 있는 사실이 달갑지 않았다.

나는 그 옷들을 모조리 꺼내어, 밝은 빛에 비추어보았는데 그것을 이상스럽게 생각하는 사람은 아무도 없을 것이다. 나는 옷을 몸에 대보거나 걸쳐보았다. 몸에 맞을 것 같은 옷은 급히 입고 그것을 입은 채로 가슴을 두근거리고 흥분하면서 옆 객실로 달려가, 각각 빛깔이 다른 녹색의 조그마한 유리 조각으로 맞춘 가늘고 긴 벽걸이 거울 앞에 섰다. 거울에 비치는 순간이 참으로 무섭기로 하고 즐겁기도 했다.

흐린 거울 속에서 흐리멍덩한 모습이, 거울로 가까이 가는 나보다도 천천히, 다가왔다. 거울은 아직 반신반의하며 잠에 취해 있기도 했기 때문에, 갑자기 뛰어든 대상을 금방 비추려고 하지 않았다. 그러나 거울은 결국 비추고야 말았다. 그리하여 비춰진 모습은 생각보다도 놀라운 모습, 이상스러운 모습, 예상과는 전혀 다른 당돌한 모습이었다. 그것이 곧 나 자신의 모습이라는 것을 알고 나니 어쩐지 놀림받은 기분이 되어, 즐거워야 할 놀이가 즐겁지 않을 것 같았다. 그러나 어느새 거울 앞에서 이야기를 하고 인사를 하고 눈짓을 보내기도 하며, 뒤돌아보면서 멀어졌다가 다시 흥분하여 가까이 가면서, 싫증이 나기 전까지 마음껏 공상을 즐길 수 있었다.

그 무렵 어떤 특정한 의상에서 어떤 영향을 받을 수 있다는 점을 알게 되었다. 어떤 옷을 몸에 걸치게 되면, 곧 어쩔 수 없이, 그 옷이 지닌 힘의 지배를 받았다. 거동이나 얼굴 표정 그리고 사고까지도 내 맘대로 할 수 없었다. 레이스 소매를 암만 추어올려도 자꾸만 흘

112

러내리고 또 흘러내려 손등을 덮었다. 여느 때의 내 손이라고 말할
수 없었다. 마치 배우와 같이 움직이고 있지 않은가. 과장해서 말하
자면 내 손은 자신의 연기에 홀려 있었다. 그러나 이런 변장을 했다
고 내가 나를 상실할 정도는 아니었다. 오히려 그 반대였다. 내가 여
러 모습으로 변장을 하면 할수록 나 자신이 더욱 확실하게 의식되
었다. 나는 차츰 대담해지고, 갈수록 기고만장해갔다. 나는 어떤 변
장을 하고 어떤 연기를 해도 내 모습은 상실하지 않을 것이며, 그런
재주를 가지고 있다는 사실을 의심하지 않았다. 이런 자신감이 자
라는 데에 어떤 위험이 숨어 있는지 깨닫지도 못한 채. 그리하여 어
느 날 불행히도 큰일이 벌어지고 말았다. 나는 여태 열리지 않는 옷
장이라고 믿었던 마지막 옷장을 간신히 열었다. 그 속에는 틀에 박
힌 의상이 아닌, 가장 무도회용 잡동사니가 들어 있었다. 그것들을
보자 나는 무엇인지 알지 못할 환상적이며 모호한 기운에 흥분하여
뺨까지 붉게 물들었다.

거기에는 무엇무엇이 있었던가. 하나하나 헤아릴 수 없을 만큼
많은 것이 들어 있었다. 바우타* 한 벌이 기억난다. 그 외에 여러 가
지 색깔의 도미노**가 있었고, 달아놓은 메달이 맑은 소리를 내는
부인용 저고리도 있었다. 피에로의 의상도 있었는데 무척 바보스럽
게 느껴졌다. 좀약을 넣은 작은 주머니가 삐져 나온 헐렁헐렁한 터
키 바지와 페르시아 모자, 무디고 표정 없는 보석을 끼운 왕관 등도

---

*　　가장 무도회에서 가면과 함께 사용하는 외투다.

**　　가장 무도회에서 사용하는 느슨한 겉옷으로, 두건이 달려 있다.

있었다. 모든 것이 약간 경멸스러웠다. 천박한 공상의 세계를 위해 차갑고 초라하게 매달려 있다가, 밝은 빛 아래 끄집어내자 무기력하게 짜부라져버렸다. 그와 반대로 나를 황홀하게 만든 것은 느슨한 외투, 숄, 베일 따위였다. 아직 사용하지 않은 커다란 천들이 주는 감촉은 기분 좋을 정도로 부드럽고 붙잡을 수 없을 정도로 미끄러워 바람처럼 불어와 몸을 감싸듯 가볍고, 그러면서도 묵직한 무게가 느껴질 만큼 중후하기도 했다.

마침내 나는 이 옷감들에서 자유롭게 그리고 무한히 변화할 수 있을 듯한 힘을 느꼈다. 팔려가는 여자 노예, 잔 다르크, 나이 든 임금, 마법사 등 그 어느 것이든 자유로이 될 수 있었다. 무엇이든 자유자재로 될 수 있었다. 가면이 있었기에 더욱 그랬다. 진짜 수염이 달린 가면, 눈썹이 늘어졌거나 치켜올려진 가면, 무서운 얼굴이거나 놀란 얼굴을 한 큰 가면이 있었다. 나는 난생처음으로 가면을 보았는데, 첫눈에 이 세상에 없어서는 안 될 물건이라고 느꼈다. 집에 기르는 개들 가운데 가면을 쓴 것 같은 개가 있다는 생각에, 웃지 않을 수가 없었다. 털이 많아 텁수룩한 가면을 쓰고, 언제나 그 뒤에서 충직한 눈빛으로 쳐다보는 개의 모습을 상상해보았다. 나는 변장을 하면서 계속 웃어서 도대체 내가 무엇으로 변하려고 했는지조차 까맣게 잊고 있었다. 거울 앞에 서서 그것을 정하는 일은 색다른 긴장감과 신선한 흥미를 불러일으켰다. 내가 쓴 가면에서는 몽롱한 냄새가 났으며 묘하게도 얼굴에 꼭 맞아 밖을 편히 내다볼 수가 있었다. 가면을 쓴 후에 비로소 여러 가지 천을 골라내어, 그것을 머리에 터번식으로 감았다. 가면의 하단은 노란색의 큰 외투 속에 감추어지고, 위쪽과 좌우도 거의 완전히 터번으로 감추어졌다.

마침내 더 갖다 붙일 수가 없게 되어서야 나는 충분히 변장을 했다고 생각했다. 마지막으로 긴 지팡이를 들었다. 팔을 쭉 뻗으며 지팡이를 옆으로 짚고, 걷기가 힘들었으나 위엄에 찬 모습을 의식하면서 객실 거울 앞으로 갔다. 거울에 비친 모습은 예상보다 훌륭했다. 너무나 실감이 났고, 거울은 그야말로 훌륭함을 비추었다. 여러 가지 몸짓을 할 필요는 전혀 없었다. 움직이지 않고 서 있기만 해도 위풍당당했다. 그러나 어떤 사람으로 변했는지 알아야 했기에 약간 몸을 비스듬하게 한 다음 최후에 양팔을 올렸다.

이미 깨닫고 있었지만 내게는 기도를 드리는 것 같은 정중한 동작만이 어울릴 것 같았다. 그러나 그 장엄한 순간, 가면에 가로막혀 확실히 들리지는 않았으나, 여러 소리가 뒤섞인 소음이 아주 가까이 들렸다. 깜짝 놀라 움츠러든 내게 거울 속의 내 모습은 눈에 들어오지 않았다. 무엇인가 아주 깨지기 쉬운 물건이 놓여 있던 작고 둥근 테이블을 넘어뜨린 것을 깨닫고, 갑자기 흥이 깨져버렸다. 가면 때문에 마음대로 움직여지지 않는 것을 억지로 몸을 구부리고 보니 역시 걱정했던 대로였다.

아무래도 내가 깨어지기 쉬운 물건들이 놓인 둥근 테이블을 건드렸다는 것을 깨닫고 기분이 나빠졌다. 둔해진 몸을 애써 구부리고 보니 역시 불길한 예상대로, 모든 게 두 개로 쪼개진 듯 보였다. 화려한 녹색과 보랏빛이 감도는 도자기 속의 앵무새 두 마리는 볼썽사나운 모습으로 나뉘어 있었다. 사탕 상자는 뚜껑이 멀리 날아가, 그 절반은 보였으나 나머지는 흔적도 없었다. 그리고 사탕들은 비단실을 뽑고 난 후의 누에고치처럼 흩어졌다. 가장 참혹한 것은 산산조각이 난 향수병으로, 쓰다가 남은 향수가 흘러 반짝반짝 빛이 나는 무늬목 마룻바닥에 보기 흉한 얼룩을 남겼다. 나는 몸에 걸친 숄을 손에 잡히는 대로 움켜쥐고, 급히 닦아냈으나 얼룩은 도리어 시커멓게 더러워졌다.

완전한 절망 상태였다. 급히 일어나서 깨끗이 닦아낼 수 있는 것을 찾았으나 아무것도 보이지 않았다. 거기에 보는 것, 움직이는 것이 마음대로 되지 않아, 자신의 어리석은 모습에 분통이 치밀어 지금까지 내가 무엇을 자랑스럽게 여겼는지 알 수 없게 되었다. 나는 손에 잡히는 대로 가면을 잡아당겼으나 도리어 꼭 죄어질 뿐이었다. 외투 끈이 죄어들고, 머리에 감은 천은 수가 차츰 늘어나는 것처럼 무겁게 짓눌러왔다. 그리고 공기는 탁해지기 시작했는데 엎질러진 향수에서 풍기는 변질된 냄새 같았다.

덥고 짜증이 나고 흥분을 한 나는 거울 앞으로 정신없이 달려가, 가면을 통해 내 손이 어떻게 움직이는지 겨우 보았다. 거울은 그 순간을 기다리고 있었다. 바야흐로 복수의 순간이 온 것이었다. 숨이 막힐 정도로 불안해져 어떻게든 가면에서 빠져나오려고 몸부림칠 때 거울은 무슨 술수를 부렸는지 얼굴을 들게 하여 하나의 그림을, 실제로 살아 있는 어디선가 본 적도 결코 없는 흉물스런 괴물을 보여주었다. 나는 저항도 없이 그것에 압도당해버렸다. 이제 거울이 주인이고, 내가 거울이었기 때문이다.

나는 눈앞의 커다랗고 무섭고 이상스럽게 생긴 괴물을 응시하고, 그 사내와 단둘이 있다는 사실이 무서워졌다. 그런데 이런 생각을 하는 순간에, 최후의 그리고 정말로 무서운 일이 일어났다. 나는 모든 감각을 잃고, 내가 존재하지 않게 되었다. 1초 동안쯤 나는 없어져가는 나 자신에게 말할 수 없이 비통한, 그리고 쓸데없는 애착을 느끼며 가슴이 미어졌다. 그리고 그 사람만이 남았고, 그것 말고는 아무것도 없었다.

나는 거기서 도망쳤다. 그러나 달리는 것은 그였다. 그는 여기저기에 부딪쳤다. 그는 집의 구조를 몰랐다. 어디로 달려야 좋을지 몰랐다. 계단을 달려 내려가 복도에서 부딪친 누군가의 위에 넘어졌고, 그 누군가는 비명을 지르면서 도망쳤다. 문을 열고 여러 사람이 나왔다. 아아, 아아, 아는 사람의 얼굴을 보는 것이 얼마나 기쁜 것인지. 친절한 시베르센이 있었고 하녀도, 은그릇 담당인 하인도 있었다. 이제 모든 것이 처리될 게 틀림없었다. 그러나 그들은 달려와서 도와주려고 하지 않았다. 얼마나 잔인한지 알 수 없었다. 그들은 서서 웃고 있었다.

아아, 하느님, 저들이 서서 웃고만 있을 수 있습니까! 나는 울고 있었지만 눈물은 가면에 가려져 밖으로는 흘러나오지 않았다. 눈물은 가면 속에서 뺨을 따라 흘러내리다 마르고, 또 흐르고, 또 말랐다. 마침내 나는 아직 아무도 그처럼 무릎을 꿇은 사람이 없는 것처럼 그들 앞에 무릎을 꿇었다. 무릎을 꿇고 두 손을 내밀고 애원을 했다.

"아직 늦지 않았다면 벗겨주세요, 벗겨서는 꼭 붙들어줘요."

그러나 그들은 그 말을 들을 수 없었다. 내 목소리가 나오지 않던 것이다.

시베르센은 내가 어떻게 넘어졌는지, 그리고 그것도 가면극의 일부라고 생각하고 모두들 웃음을 그치지 않았던 일을 만년에 그녀가 세상을 뜨기 전까지 곧잘 이야기했다. 모두들 나의 그런 장난에 익숙해져 있었던 것이다. 그러나 나는 언제까지나 넘어진 채로 대답을 하지 않았던 모양이었다. 그래서 마침내 내가 정신을 잃고, 보자기에 싸인 채 무슨 뭉치처럼, 단지처럼 누워 있다는 것을 알았을 때 사람들이 얼마나 놀랐는지도, 시베르센은 이야기해주었다.

눈 깜짝할 사이에 시간은 흘러, 갑자기 목사인 에스페르젠 박사를 초대하지 않으면 안 되는 때가 왔다. 그날의 식사는 주인과 손님 모두에게 숨이 막힐 듯 따분했다. 에스페르젠은 언제나 그를 위해서 몸도 마음도 잊을 정도로 믿음이 깊은 이웃 사람들에게 길들여져 있었으므로 우리 집에서는 어쩔 줄 몰랐다. 육지에 오른 물고기가 아가미를 들썩이며 입을 벌름거리는 것 같았다고 할까. 목사님의 아가미 호흡은 갈수록 곤란해져 거품이 나오고, 모든 것이 불안 그 자체였다.

식탁의 화제는 엄밀하게 말하자면 전혀 없었다. 사소한 얘깃거리가 대단히 비싼 값으로 거래되곤 했는데, 그것은 재고품이 널린 을씨년스런 창고를 보는 것 같았다. 에스페르젠 박사는 우리 집에서 자신이 목사의 신분이 아니라 그저 한 개인으로 취급되는 것을 감수해야 했다. 그는 한 개인으로서는 전혀 어울리지 않는 사람이었다. 그는 자신이 기억하는 한 항상 영혼 구제에 종사할 사람이었다. 그에게 영혼은 공공 시설이었고 그는 그 시설의 관리자이자 대표였다. 그리고 한순간도 그 임무를 떠나지 않는 것을 신조로 삼았다. 라바터*의 표현을 빌리자면, "겸허하고 정숙한 출산을 통해 은총을 받아 천국에 가까워지는 레베카"**와 같은 자신의 아내를 대할 때도 그는 그렇게 행동했다.

나의 아버지에 대해서 말한다면, 하느님에 대한 아버지의 태도는 예의범절이 대단히 엄격하고, 말할 수 없이 정중했다. 아버지가 이따금 교회에 서 있거나, 기다리거나, 머리를 숙이는 것을 보고, 나는 아버지가 하느님의 수석 수렵관이라고 생각한 일이 여러 번 있었다. 그와는 반대로 어머니는 하느님과의 정중한 접촉을 거의 모욕으로 느꼈다. 어머니가 분명하고 상세한 관습을 갖고 있는 종교에 귀의할 수가 있었더라면, 아마도 여러 시간 동안 무릎을 꿇고 엎드려 가슴과 두 어깨 주위에 커다란 십자가를 그리는 것을 매우 행복하게 느꼈으리라. 어머니는 나에게 정해진 기도 방식을 가르쳐주지는 않았으나 내가 이따금 무릎을 꿇고, 그때그때 가장 표정이 풍부하다고 생각되는 방식으로 두 손을 깍지 끼거나 손가락을 뻗친 채 합장을 하면, 어쩐지 마음을 놓는 것 같았다. 대체로 홀로 방치되었던 나는 일찍부터 여러 가지 발전을 이룩했으나, 나는 휠씬 후에 절망을 체험하게 된 무렵에야 그 발전을 하느님에게 연결지었다. 그 연결짓는 방식이 너무나도 격렬했기 때문에 하느님은

---

* 독일의 목사이자 시인으로 괴테와도 교류가 있었다.
** 독일의 시인인 마티아스 클라우디우스의 아내로 11명의 자식을 낳았다고 한다.

이룩되는 것과 거의 같은 순간에 부서져버렸다. 물론 그 후에 다시 맨 처음부터 시작해야 했다. 새로 시작할 때 누구의 힘도 빌리지 않고 혼자 힘으로 뚫고 나가는 것이 옳은 길이었지만, 어머니의 조언이 필요하다고 종종 느꼈다. 하지만 그때는 이미 어머니가 돌아가신 후였다.[*]

어머니는 에스페르젠 박사를 거리낌없이, 사실은 거의 함부로 대했다. 어머니가 그에게 무엇인가 말을 걸어 그가 그것을 진정으로 받아들여 막상 거드름을 피우고 지껄이기 시작하면, 어머니는 그것으로 용무가 끝났다고 생각하고, 이미 돌아간 사람처럼 그를 잊어버렸다. 그리고 어머니는 "그 사람은 왜 바삐 돌아다니다가 사람이 죽어가는 때만 골라서 찾아온다니?" 가끔씩 에스페르젠을 곁에 둔 채 그에 대해 태연하게 말했다.

물론 에스페르젠 박사는 어머니의 임종 때에도 찾아왔다. 그러나 어머니가 그를 알아보지 못했음은 분명하다. 눈과 귀와 코와 혀 그리고 피부. 어머니의 오관은 차례차례로 죽어갔다. 처음에 눈이 보이지 않게 되었다. 가을이 되어 시내로 이사할 무렵 어머니는 아프기 시작했다. 아니 차라리 죽기 시작했다고 해야겠다. 피부 표면 전체가 조금씩 서서히 죽기 시작했다. 의사들이 속속 찾아왔는데, 어느 날인가는 의사들이 전부 모여들었고 자기 집처럼 행동했다. 두세 시간 동안 온 집 안은 중요 기밀을 다루는 고문과 그의 조수들인

---

[*]   원고의 여백에 기록되어 있다. ─ 원주

의사들의 것이었고, 우리는 참견할 권리조차 없는 것처럼 보였다. 그러나 곧 의사들은 흥미를 잃었고, 순전히 인사치레로 한 명씩 찾아와서는 담배를 한 대 피우거나 포도주를 한 잔씩 마시고는 돌아갔다. 그사이에 어머니는 돌아가셨다.

사람들은 어머니의 유일한 남동생인 크리스티안 백작이 오기를 기다렸는데, 그가 도착하면 곧 매장을 시작할 예정이었다. 크리스티안 백작을 아직 기억하는 분이 있겠지만, 그는 잠시 터키 궁전에서 근무했고 들리는 바로는 그 나라에서 대단한 출세를 했다고 한다.

어느 날 아침 그는 이국풍 하인을 데리고 도착했는데 그가 아버지보다도 키가 크고 연상으로 보여 내게는 의외로 여겨졌다. 아버지와 그는 곧 두세 마디 이야기를 했는데, 나는 그 이야기가 어머니에 대한 이야기라는 것을 알았다. 두 사람은 입을 다물었다.

이윽고 아버지가 말했다.

"얼굴이 매우 일그러져 있어요."

나는 그 말뜻을 몰랐으나, 듣고는 등골이 오싹해졌다. 아버지는 그 말씀을 하기 전에 당신의 마음에서 솟구치는 저항을 억제하지 않을 수 없었으리란 인상을 받았다. 어머니의 얼굴이 일그러져 있음을 인정하는 것은 무엇보다도 아버지의 자만심으로는 괴로운 일이었을 테니까.

몇 해가 지난 후에 나는 다시 크리스티안 백작에 대한 소문을 들었다. 내가 우르네클로스테르에 머물 때였다. 마틸데 브라헤는 그 소문을 좋아했는데, 마틸데는 백작에 관한 소문 하나하나를 에피

소드로, 제멋대로 꾸며 들려준 것으로 생각된다. 왜냐하면 외삼촌의 생활은 늘 소문으로만 세상에 전해졌고 그것은 가족에게도 마찬가지였다. 외삼촌도 그런 소문을 결코 부정하지 않았다. 어떤 소문이든 여러 가지로 해석할 수 있는 그러한 것이었다. 우르네클로스테르는 지금 외삼촌 소유가 되어 있으나, 외삼촌이 과연 그곳에 살고 있는지는 아무도 모른다. 그 무렵에도 그랬지만 지금도 그의 방랑은 계속되고 있을지 모른다. 그 이국풍 하인의 서투른 영어나 우리가 모르는 언어로 씌어진 외삼촌의 사망 통지서가, 지금쯤 세계 어느 한 끝에서 가까이 오고 있는지도 모른다. 혹은 그 하인은 혼자 남게 되어도 아무 소식도 전하지 않을지도 모른다. 혹은 두 사람 다 이미 이 세상 사람이 아니고, 행방불명된 기선의 선객 명부에 가명으로 기재되어 있을지도 모른다.

우르네클로스테르의 집에 머물 무렵 마차가 뜰 안으로 달려오면, 그때마다 나는 크리스티안 백작이기를 기대했고 이상스럽게 내 가슴은 두근거렸다. 마틸데 브라헤는, 외삼촌은 언제나 그런 식으로 돌아왔으며, '설마' 하고 있을 때 돌아오는 습관이 있다고 주장했다. 그러나 내가 있는 동안 그는 한 번도 오지 않았다. 나는 몇 주일 동안을 그에 대해서 여러 가지로 공상을 하고 그와 나는 결합이 되어야 할 사이인 것처럼 느끼며 그에 대해 구체적인 사실을 알고 싶은 감정을 지니고 있었다.

그사이에 어떤 몇 가지 사건으로 나의 관심 대상은 크리스티네 브라헤로 바뀌었다. 그런데 이번에는 이상스럽게도 그녀의 생활에 대해서 알고 싶은 생각은 조금도 없었다. 반면에 그녀의 초상화가 화랑에 걸려 있지나 않을까 하는 생각이 머리에서 떠나지 않았다. 그것을 확인하고 싶은 마음이 괴로울 정도로 쌓여 며칠 밤 잠을 이루지 못했으며, 어느 날 밤 나는 나도 모르는 사이에 실제로 일어나서 촛불을 손에 들고 계단을 올라갔다. 촛불은 무서운 듯 떨고 있었으나 나는 조금도 무섭다고 생각하지 않았다. 아무것도 생각하지 않고 걸었다. 우뚝 솟은 높은 문이 앞에서 소리 없이 열리고, 지나온 방들이 다시 조용해졌다. 마침내 화랑에 들어왔다는 것을 깊숙한 느낌으로 알았다. 오른쪽에는 어둠에 휩싸인 창이 느껴졌고 왼쪽에는 초상화가 늘어서 있는 게 틀림없었다. 나는 불빛을 될 수 있는 대로 높이 치켜들었다. 과연 왼쪽에 초상화들이 늘어서 있었다.

먼저 나는 여자들의 초상화만을 보려고 생각했으나, 울스고르에 걸려 있던 초상화들과 비슷한 그림 두세 점을 발견했다. 그들은 밑에서 빛이 비치자 움직이면서 빛 속으로 나오고 싶어 하는 것 같았는데, 그것을 기다려주지 않는 나의 행동이 무정하게 느껴질 정도였다. 이 화랑에도 역시 크리스티안 4세*가 있었는데 그는 느슨한 곡선을 그리는 볼을 따라 곱게 딴 머리를 드리우고 있었다. 나는 그중에서 크리스티네 뭉크만을 알고 있을 뿐이었다. 그리고 뜻밖에 엘렌 마스린 부인**이 미망인의 검은 옷을 입고, 코가 높은 모자의 차양에는 여전히 진주로 만든 사슬을 달고 의심 가득한 눈으로 나

---

* 　30년 전쟁 제2기의 덴마크 왕이다. 전쟁에서 진 후 신분이 낮은 크리스티네 뭉크와 결혼했다.
** 　크리스티네 뭉크의 어머니다.

를 보고 있었다. 크리스티안 4세의 아들도 있었다. 차례차례로 새로운 부인들에게서 태어난 아들들이었다. 절세의 미인이라 칭송을 받던 엘레오노레 왕비*가, 재앙이 닥치기 전의 행복의 절정기에 같은 쪽으로 두 다리를 동시에 들어서 달리는 백마에 올라타는 모습도 보였다. 퀼텐뢰베 집안사람으로는 스페인의 여자들 사이에서 볼에다 연지를 발랐다는 소문이 돌 정도로 혈색이 좋은 한스 울리크가 있었고, 두 번 다시 잊을 수가 없는 울리크 크리스티안**도 있었다. 그리고 울펠트 집안사람들 거의 모두가 거기 있었다. 한쪽 눈을 시커멓게 분장한 인물은 헨리크 홀크가 틀림없었다. 그는 서른세 살에 제국의 백작이 되고 원수가 되었는데, 거기에는 다음과 같은 사정이 있었다.

그는 힐레보르 크라프세 영애에게 구혼을 하러 가는 도중 신부 대신 칼을 얻는 꿈을 꾸었다. 그는 그것이 마음에 걸려 바로 그 자리에서 되돌아와 대담한 생활을 보내기 시작했으나 젊어서 페스트에 걸려 죽어버렸다. 이것은 모두 내가 아는 사람들이었다. 네이메헌 회의***에 참석한 사신들의 초상은 울스고르에도 있었는데, 모두가 같은 때에 그려졌기 때문에 서로 어딘지 닮았고, 거의 쳐다보는 듯한 육감적인 입술 위에 윗수염이 눈썹처럼 가느다랗게 그려져 있었

---

* 크리스티안 4세의 딸이다. 남편이 정변으로 망명한 후 '푸른 탑'에 유폐되었으나, 석방될 때까지 정절을 굽히지 않았다고 한다.

** 덴마크의 제독이다.

*** 네덜란드 전쟁이 끝나고 네덜란드의 도시 네이메헌에서 프랑스, 네덜란드, 스웨덴, 덴마크 4국이 조약을 맺었다.

다. 내가 울리크 공작이나 오토 브라헤, 클라우스 마아 그리고 이 가문의 마지막 사람이 된 스텐 로젠스파레를 알고 있는 건 너무도 당연했다. 이 사람들의 초상화를 울스고르의 홀에서 보았거나 오래된 화첩에서 그들을 모델로 한 동판화를 보았기 때문이다.

거기에는 내가 한 번도 본 적이 없는 사람들도 많았다. 여자는 적었으나, 아이들은 여럿 있었다. 피로해서 팔이 부들부들 떨렸으나, 나는 몇 번이나 불빛을 들어올려 아이들을 보았다. 손에 새를 한 마리 올려놓고 있으면서 그것을 잊어버린 소녀들의 기분을 나는 절절하게 이해했다. 소녀들의 발 옆에는 조그마한 개가 앉아 있고, 공이 굴렀다. 옆에 있는 테이블에는 과일과 꽃이 놓여 있었다. 그 뒤에 있는 기둥에는 그루베와 빌레 로젠크란츠가(家)의 문장(紋章)이 조그맣게 그럭저럭 걸려 있었다. 그렇게 많은 물건들은 어려서 죽은 소녀들의 주위에 갖가지 보상을 하지 않으면 안 되는 것처럼 널려 있었다. 하지만 그 소녀들은 각자의 의상 속에서 순진하고 귀엽게 서서 기다렸다. 무엇인가를 기다리는 것이 느껴졌다. 그리고 나는 다시 여자들의 일을, 크리스티네 브라헤의 일을 생각하고 과연 그녀를 알아볼 수 있을까, 생각했다.

나는 서둘러 화랑 끝까지 달려갔으며, 이젠 그곳부터 거꾸로 찾아보려고 생각했다. 그러자 무엇인가에 부딪혔다. 깜짝 놀라 급하게 돌아보자, 에리크 소년이 별안간 물러서며 "불빛 조심해"라고 속삭였다.

"너도 왔니?"

나는 숨도 쉬지 못하고 말했다. 에리크가 온 일이 좋은 일인지 매우 나쁜 일인지 잘 알 수 없었다. 에리크는 다만 웃었을 뿐이다. 나는 그때부터 어떻게 해야 좋을지 몰랐다. 불빛이 흔들려 그의 표정을 제대로 알 수 없었다. 그러나 그가 이곳에 온 것은 그다지 좋은 일을 뜻하는 것은 아니었다. 그는 내게 다가와서 말했다.

"그 사람 초상화는 여기에는 없어. 우리는 아까부터 위를 찾고 있었거든."

그는 움직이는 한쪽 눈으로 어딘지 위를 가리키며 그렇게 속삭였다. 나는 그가 가리키는 곳이 다락임을 알았다. 갑자기 내 마음에 이상한 생각이 번뜩였다.

"우리라니?"

그러고는 나는 물었다.

"그 여자가 위에 있니?"

"있어."

에리크는 고개를 끄덕이며 말하고, 내 바로 앞에 섰다.

"그 여자도 함께 찾고 있다는 거지?"

"그래, 우리와 함께 찾고 있는 거야."

"그럼 이곳에서 어디론가 가져가버린 거네. 초상화는."

"그렇지."

에리크는 화가 난 듯이 말했다. 나는 크리스티네 브라헤가 그녀의 초상화를 어떻게 하겠다는 것인지 알 수 없었다.

"그녀는 자신을 보고 싶은 거야."

에리크는 바로 내 곁에서 속삭였다.

나는 겨우 알았다는 듯이 말했다.

"아아, 그래."

그러자 에리크는 내가 들고 있는 촛불을 불어서 꺼버렸다. 나는 그가 눈썹을 치켜올리고 불빛 속으로 얼굴을 내미는 것을 보았다. 그리고 캄캄해졌다. 나는 나도 모르는 사이에 뒷걸음질을 쳤다.

"그럼 넌 도대체 어떻게 하겠다는 거냐?"

나는 겁을 집어먹고 소리쳤다. 목이 말라 쉰 소리가 났다. 에리크는 내게로 뛰어와서 팔을 붙잡고 킬킬거리며 웃었다.

"무슨 짓이야?"

나는 대들듯이 말하고 떨쳐버리려 했으나, 그는 떨어지려고 하지 않았다. 그가 내 목을 껴안는 것도 막을 수가 없었다.

"그걸 말해줄까?"

에리크는 가느다란 날카로운 목소리로 말했다. 그의 침이 내 귀에 튀었다.

"응, 빨리."

나는 무슨 말을 하고 있는지 몰랐다. 그는 나를 완전히 껴안고 내 귀에 닿기 위해 발돋움했다.

"내가 그 여자에게 거울을 갖다주었어."

에리크는 말하고는 재차 킬킬거리며 웃었다.

"거울을?"

"그래, 그림이 없으니까 말이야."

"어떻게 그런 짓을!"

나는 소리쳤다.

에리크는 갑자기 나를 창 가까이 끌고 가서, 내 위쪽 팔을 심하게 꼬집었으므로 나는 비명을 질렀다.

"그렇지만 말야, 그 사람은 비치지 않아."

에리크는 내 귀에다 속삭였다.

나는 갑자기 그를 밀쳐냈다. 그의 몸 어느 부분에선가 딸깍 하고 부러지는 소리가 났다. 내가 그를 다치게 한 느낌이 들었다.

"이제 그만."

나는 말했으나, 웃음을 참을 수가 없었다.

"비치지 않는다니, 왜 비치지 않아?"

"너는 바보구나."

에리크는 화난 듯이 대답했으나, 그 이상 속삭이지 않았다. 그리고 이제까지 내본 적이 없는 새로운 소리를 내보내기 시작한 것처럼 전혀 다른 목소리로 말했다.

"그 사람은 거울에 비칠 것 같으면 이곳에는 없을 것이고."

그리고 에리크는 조숙하고 엄격한 말투로 천천히 말했다.

"이곳에 있을 것 같으면 거울에는 비치지 않을 거야."*

"물론이지."

나는 제대로 생각하지 않은 말을 빨리 했다. 그렇지 않으면 에리크가 나 혼자만 남겨두고 가버릴 것 같았기 때문이다. 나는 에리크를 붙잡기까지 했다.

"우리 친구가 되자."

내가 제의했다. 그러나 에리크의 반응은 애매했는데 "어떻든 좋

---

* 이곳 초상화의 주인공들은 모두 죽었으며 죽은 자는 거울에 비치지 않는다.

아"라고 무뚝뚝하게 말했다.

나는 이제 친구다운 접촉을 시작하려고 했으나, 그를 껴안을 용기는 없었다. "에리크!" 하고는, 그의 몸 어떤 부분을 가볍게 만졌을 뿐이었다. 나는 갑자기 심한 피로를 느꼈다. 주위를 둘러보고 어떻게 이곳에 오게 되었는지, 어찌하여 무섭지 않았는지 알 수 없게 되었다. 창은 어디에 있고 초상화는 어디에 있는지도 몰랐다. 나는 에리크의 손에 이끌려 화랑을 나와야 했다.

"초상화는 네게 아무 짓도 하지 않아!"

에리크는 달래듯 내게 말하고, 킬킬거리고 웃었다.

그리운 에리크, 어쩌면 너야말로 나의 하나뿐인 친구였던 것 같다. 내게는 달리 친구가 없었으니까. 네가 우정이라는 것에 별 의미를 두지 않는 것은 유감스러웠다. 사실 내가 너에게 이야기하고 싶은 게 몇 가지가 있었을 텐데. 틀림없이 우리 둘은 좋은 친구가 될 수 있었을 거다. 적어도 그렇게 될 수 없었다고 단정짓지 않을 수는 있겠지.

그 무렵 네 초상화를 그린 일을 나는 아직 기억하고 있다. 할아버지가 화가를 불러 너를 그리도록 했어. 매일 아침 한 시간씩 말이야. 마틸데 브라헤가 그 이름을 입버릇처럼 불렀는데도 나는 그 화가가 어떻게 생긴 사람이었는지 생각나지 않고, 이름도 잊어버렸다.

그런데 그 화가는 내가 지금도 기억하는 너의 모습대로 너를 보았을까. 너는 헬리오트로프 같은 연한 보랏빛 양복 윗도리를 입고 있었지. 마틸데 브라헤는 그 옷에 정신을 빼앗겼지. 그러나 그것은 아무래도 좋다. 나는 화가가 너를 보는 눈이 있었는지 없었는지, 그게 알고 싶을 뿐이다.

그는 훌륭한 화가였다, 그렇게 생각해보자. 초상화를 미처 완성하기도 전에 네가 죽을 수 있다는 것을 그가 생각하지 않았다고 하자. 그는 그런 감상을 갖지 않고 네 맞은편에서 본 그대로 너를 그렸다고 생각하자. 너의 다갈색 두 눈이 똑같지 않은 것이 그를 황홀하게 만들었다고 생각하자. 움직이지 않는 한쪽 눈에서 잠시도 눈을 떼지 않았다고 하자. 테이블에 아마도 약간 기대듯이 놓여 있던 너의 손 주위에 아무것도 덧붙여 그리지 않을 정도의 신경을 가지고 있었다고 생각하자.

그리고 그 밖에도 화가에게 필요한 모든 것을 가정해보고 또 그것이 옳다고 인정하자. 그렇게 한 폭의 그림, 네 초상화가 완성되어 우르네클로스테르 화랑의 마지막 그림으로 걸려 있다고 생각해보자.

(만일 지금 그 화랑에 가서 하나하나 걸려 있는 그림을 살펴본다면, 최후에 남은 소년의 초상화 한 점을 보게 되겠지. 순간, 저 아인 누굴까 생각하게 될 거다. 브라헤 가문의 아이가 틀림없어, 그런 짐작을 하겠지. 검은 바탕에 은빛 줄무늬가 진 문장과, 투구 꼭대기에 공작 깃 장식을 보았을 테니까. 결정적으로 '에리크 브라헤'라고 이름도 적혀 있으니까. 그렇다면 이 그림은 단두대의 이슬로 사라진 에리크 브라헤*란 말인가, 하고 생각하는 이도 있겠지. 그것은 아주 유명한 이야기니까. 그러나 그 사람과 이 초상화는 아무런

---

* 스웨덴의 친위대 대령으로 왕권 확장을 기도하다가, 국회의 명령으로 단두대에 섰다.

관련이 없다. 초상화의 소년이 죽은 게 언제쯤이었는지는 문제가 되지 않는다. 어쨌든 소년은 어려서 죽어버린 것이다. 그것을 그림을 보고도 몰라본단 말인가?)

　손님이 와서 에리크가 불려가고 나면, 마틸데 브라헤 양은 에리크가 나의 외할머니 브라헤 백작 부인을 놀랄 만큼 닮았다는 것을 매번 역설하곤 했다. 외할머니는 매우 훌륭한 귀부인이었다고 한다. 나는 외할머니를 한 번도 보지를 못했다. 그러나 친할머니는 지금도 확실하게 기억하고 있다. 이 할머니는 죽을 때까지 울스고르 가문의 실권을 쥐고 있었다. 할머니는 나의 어머니가 수석 수렵관의 아내로서 이 집안에 들어온 것을 달가워하지 않았고, 결혼 후 어머니에게 집안 살림을 넘겨주는 듯하시더니 생을 마치는 순간까지 이 집안의 여주인으로 살았다.
　어머니가 시집을 온 후에 할머니는 늘 표면에 나서는 것을 꺼리는 눈치였다. 사소한 용무는 반드시 하인을 보내 어머니에게 물었으나 정작 중요한 일은 누구와도 상의하지 않고 언제나 혼자서 결정하고 처리했다. 어머니도 내심으로 그것을 바라고 있었음이 틀림없다. 어머니는 큰 살림을 꾸려갈 능력이 전혀 없었으며 중요한 일과 중요하지 않은 일을 구별할 능력조차 없었다. 이야기를 들으면 그것이 그 이야기의 전부라고 여기고, 그 이면에 다른 입장이 있을 수 있다는 것을 생각하지 못하는 식이었다. 어머니는 한 번도 시어머니에 대해 불평한 적이 없었다. 설령 불만이 있다 해도 누구에게 그것을 털어놓을 수 있었을까? 아버지는 보기 드문 효자였으며, 할아버지는 발언권이 거의 없었다.

내 기억으로 할머니 마르가레테 브리게 부인은 키가 크고 성미가 까다로운 노부인이었다. 내게는 할머니가 시종직의 할아버지보다도 훨씬 연상이었다고밖에는 생각되지 않는다. 우리들과 같은 지붕 밑에 살고 있으면서도 그 누구의 입장도 배려하지 않았으며 자신만의 생활을 아무에게도 양보를 하지 않았다. 반면 할머니는 우리들 중 누구의 보살핌도 받지 않고, 언제나 말상대라고 할 수 있는 백작의 딸인 옥세에게 시중을 들게 했다. 옥세 백작의 영애는 이미 초로에 가까운 여자였는데 할머니에게 어떤 은혜를 입은 의무감이 있었는지 헌신적으로 할머니를 받들었다. 할머니는 은혜를 베풀 위인이 아니셨다. 그러므로 백작의 딸에게 은혜를 베풀었다면 그것은 당신 일생에서 유일한 자선이었을 것이다. 할머니는 어린아이도, 동물도 가까이 두지 못하게 했다. 할머니가 달리 사랑한 뭔가가 있었을까? 글쎄, 모를 일이다.

할머니가 처녀 시절에 미남 청년 펠릭스 리히놉스키 공작*과 약혼한 사이였다는 얘기를 들은 적이 있다. 그 리히놉스키 공작은 프랑크푸르트에서 무참하게 죽었다. 할머니가 돌아가신 후 그 공작의 초상화 하나가 발견되었는데, 내 기억이 정확하다면 초상화는 그 공작의 집안으로 반환되었다. 지금 생각하면, 할머니는 울스고르에서 사는 해가 늘어갈수록 세상과의 접촉이 점점 뜸해졌고, 마침내

---

*   실레지아의 명문가 출신으로 귀족의 입장을 강력히 대표해서 급진파를 자극했고, 마침내 폭도들의 습격을 받아 죽었다.

할머니 본래의 화려한 사교 생활을 등지게 되었을 수도 있다. 그렇다고 할머니가 그것을 슬퍼했다고 잘라 말할 수는 없다. 화려한 사교 생활이 끝내 그녀의 것이 되지 않고, 그만한 재기와 재능을 발휘할 기회를 놓쳐버린 할머니는 오히려 그런 생활을 경멸하고 있었을지도 모른다. 할머니는 그러한 기분을 모두 가슴속 깊이 감추고, 그 위에다 몇 겹의 껍질을 입히고 있었다. 그 껍질은 모두가 단단한 것으로 어딘지 금속과 같은 빛을 띠고, 언제나 그 맨 위의 것은 새롭고 차갑게 빛나고 있었다. 때로 할머니는 주위 사람들이 너무 냉담하다며 어린애처럼 초조하게 그 상처를 드러내기도 했다.

내가 어렸을 때 할머니는 식탁에서 뭔가를 잘못 삼킨 듯 숨이 막힌다는 표정을 지었는데 과장된 그 몸짓이 순식간에 일동의 관심을 끌어모았고, 그것으로 사교계의 큰 무대에 있는 것처럼 센세이션하고 자극적인 역할을 잠시 동안이나마 해보려고 했다. 그러나 우연치고는 너무나도 빈번한 이 버릇을 진심으로 걱정한 사람은 아버지 혼자뿐이었으리라 생각된다.

아버지는 할머니를 정중하게 들여다보듯이 지켜보고 할머니를 위해서 자신의 건강한 기관(氣管)을 내밀고, 그것을 마음대로 써주기를 바라는 듯한 기분이 얼굴 표정에 드러났다. 먹는 일을 좋아하는 시종관인 할아버지도 포도주를 가볍게 한 모금 마시고, 아무런 의견도 밝히지를 않았다.

할아버지가 할머니 앞에서 자신의 의견을 고집하신 일이 딱 한 번 있었다. 그것은 아주 오래전 일이라고 하는데, 내가 있을 무렵까지도 통쾌하게 여기고 몰래 그때 이야기를 하는 사람들이 있었다.

그러나 그 이야기가 몰래 전해지다 보니 아직도 듣지 못한 사람들이 곳곳에 있었다. 할머니는 어느 날 식탁보에 실수로 엎지른 포도주 얼룩에 대해 심하게 잔소리를 해대고 있었다. 그런 얼룩은 어떤 이유에서든 생길 수 있는 사소한 것인데 할머니의 눈에 띄는 날에는 시끄러운 잔소리를 들어야 했다. 말하자면 사람들에게 폭로가 되었다. 더구나 그날은 몇몇 명망 있는 손님들이 초대받은 밤이었다. 대수롭지 않은 몇 개의 얼룩을 가지고 크게 떠벌려 꾸짖고 비꼬는 할머니 특유의 잔소리가 그치지 않았다. 할아버지가 눈으로 신호를 보내고 농담 섞인 말로 그만 하라고 주의를 주었으나 할머니는 완고하게 잔소리를 계속했다. 그러나 할머니는 갑자기 입을 다물 수밖에 없었다. 이제까지는 없었던 일, 생각지도 못한 일이 일어났기 때문이다. 돌고 있던 적포도주 병을 받아든 할아버지가 거리낌없이 그의 잔에 술을 따르기 시작했는데 어떻게 할 셈인지 넘칠 정도로 가득 찼는데도 멈추지 않았다. 주위가 차츰 조용해지고, 숨을 죽이고 있는 동안에도 할아버지는 천천히 조심스럽게 계속 포도주를 붓고 계셨다. 참을성이 없던 어머니가 마침내 큰 소리로 웃음을 터뜨렸고 그것으로 모두가 살았다는 듯이 함께 웃음을 터뜨렸다. 긴장된 분위기는 그렇게 풀렸다. 할아버지는 모든 사람의 웃음소리에 눈을 들고, 포도주 병을 하인에게 넘겨주었다.

그날 이후 할머니에게는 또 다른 버릇이 생겼고 갈수록 심해졌다. 집에서 누가 아프면 할머니는 기분이 나빠지고 그것을 견딜 수 없어 했다. 언젠가는 요리사가 손을 다쳐 붕대를 감았는데 그 손을 할머니가 우연히 보고는 온 집 안에 요오드 냄새가 난다고 우겨대고, 그런 일로 요리사를 내보낼 수 없다고 설명해도 완고하게 그것을 받아들이려 하지 않았다. 할머니는 아프다는 것, 곧 병이라는 존재를 의식하기 싫어했다. 할머니 앞에서 누군가 무심코 몸이 조금이라도 좋지 않다는 말을 입 밖에 꺼내기라도 하면, 할머니는 당신에 대한 모욕이라고 느끼고 언제까지나 그 유감을 마음속에 간직해 두었다.

어머니가 돌아가시던 그해 가을에, 할머니는 소피 옥세와 함께 방에 틀어박혀 우리들과 얼굴을 대하는 것조차 피했다. 할머니의 자식인 아버지까지도 상대하지 않으셨다. 어머니가 집안 형편이 좋지 않은 때에 돌아가신 것은 부정할 수 없다. 어느 방이나 춥고, 난로에서는 연기가 나고, 쥐들이 집 안으로 들어왔으므로 사람들은 어느 방에 있어도 안심을 못 하던 때였다. 그러나 할머니의 기분이 나빴던 것은 그런 이유에서만이 아니었다. 마가레트 브리게 부인은 내어머니가 사망한 것에 몹시 속이 상하셨으며, 할머니가 입에 담기도 싫어했던 병과 어머니의 죽음이 집 안을 제 것인 양 차지한 것에 분개하고, 젊은 어머니가 당신보다 먼저 사망한 것에 분개했다. 할머니도 언젠가, 정해져 있지 않은 어느 날 죽게 되리라고 생각했다. 또할머니도 언젠가 죽지 않으면 안 된다는 것을 종종 생각하고 있었다. 그러나 재촉받는 것을 원치 않았다. 나도 언젠가 마음에 드는 때를 골라 죽을 테니 모두가 그토록 빨리 죽고 싶으면 내가 죽은 후에 마음 놓고 죽으면 될 것이 아니냐, 이것이 할머니의 생각이었다.

할머니는 돌아가실 때까지 우리들에게 마음을 풀지 않았는데, 어머니가 먼저 돌아가셨기 때문에 남은 앙금이고 쌓인 노여움이었다.

할머니는 그해 겨울을 나는 동안 부쩍 늙어버리셨는데 키가 큰 몸은 걸을 때에는 멀쩡했으나 팔걸이의자에 앉으면 허리가 꼬부라져버렸다. 그리고 귀도 점점 멀어갔고 누가 할머니 앞에 앉아서 몇 시간이나 뚫어지게 쳐다보아도 그것을 느끼지 못했다. 할머니의 영혼이 오관을 남겨두고 외출하는 일이 잦아졌으며 아주 가끔, 잊어버릴 만하면 잠시 집에 왔다 곧 떠나버리는 식이었다. 할머니의 오관은 쓸쓸하게 남아 텅 빈 영혼의 집을 지키고 있을 뿐. 그러다 영혼이 돌아오면 할머니의 오관도 살아나 어깨걸이의 모양을 고쳐주는 소피 옥세 양에게 뭔가 중얼거리고, 금방 씻은 커다란 손으로 옷을 끌어당겼다. 방바닥에 물이 엎질러졌거나, 우리들이 불결하게 보이거나 한 것처럼 거동하였다.

할머니는 이른 봄 시내에서 한밤중에 돌아가셨다. 소피 옥세는 옆방에서 문을 열어놓은 채로 잠을 자고 있었으나 그것을 몰랐다. 아침에 일어나 할머니의 죽음을 알았을 때, 당신의 육신은 유리처럼 차갑게 식어 있었다.

곧 시종관이신 할아버지도 크고 무서운 병을 앓기 시작했다. 뒷일을 고려하지 않고 마음 놓고 죽을 수 있기 위해서 할머니가 돌아가시기를 오래 기다리고 계셨던 것처럼, 할아버지도 곧 세상을 떠났다.

내가 아벨로네의 존재를 처음으로 의식한 것은 어머니가 돌아가신 다음 해였다. 아벨로네는 항상 내 가까이에 있었다. 이것은 그녀에게 상당한 불이익을 끼쳤다. 거기에다 아벨로네는 예쁜 얼굴도 호감 가는 얼굴도 아니었다. 나는 그것을 아주 어렸을 때부터 어떤 기회에 그렇게 믿어버렸고 맹세컨대 한 번도 그 믿음을 진지하게 다시 생각해본 적이 없었다. 아벨로네가 어떤 처지에 있는 여자라는 것을 생각하는 것은 그 무렵까지 내게는 우스꽝스러운 일이었다.

아벨로네는 항상 우리와 함께 있었는데 사람들은 그녀를 마음껏 부려먹었다. 어느 날 나는 궁금해졌다. 아벨로네는 왜 있는 것일까? 우리 집에서는 그 누구처럼, 가령 옥세 양처럼 확실한 소임은 아니더라도 누구나 집에 있을 만한 일정한 소임, 곧 존재의 이유를 가지고 있었다. 그렇다면 아벨로네는 무엇 때문에 있는 것일까? 한때 아벨로네의 정신이 약간 나갔다는 얘기가 나온 적이 있었으나 어느 누구도 아벨로네의 상태를 신경 쓰지 않았다. 그녀는 정신이 나갔다는 인상을 전혀 주지 않았다.

그런데 아벨로네에게는 한 가지 좋은 점이 있었다. 그녀가 노래를 부르는 것. 다시 말하면 가끔 노래를 부르는 일이 있었다고 한다. 그녀에게는 강렬하고도 확고한 음악성이 자리잡고 있었다. 천사가 남자라는 것이 만일 사실이라면 아벨로네의 목소리에는 어딘지 남성다운 점이 있었다. 화려하면서도 남성다운 힘찬 목소리라고 할까. 어쨌거나 어렸을 때부터 나는 음악을 그렇게 좋아하지 않았으나(음악이 나를 무엇보다도 다른 인간으로 바꿔버리기 때문이 아니고, 음악을 들은 후의 나는 음악을 듣기 전보다도 훨씬 깊은 세계, 아직 형태가 정해지지 않은 세계로 끌려 들어가버리는 것을 알았기 때문이었다) 아벨로네의 노래만은 편하게 들을 수가 있었다. 그녀의 노래는 나를 위로 자꾸만 높이 날게 하여, 이윽고 천국에 와 있음에 틀림없다는 생각을 갖게 해주었다. 하지만 그 무렵의 나는 아벨로네가 다른 천국에도 나를 데려다주리라고는 예상하지 않았다.

아벨로네와 내가 친해진 것은 아벨로네가 내 어머니의 처녀 시절 이야기를 들려주었기 때문이다. 아벨로네는 어머니가 얼마나 쾌활하고 발랄했던가를 내게 알려주느라 상당히 열심이었다.

그녀는 그 무렵 댄스와 승마에서 어머니를 따를 사람이 한 사람도 없었다고 했다.

"당신 어머니는 누구보다도 용기가 있어서 지칠 줄 모르는 성품이셨는데, 어느 날 갑자기 결혼을 하셨지요."

아벨로네는 여러 해가 지난 그 무렵에도 아직 그것을 이상스럽게 생각하는 것처럼 말했다.

"너무나도 갑작스러워서 아무도 그것을 받아들이지 못했어요."

나는 아벨로네가 왜 결혼을 하지 않았는지 알고 싶었다. 내가 보기에 그녀는 꽤 나이가 들어 보였고 앞으로 결혼할 수 있으리라고는 생각되지 않았다.

"아무도, 상대가 없었어요."

아벨로네는 간단히 대답했을 뿐이다. 그때 그녀의 얼굴은 매우 아름답게 보였다. 아벨로네는 미인인가? 나는 깜짝 놀라며 자문해 보았다. 그러고는 나는 오래지 않아 집을 떠났고 귀족 학교에 입학했다. 불유쾌하고 불행한 시기가 시작되었다.

그러나 소뢰*의 그 학교에서 다른 학생들과 떨어져 창가에 잠시

---

* 덴마크의 슐랜드섬에 있는 도시다.

혼자 서 있게 되면 나는 뜰의 나무들을 바라보고 있었다. 그런 순간이거나 혹은 밤이면, 나는 점차로 아벨로네가 아름답다는 확신을 마음속에서 키워갔다. 나는 긴 편지며 짧은 편지를 여러 장 남몰래 그녀에게 썼는데, 스스로는 그 편지에 울스고르의 추억과 소뢰에 있는 자신이 불행하다는 것을 쓴 것이라고 생각했다.

그러나 지금 생각해보면, 그것들은 연애 편지였던 것 같다. 영원히 다가올 것 같지 않던 여름 방학이 마침내 왔을 때, 우리 둘은 마치 서로 약속이라도 한 것처럼 사람이 보지 않는 장소에서 만나게 되었다. 우리 둘은 아무런 약속을 한 일은 없었지만 마차가 뜰 안으로 들어서자 나는 마차에서 내리지 않을 수 없었다. 아마도 자기 집에 손님처럼 마차를 타고 들어가기가 싫었기 때문일 것이다. 한여름이었다. 나는 산책길의 하나를 골라 달려갔고 금작화 나무 밑으로 갔다. 그런데 거기에 아벨로네가 있었다. 아름다운, 아름답고 아름다운 아벨로네가.

나를 쳐다보던 당신의 그 눈빛을 나는 언제까지라도 잊지 않으리라. 당신은 얼굴을 살짝 들어 나를 바라보는 눈이 미끄러져 떨어지지 않도록 얼굴로 살짝 받치고 있는 듯하였다.

아, 울스고르의 기후는 조금도 변하지 않았던가? 울스고르 주변이 우리 둘의 훈훈한 온기로 따사로워지지 않았을까? 뜨락의 장미는 예년보다 늦게, 섣달에도 싱싱하게 피어 있지 않았을까?

나는 당신에 관한 이야기를 이제 쓰지 않겠소, 아벨로네. 우리 두 사람이 서로 속이고 있었기 때문이 아니고, 당신, 사랑을 주지 않을 수 없는 여인인 당신이 한평생 결코 잊은 일이 없었던 한 사람을 그 당시에도 사랑하고 있었고, 그리고 나는 모든 여인을 사랑하고 있었기 때문도 아닙니다. 쓰는 것은 진실을 왜곡하기 때문입니다.

아벨로네, 여기에 융단이 있소, 벽에 거는 융단*입니다. 나는 당신도 여기에 있다고 상상하리다. 벽걸이는 여섯 장 있습니다. 이곳으로 오시오. 한 장씩 천천히 보며 지나갑시다. 하지만 처음에는 조금 뒤로 물러서서, 여섯 장을 한꺼번에 보시오. 얼마나 조용한 느낌인가요, 그렇지요? 거의 변화가 없소.

어느 것에나 같은 타원의 푸른 섬이 점잖은 붉은색 바탕에 떠 있소. 그리고 그 붉은 바탕 속에 꽃이 피고, 여러 가지 모습을 한 조그마한 동물이 살고 있소. 단지 여섯 번째 벽걸이의 섬만은 가벼워진 듯이 약간 떠올라 있소. 어느 벽걸이의 섬에도 하나의 모습, 여인의 모습이 보입니다.

옷차림은 각각 다르나 같은 여인입니다. 이따금 그 여인 옆에 좀 더 작은 모습, 시녀 같은 여자의 모습이 보입니다. 그리고 어느 벽걸이에도 문장을 받치고 있는 동물이 크게 짜여 있습니다. 그 동물은 여인이 있는 섬 위에 있으면서 그 생활 속으로 파고들어가 있습니다. 왼쪽이 사자, 오른쪽이 백색의 일각수입니다. 두 마리가 모두 같은 기(旗)를 들었습니다. 머리 위에 높이 휘날리는 붉은 바탕의 푸른 무늬 속에는 은빛 반달 세 개가 나란히 있습니다. 보았지요?

---

* 16세기에 짠 벽걸이 〈여인과 일각수〉로 파리의 클루니 박물관에 있다.

그럼 첫 번째 벽걸이부터 보도록 합시다.

여인은 매에게 모이를 주고 있습니다. 이 얼마나 눈부신 의상입니까. 매는 장갑을 끼고 있는 여인의 손에 앉아서 움직입니다. 여인은 매를 지켜보며, 모이를 주려고 시녀가 받쳐 들고 있는 접시 쪽으로 손을 뻗습니다.

오른쪽 밑으로 펼쳐져 있는 여인의 긴 옷자락 위에는 비단 같은 털을 가진 조그마한 개가 앉아 있으며, 눈을 들고 자기도 기억해주기를 바라는 것 같습니다. 장미의 나지막한 울타리가 공간을 나누고 있는 섬의 배경을 당신은 보았는지. 문장(紋章)의 동물은 문장답게 뽐내고 서 있습니다. 그 동물에게 입혀놓은 외투도 문장입니다. 아름다운 브로치가 외투 앞자락을 여미고 있습니다. 그리고 바람이 있습니다.

두 번째 벽걸이에서는 여인이 생각에 잠겨 있는 것을 보고 우리는 무의식중에 발소리를 죽이게 됩니다. 여인은 화관(花冠)을 짭니다. 조그맣고 둥근 화관이지요. 한 개의 석죽(石竹)을 덧붙여 짜면서, 시녀가 받쳐 들고 있는 납작한 쟁반에서 다음에 짤 석죽의 색을, 생각에 잠긴 눈으로 고르고 있습니다.

뒤에 있는 벤치에는 넘칠 정도로 장미를 담은 바구니가 손을 대지 않은 채 놓여 있어 한 마리의 원숭이가 그것을 찾아냈습니다. 이번에는 석죽 차례겠지요. 사자는 이미 흥미를 갖고 있지 않으나, 오른쪽의 일각수는 알고 있는 것 같습니다.

이 고요 속에 음악이 들리지 않을 수 있었을까요? 어쩌면 지금까지 희미하게나마 들려오지 않았을까요? 여인은 무겁고 조용한 옷차림을 하고, 휴대용 오르간 앞으로 가(이 얼마나 얌전한 걸음걸이인가), 선 채로 연주를 합니다. 시녀는 파이프를 사이에 두고 주인과 마주 보고 서서, 오르간의 리드를 움직이고 있습니다.

여인은 지금까지보다도 훨씬 아름답습니다. 머리는 이상스러운 모양으로 땋아서, 두 갈래로 갈라 앞으로 가져와 머리 장식 위에서 묶었고, 끝이 묶인 머리에서 투구의 짧은 깃 장식처럼 튀어나와 있습니다. 사자는 울음소리를 억지로 삼키고 기분이 나쁜 듯이 참으면서 음악을 듣고 있습니다. 그러나 일각수는 율동을 하고 있는 것처럼 아름다운 모습입니다.

섬이 넓어집니다. 천막이 쳐지고 있습니다. 파란 무늬 직물로 짠 천막으로서, 금빛의 물결무늬가 있습니다. 동물이 그것을 좌우로 벌리고, 여인은 눈부신 의상이 검소하게 보일 정도로 아름답게 걸어나갑니다. 진주 목걸이도 여인의 아름다움에 비하면 아무것도 아닙니다. 여인은 시녀가 열고 있는 작은 궤에서 언제나 깊숙이 감추어져 있는 묵직한 아름다운 보석 사슬을 꺼내고 있습니다. 여인의 옆자리에 만들어져 있는 높은 장소에 조그마한 개가 앉아서 그것을 지켜보고 있습니다. 그리고 당신은 천막의 위 끝에 적혀 있는 문구를 보았는지요? '오직 하나뿐인 나의 소원을 위해서'라고 적혀 있습니다.

어떻게 된 걸까요. 왜 저 밑에 있는 조그마한 토끼가 뛰고 있는 걸까요. 왜 우리들은 토끼가 뛰고 있는 것을 첫눈에 느낄 수 있을까요. 모든 것이 어찌할 바를 모르고, 조심스러워 움직이지 않기 때문입니다. 사자는 할 일이 없어졌습니다. 여인은 자기 스스로 기를 들고 있습니다. 아니면 기에 기대어 있는 걸까요? 그리고 다른 한 손으로 일각수의 뿔을 붙들고 있습니다. 이것은 슬픔의 표현일까요? 슬픔이 이처럼 단정할 수 있을까요? 그리고 상복이, 이 군데군데 후줄근해진 곳이 보이는 검은 빛깔이 도는 녹색의 비로드만큼, 아주 잠잠한 느낌을 줄 수가 있을까요?

그러나 아직도 축제가 열립니다. 아무도 거기에 초대되지 않았습니다. 거기에서는 기대라는 것이 아무런 의미도 없기 때문입니다. 모든 것이 갖추어져 있습니다. 모든 것은 영원히 여기에 존재하는 것입니다. 사자는 거의 위협하듯 주위를 노려보고 있습니다. 아무도 와서는 안 됩니다. 여인은 이제까지 지친 모습을 한 번도 보이지 않았습니다.

마침내 지친 걸까요? 아니면 무엇인가 무거운 것을 들고 있기 때문에 주저앉아버린 걸까요? 성체현시대(聖體顯示臺)를 들고 있다고 생각할 수 있겠습니다. 여인은 다른 한 손을 일각수에게 내밀고 있고, 일각수는 기쁜 듯이 뒷다리로 일어서서 여인의 무릎에다 앞발을 걸치고 일어나고 있습니다. 여인이 갖고 있는 것은 거울입니다. 알겠습니까, 여인은 일각수에게 그 모습을 비춰 보여주고 있습니다.

아벨로네, 나는 당신이 이곳에 있는 것으로 생각하고 있습니다. 당신이 그것을 알 수 있을까요, 아벨로네? 당신은 그것을 틀림없이 알아줄 것이라고 나는 생각합니다.

2부

지금 부삭*의 옛 성에 〈여인과 일각수〉라는 벽걸이 양탄자는 없다. 지금은 모든 것이 유서 깊은 귀족의 저택에서 다른 사람의 손으로 넘어가버리는 시대다. 오래된 집들은 어떤 물건도 붙잡아둘 수 없게 되었다. 이제는 안전성보다는 위험성이 더욱 믿을 만한 것이 되어버렸다. 델르 비스트 가문의 사람들은 한 사람도 이 세상에 남아 있지 않다. 그 혈통을 핏속에 지닌 사람도 없다. 한 사람도 빠짐없이 자취를 감추어버렸다.

유서 깊은 옛 집안에서 태어난 위대한 기사단 단장이었던 피에르 도뷔송**의 이름을 부르는 사람은 한 사람도 없었다. 무엇이든

---

* 프랑스 크뢰스에 있는 옛 성이며 폐허가 되었다.
** 로데스에서 벌어진 마호메트 2세와의 유명한 공성전(攻城戰)에서 활약했다.

찬미하고 어느 것 하나 포기하려 들지 않는 이 벽걸이는 피에르 도 뷔송의 명령으로 짜여진 것 같다(아, 시인들이 여자를 이 벽걸이와는 다른 식으로, 이 그림이 보여주는 것보다 훨씬 노골적으로 여자의 모습을 표현한 이유는 무엇일까? 우리들은 이 벽걸이가 보여주는 것 이외에는 알 수 없다. 알아서는 안 된다는 것도 의심할 여지가 없다). 우리들은 알지도 못하는 사람들 틈에 섞여 우연히 이 벽걸이 앞에 선다. 그리고 웬일인지 자신들이 초대받은 사람이 아니라는 데 놀란다.

그렇지만 아무렇지도 않은 듯 무관심하게 이 앞을 지나쳐버리는 사람들이 적지 않다. 젊은 사람들이 특히 그렇다. 전공 때문에 이 벽걸이의 어떤 부분을 살펴야 하는 경우가 아니라면 앞에 서보려고도 하지 않는다. 그런데 젊은 처녀들이 이 앞에 서 있는 일은 종종 있다. 그것들을 붙잡아둘 수 없었던 옛 집에서 온, 젊은 처녀들이 여러 명 박물관에 와 있었다. 그 처녀들은 이 벽걸이 앞에 서서 현재 자신의 처지를 조금씩 망각한다. 이 벽걸이에 나타나 있는 것과 같은 생활, 그러니까 한 번도 분명하게 밝혀진 일이 없는, 조심스러운 거동을 감추고 있는 아주 조용한 생활이 있었음을 처녀들은 느끼고 있었다. 그래서 내 생활도 이렇게 되리라, 생각하던 때도 있었다고 어렴풋이 다시 생각해내곤 했다. 그러나 처녀들은 그것을 다시 생각하지 않으려는 듯 급히 수첩을 꺼내어 스케치를 시작한다.

한 송이의 꽃이든 자그마하여 흔쾌히 그릴 수 있는 동물이든 무엇인가를 스케치하기 시작한다. 무엇을 그리는지는 중요하지 않다. 다만 뭔가를 그리고 있다는 게 중요한 일이다. 모두가 좋은 집안의 딸들인데 그림을 그리려고 어느 날 꽤 거칠게 집을 뛰쳐나온 것이다. 그러나 지금은 스케치를 하면서 팔을 쳐들면 등에 있는 단추가 모조리 채워져 있지 않거나, 몇 개가 끌러져 있는 것을 깨닫는다. 손이 닿지 않는 단추가 서너 개 있다. 그 옷을 만들었을 무렵에는 언젠가 갑자기 집을 나오게 되리라고는 상상하지 못했을 것이다. 집에는 단추를 채워주는 사람이 늘 곁에 있었지만 이 넓은 도시에서는 아아, 누가 보살펴주겠는가. 지금부터 친구를 사귀지 않으면 안 되리라. 그러나 친구들도 똑같은 처지이므로 결국 서로가 단추를 채워주게 될 것이다. 이것은 우습기도 하고 생각하고 싶지 않은 옛 집안일을 상기시키기도 한다.

처녀들은 스케치를 하면서 종종 생각할 수밖에 없었으리라. 집을 나오지 않아도 되었을 텐데, 집안사람들과 템포를 맞추어 마음속 깊이 순종하고 있었다면. 참으로 순종을 하는 착한 처녀로 있었다면…… 그러나 당시에는 그런 생활을 함께 찾아내고 시도한다는 것이 극히 무의미한 일로 느껴졌다. 어쩐지 길이 좁아진 것이다. 한 가족이 어울려서 함께 신(神)을 구하는 것은 곤란하게 되었다. 집안사람들과 마지못해 나눠 가질 수밖에 없는 신 이외의 자질구레한 일만이 남아 있었다. 그러나 그것도 정직하게 나누려 하면 한 사람 몫으로는 너무 조금이라 한심스럽기만 하다. 서로 나눌 때에 거짓이 섞이면 분쟁이 일어난다. 그러니 무엇이라도 좋으니 스케치를 하고 있는 것이 낫다. 마침내 그림은 원본을 닮아갈 것이고, 조금씩 배우고 익히는 기술은 정말 부러워할 만한 가치를 지닌 것이란 생각도 든다.

이렇게 젊은 처녀들은 일단 마음먹은 일에 열중해서 얼굴을 들려 하지 않는다. 눈앞의 벽걸이용 양탄자에 뭐라고 표현할 수 없는 무한한 상태로 화려하게 펼쳐져 있는 생활, 변함이 없는 생활은 그들 안에서도 멸망하지 않았고, 스케치에 몰두하고 있는 것처럼 보여도 자신들 안에서 그러한 삶을 억누르고 있었다. 그저 그녀들은 그것을 깨닫지 못한다. 그것을 믿고 싶지 않은 것이다. 모든 것이 변하려고 하니까 자신들도 변하겠다는 것이다. 그녀들은 진실성을 상실하기 시작했으며, 그녀들이 없는 곳에서 남자들이 쑥덕공론을 하는 여인에 가까운 모습으로 자신을 생각하려 하고 있다. 그것이 진보라고 생각하고 있다.

그녀들은 누구든 향락을 좇고, 그것이 충족되면 다음 향락을, 그리고 좀 더 강렬한 향락을 추구하지 않으면 안 된다고 생각한다. 어리석게 인생을 잃어버리고 싶지 않으면, 향락을 추구하는 것을 인생의 목적으로 삼지 않으면 안 된다, 이렇게까지 생각하게 되었다. 그리고 처녀들은 사방을 둘러보며 스스로 그것을 찾아나서려고 마음속으로 작정한 것 같다. 이전 같으면 오직 다른 사람에게 발견되어 사랑받기를 기다리는 심정이 늘 그녀들의 강점이었는데…….

왜 이렇게 되어갈까? 나는 그들이 지쳐버려서라고 생각한다. 몇백 년 동안 여자들은 사랑의 작업을 혼자서 도맡아왔다. 사랑의 대화에서 1인 2역을 맡아왔다. 남자는 여자가 하는 말을 그대로 되풀이할 뿐이었다. 그것도 서투르게 말이다. 남자의 산만함과 무신경, 역시 일종의 무신경인 질투는 여자들의 진실한 사랑을 터득하는 데 장애물이 되었다. 그러나 여자는 낮이나 밤이나 쉬지 않고 계속 사랑하여, 사랑을 깊게 만들었다. 이렇게 해서 끝이 없는 고뇌에 단련

된 여인은 떠나간 남자를 계속 불러서는 마침내 그 남자를 밟고 넘어서서 강인한 '사랑의 여성'으로 높여지고, 변모해갔다.

돌아오지 않는 남자를 추월해서 생장을 계속해온 여인들, 예를 들면 베네치아의 여인 가스파라 스탐파* 그리고 포르투갈의 여인 마리나 알코포라도**가 그랬다. 이 두 사람은 사랑하는 것을 그만두지 않아 마침내 그 괴로움은 지독한 얼음과 같은 아름다움으로 변하여, 벌써 막을 수가 없는 것이 되었다. 우리는 그와 같은 여인을 한 사람도 빠짐없이 알고 있다. 기적과 같이 편지가 남아 있기 때문이다. 슬픔을 호소하고 또는 노래하고 있는 시집이 남아 있기 때문이다. 화랑에서 눈물의 베일 뒤에서 우리들을 응시하는 초상화가 남아 있기 때문이다. 화가는 그 눈물의 베일이 무엇을 뜻하는가를 몰랐기 때문에, 그래서 그것을 표현할 수가 있었던 것이다. 그러나 그와 같은 여인은 그 외에도 수없이 존재하였다.

편지를 불태워버린 여인, 편지를 쓸 힘마저 없어져버린 여인. 딱딱하게 바싹 말라버린 노파의 마음속에도 남몰래 숨겨둔 신선하고 아름다운 감정의 추억이 깃들여 있는지도 모를 일이다. 보기 흉하게 살이 쪄버린 여인은 피로에 지친 나머지 디룩디룩 살이 쪄 남자와 똑같이 되어버렸으나, 사랑 때문에 괴로워했던 마음속 깊이에서는 그와는 전혀 다른 여자였다. 아이 낳기를 싫어한 여인이 여덟 번

---

*   애인인 콜랄티노 디 콜랄토 백작에게 부치는 소네트로 유명하다.
** 《포르투갈 수녀의 편지》의 화자로 자신을 버린 애인 노엘 부톤 드 샤밀리에게 수도원에서 열렬한 편지를 썼다.

째 분만을 하다가 죽었을 때, 사랑을 꿈꾸는 처녀와 같은 젊고 싱싱한 몸짓과 경쾌함을 지니고 있었다. 그리고 술주정꾼과 함께 살거나 어리석게 뛰노는 손님들을 접대하고 있는 여자들도, 마음속에서만은 자기 혼자만의 세계를 지키는 고독한 방법을 알고 있었던 것이리라.

그 여자가 사람들 앞에 나타나면 그것을 감추지 못해 천사와 사귀고 있는 사람처럼 훤하게 빛이 나는 것이었다. 그와 같은 여자가 많았는지, 그리고 어떤 여자가 그런 여자였는지, 누가 그것을 알 수 있으리. 그녀들은 실마리가 될 수 있는 말들은 미리미리 없애버리고 만 것이다.

지금은 모든 것이 변하려 하고 있다. 그러니 우리 남자들이 변해야 할 차례가 아닐까? 약간 진보해서 사랑의 작업에서 우리가 맡아야 할 몫의 절반을 혹은 조금씩이라도 분담할 수는 없을까? 여자들은 남자들에게 사랑의 고뇌를 경험시켜주지 않았다. 그 때문에 남자에게 사랑은 일종의 놀이에 불과했다. 청순한 레이스 한 조각이 어린아이의 서랍 속으로 이따금 뒤섞여 들어가서 잠시 동안 어린아이를 기쁘게 했다가는 차츰 싫증이 나고, 마침내 망가진 조각조각의 장난감과 섞여 무엇보다도 돌보지 않는 보잘것없는 것이 되어버리는 식으로 말이다.

우리는 얼치기 예술가처럼 경박한 향락에 물들어 사랑의 경험자 운운하며 대가인 척한다. 그러나 우리는 그러한 성공을 경멸해야 되지 않을까? 우리들을 위해서 밤이나 낮이나 행해진 사랑의 작업,

이제까지는 남이 해준 일을 맨 처음부터 내 손으로 익힌다면 어떨까. 많은 것이 변해가는 지금, 우리는 이제까지의 생활과 인연을 끊고 초심자로서 시작해보면 어떨까?

　지금도 나는 레이스 조각을 펼치는 어머니의 마음이 어떠했는지를 잘 기억하고 있다. 어머니는 잉에보르의 장식용 책상 서랍 가운데 딱 하나만을 사용하고 있었다.

　"레이스를 보자, 말테야."

　어머니는 이렇게 말씀하시고, 노랗게 래커 칠을 한 조그만 서랍 속에서 레이스를 꺼냈다. 방금 누군가 보내준 선물이라도 되는 양 기쁜 표정을 지었다. 기대감으로 가득 차서 얇은 포장지를 끄르는 손이 제대로 움직여주지 않았고 그럴 때마다 내가 어머니 대신 그것을 끌렀다. 레이스가 모습을 나타날 때면 나도 완전히 흥분해버렸다. 레이스는 나무 막대기에 감겨 있었는데, 너무나 많아서 막대기가 완전히 감추어져 있었다. 우리들은 레이스를 천천히 풀어헤치면서 무늬가 펼쳐지는 것을 바라보며 한 가지 무늬가 끝날 때마다 작은 탄성을 뱉어냈다. 모든 무늬는 불시에 툭 끊기곤 했다.

　처음에 이탈리아 제품인 테두리를 장식하는 레이스가 나타났다. 실밥을 뽑아내어 뜬 튼튼한 그 레이스는 무늬가 반복되고 있어, 농가의 정원처럼 선명했다. 그러다가 베네치아의 뾰족한 뜨개바늘 끝으로 섬세하게 짠 거미줄 무늬 레이스가 죽 나타나 우리의 눈길을 사로잡았는데, 수도원이나 감옥에서 창들을 바라보는 것처럼 느껴졌다. 눈은 다시 거미줄 무늬에서 벗어나 널찍한 정원을 보게 되었는데, 그것은 점점 정교해져서 온실 속에 들어간 것처럼 눈 언저리가 묵직하고 따뜻해졌다. 처음 보는 화려한 식물들이 커다란 잎을 벌리고, 덩굴은 현기증이라도 일으킨 것처럼 뒤엉켜 있으며 알랑송 레이스에 핀 커다란 꽃이 꽃가루를 뿌려 모든 것이 몽롱해져버렸다. 눈이 피로해져 멍청해진 우리들은 뜻밖에도 발랑시엔 레이스의 기다란 도로로 나오는데 거기에는 겨울의 이른 새벽 서리가 내려 있었다. 우리들은 뱅슈 레이스의 쌓인 눈을 헤치면서 나아가, 아무도 아직 지나가지 않은 광장에 다다랐다.

나뭇가지는 아주 기묘한 모양으로 축 늘어져 있었으며, 그 밑에는 무덤이 있을지도 몰랐으나, 우리들은 서로 입을 다물고 있었다. 추위는 점점 몸에 스며들었고, 어머니는 마침내 아주 섬세한 보빈식 뜨개질을 한 레이스가 나타났을 때 말했다.

"아아, 속눈썹에 성에가 끼는 것 같구나."

정말 그대로였다. 밖은 추운데 우리들의 마음은 아주 따뜻해져 있었기 때문이다.

우리는 레이스를 감으면서 한숨을 쉬었다. 그것은 힘이 드는 일이었으나, 다른 누구에게도 맡기고 싶지는 않았다.

"우리가 이것을 짜지 않으면 안 된다면 어떡하겠니?"

어머니는 말씀을 하시고 마음속으로 두려워하는 것 같아 보였다. 그것이 얼마나 큰일인지, 나는 전혀 상상할 수 없었다. 나는 낮이나 밤이나 계속 뜨개질을 해서 목숨을 부지하는 조그마한 벌레를 상상하고 있는 나를 깨달았다. 그럴 리가 없다. 이것을 짠 것은 부인네들이었으니까.

"이것을 짠 사람들은 틀림없이 천국에 가 있겠지요."

나는 감탄해서 말했다. 내 기억에 나는 오랫동안 천국에 대해 질문하지 않았다. 어머니는 숨을 돌렸고 레이스는 모두 감겨 있었다.

잠시 후, 내가 질문한 사실을 잊어버렸을 무렵 어머니는 천천히 말씀하셨다.

"천국? 그 사람들에게는 이게 바로 천국이었다고 엄마는 생각한다. 그렇게 생각하고서 이것을 보고 있으면, 이것은 바로 영원한 행복이 틀림없어. 한데 이런 어려운 일을 잘 알 수가 있어야지."

가끔 집에 손님이 오면 슐린가(家) 사람들은 굉장히 절약하며 산다는 얘기가 나왔다. 오래된 큰 저택은 수년 전에 불타버렸고, 지금은 좁은 두 개의 행랑채에서 비좁게 지내고 있었다. 그러나 손님 초대를 즐기는 전통은 바꿀 수 없었다. 어쩌면 그것은 고칠 수는 없는 모양이었다. 누군가가 뜻밖에 우리 집에 찾아오면 그것은 슐린가를 거쳐서 오는 경우가 대부분이었다. 우리 집에 와 있던 사람이 갑자기 시계를 보고 당황하여 자리에서 뜬다면, 그것은 뤼스타게르의 슐린가에 초대받아 가는 것이 분명했다.

그 무렵의 어머니는 아무 데도 나가실 수가 없게 되었는데, 슐린가의 사람들은 그것을 이해할 수 없었다. 그리고 끝까지 사양할 수 없어서 한 차례 방문할 수밖에 없었다. 눈이 벌써 서너 차례나 내린 12월 어느 날이었다. 썰매는 3시에 오기로 되어 있었고, 나도 따라가기로 되어 있었다. 우리 집에서는 어디를 가든 제시간에 떠난 일이 없었다. 어머니는 마차가 당도한 것을 알려주는 것을 싫어했다.

그러므로 거의 언제나 너무 이르게 아래층으로 내려오고, 아직 아무도 없는 것을 알게 되면 이미 했어야만 하는 용무를 늘 생각해내고 다시 위층으로 되돌아가서 위층 어디에선가 무엇인가를 찾기 시작하거나 정돈하기 시작하므로, 어머니를 찾기가 어려웠다. 모두가 아래층에 서서 어머니를 기다렸다. 이윽고 어머니가 자리에 앉고 누군가가 따뜻하게 감싸주면 뭔가 잊어버린 것을 깨닫고 시베르센을 불러야 했다. 잊고 온 것이 어디에 있는지 시베르센만이 알기 때문이다. 그러나 시베르센이 돌아오기도 전에 마차는 갑자기 출발해버렸다.

그날은 종일 우중충하더니 끝내 밝아지지 않은 채 저물기 시작했다. 나무들은 안개 속에서 그 끝을 알 수 없는 모습으로 묵묵히 서 있었다. 그런데 이곳을 썰매를 타고 달리는 일이 어쩐지 외고집으로 느껴졌다. 어느 틈엔지 또 눈이 소리없이 내려 지금까지 보이던 것들마저 지워버려 하얀 종이 속을 달려가는 것 같았다. 방울 소리가 들릴 뿐, 어디를 달리고 있는지 몰랐다. 마지막 방울까지 모조리 울려버린 듯 갑자기 방울 소리도 울리지 않는 순간이 있었다. 그러나 다시 방울 소리는 모여들고 하나가 되어 힘있게 울리기 시작했다. 왼편에 있는 교회 탑에서 울리는 소리라고 상상할 수 있었다. 그러나 뜻밖에 공원의 윤곽이 거의 머리 위로 나타났는데 우리들은 가로수 길게 늘어선 길로 들어섰다. 방울 소리는 조금도 밑으로 내려오지 않고 나무들의 왼쪽과 오른쪽에 매달려버린 듯했다. 이윽고 우리들은 좌우로 흔들리고 뭔가의 모서리를 둥글게 돌아, 오른쪽에 있는 무엇인가를 지나친 다음 한가운데에서 정지했다.

마부 게오르그는 거기 있던 집이 불타버린 사실을 까맣게 잊고 있었다. 우리도 그 순간 그곳에 그 집이 있다고 믿지 않았던가. 우리들은 예전의 테라스로 이어진 옥외 계단으로 올라갔는데, 캄캄하고 어두워 이상했다. 갑자기 우리의 왼쪽 뒤편에서 문이 열리고 누군가가 "이리들 오세요" 하고 부르며, 희미한 등불을 높이 흔들어 보였다. 아버지는 웃으시며, "우리들은 유령처럼 안개 속을 헤매고 있었구나" 말씀하시고, 다시 층계를 내려오면서 우리들의 손을 붙잡아주셨다.

"하지만 바로 저기에 집이 한 채 있었거든요."

어머니는 말씀하셨다. 하지만 명랑하게 웃으며 달려온 베라 슐린에게 그렇게 빨리 익숙해지지는 못하는 것 같았다. 이윽고 우리들은 빨리 집으로 들어가야 했기 때문에 그 집 생각을 이어갈 수가 없었다. 좁은 현관에서 외투를 벗고, 바로 등불이 밝은 방 안으로 들어가 난로 옆에 마주 앉았다.

슐린가는 성인이 된 여자들만으로 구성된 명문 가문이었다. 아들이 있었는지는 알 수 없다. 나는 세 자매만 기억하는데, 맏딸은 나폴리에 있는 모 후작과 결혼을 했으나 그 무렵은 이혼 소송 중이었으며, 상당한 시간이 걸려서야 이혼을 했다. 그다음이 조에라는 딸로, 이 딸은 모르는 것이 아무것도 없다는 소문이었다. 그리고 누구보다도 셋째 딸인 베라, 명랑한 베라가 있었다. 베라가 어떤 사람이었는지는 신만이 알 것이다. 어머니인 슐린 백작 부인은 나리시킨가[*]

---

[*] 러시아 귀족의 일족으로, 표트르 대제의 모친도 이 집안에서 태어났다.

태생이었는데, 슐린 백작의 넷째 딸이라고도 말하고 어떤 의미에서
는 가장 젊었다. 그녀는 아무것도 몰라서 언제나 딸들에게 배우지
않으면 안 되었다.

선량한 슐린 백작은 마치 이 네 명의 여자들에게 공동의 남편이
라도 되는 것처럼 방 안을 돌아다니면서 그 한 사람 한 사람에게 키
스를 했다. 그런데 슐린 백작은 큰 소리로 웃으면서 우리들에게 장
황한 인사말을 했다. 네 여자는 나를 손에서 손으로 넘기며 어루만
지기도 하고 여러 가지 질문을 하기도 했다. 나는 그것이 끝나면 어
떻게 해서든지 밖으로 빠져나가 조금 전의 집을 찾아보겠다고 결심
했다.

오늘은 그 집이 틀림없이 있을 것으로 믿었다. 빠져나가는 것은
어렵지 않았다. 어른들의 옷과 옷 사이를 개처럼 빠져나갔다. 현관
으로 나가는 문은 아직 반쯤 열린 채로 있었다. 그러나 바깥 문이 열
릴 것 같지 않았다. 쇠사슬과 빗장과 여러 개의 장치가 있었고, 조급
히 서두르고 있었기에 쉽게 벗겨지지 않았다. 갑자기 그 문은 열렸
으나, 큰 소리가 나서 밖으로 나가기 전에 붙잡혀 끌려들어오고 말
았다.

"기다려라, 이 집에서는 슬그머니 빠져나가려고 해도 안 된단다."

베라 슐린이 유쾌한 듯이 말했다. 그리고 허리를 구부리고 나를
들여다보았다. 나는 이 명랑한 여자에게 아무것도 알리지 않기로
마음먹었다. 내가 대답하지 않자 베라는 내가 소변이 마려워 그러
는 것으로 짐작하고, 내 손을 붙잡더니 걷기 시작했다. 매우 정답게,
한편으로는 새침한 표정을 지어 보이면서 어디론가 데리고 가려 했

158

다. 이 은근한 오해 때문에 내 기분은 완전히 상해버리고 말았다. 나는 베라의 손을 뿌리치고 흘겨보면서 말했다.

"집을 보러 가려는 거야."

베라는 그 말뜻을 금방 깨닫지 못했다.

"밖에 있는 층계 위의 큰 집을 보러 갈 거야."

"바보로군."

베라는 말하고 나를 재빨리 붙잡았다.

"지금은 거기에 집이 없어요."

그러나 나는 듣지 않았다.

"그럼 우리 낮에 한번 보러 가요."

베라는 달래듯 말했다.

"지금은 어두워서 그런 곳을 걸어다닐 수 없어요. 웅덩이가 많고, 바로 뒤에는 아빠가 물고기를 기르는 연못이 있어 언제나 얼지 않도록 하고 있어요. 그곳에 빠지면 물고기가 되어버려요."

베라는 그렇게 말하면서 나를 밀어 밝은 방으로 돌아오게 했다. 모두가 아직 의자에 앉아서 이야기를 하고 있었다. 나는 그 한 사람 한 사람을 바라보았다. 이 어른들은 그 집이 없을 때에만 가서 보는 것이다. 나와 어머니가 이곳에 살고 있으면 그 집은 언제든지 있을 거라고 나는 생각하고 경멸했다. 모두가 함께 떠들고 있는 속에서 어머니는 우두커니 앉아 있었다. 어머니도 그 집에 대한 생각을 하고 있음이 틀림없었다.

조에가 내 옆에 앉아서 무엇인가를 물었다. 그녀는 잘 다듬어진 얼굴에 끊임없이 무언가를 간파하려는 듯 이따금 날카로운 통찰의

빛을 번쩍였다. 나의 아버지는 몸을 약간 옆으로 비스듬하게 하고 앉아서, 웃으며 지껄이고 있는 큰딸인 후작 부인의 이야기에 귀를 기울이고 있었다. 슐린 백작은 나의 어머니와 슐린 백작 부인 사이에 서서 무슨 이야기인가에 열중하고 있었다. 그런 나는 슐린 부인이 슐린 백작의 말을 가로막고 무슨 말인가 하는 것을 보았다.

"아냐, 그건 당신의 상상이야."

슐린 백작은 부드럽게 말했으나, 그도 갑자기 불안한 표정으로 나의 어머니와 부인의 머리 위에다 코를 내밀었다. 슐린 부인은 모두가 미신이라고 부르던 걱정에 빠져 있었다. 그녀는 주의를 방해받고 싶지 않은 듯 긴장된 얼굴 표정을 지었다. 반지를 끼고 있는 부드러운 손으로 모든 사람의 이야기를 가로막듯 자그맣게 신호를 했다. 누군가가 "쉿" 하는 소리를 내어 갑자기 온 방 안이 조용해졌다.

불탄 옛집에서 옮긴 큰 가구들이 사람들 뒤에 눈에 거슬릴 정도로 큼직하게 튀어나와 있었다. 몇 대를 전해 내려온 묵직한 은그릇이 빛을 내며, 확대경을 통해서 보는 것처럼 부풀어 보였다. 나의 아버지는 이상스러운 듯이 모든 사람을 돌아다보았다.

"엄마가 냄새를 맡고 계시는 거예요."

베라 슐린이 아버지 뒤에서 말했다.

"그동안 우리들은 언제나 조용하게 하고 있어야 돼요. 엄마는 귀로 냄새를 맡는 모양이에요."

그렇게 말하는 베라도 눈썹을 치켜올리고, 주의력을 코에다 집중시키고 긴장하고 서 있었다.

화재가 난 후에 슐린가 사람들은 냄새에 대해서 병적으로 민감했다. 과열된 좁은 방에서는 여전히 눌은 냄새가 났다. 그래서 모두가 그 냄새를 막으려고 각자 거기에 대한 의견을 말했다. 조에는 난로 주위를 요령 있게 차근차근 살피고, 슐린 백작은 여기저기 찾아다니면서 구석마다 잠시 서서 기다려본 후에 "여기도 아니다"고 단정했다. 슐린 부인도 일어서 있었으나, 어디를 찾아야 좋을지 모르는 모양이었다. 나의 아버지는 냄새가 뒤에서 나기라도 하는 것처럼 조용히 몸을 뒤로 돌렸다.

큰딸인 후작 부인은 틀림없이 기분 나쁜 냄새일 거라고 단정해버리고, 손수건으로 코를 누르고 여러 사람의 얼굴을 돌아보면서 냄새가 나는지 안 나는지 확인하려고 했다.

"여기예요, 여기요."

베라가 이따금 소리쳤다. 누군가가 무슨 말을 하게 되면, 묘하게 아주 조용해졌다. 나까지도 긴장을 해서 냄새를 맡고 있었다. 그리하여 갑자기(방이 더웠기 때문이었는지, 눈 가까이 불빛이 너무 많았기 때문인지) 나는 난생처음으로 유령에 대한 공포 비슷한 것을 느꼈다.

조금 전까지 담소하던 이 너무나도 선명하던 어른들이 갑자기 몸을 구부리고 걸어다니면서 무엇인가 눈에 보이지 않는 것을 찾아내려고 하는 짓이 갑자기 이상한 느낌을 주었다. 어딘가에 눈에 보이지 않는 무언가가 숨어 있다는 것을 인정하고 있음을 느낄 수 있었다. 그 보이지 않는 것이 이곳에 있는 어른들 누구보다도 강하다고 하는 것은 무서운 일이었다.

나의 공포심은 차츰 높아졌다. 어른들이 찾고 있는 것이 갑자기 내 몸에서 종기처럼 솟아날 것 같은 기분이 들었다. 모두가 그것을 보고 서로 나를 손가락질하겠지. 나는 절망을 한 나머지 어머니를 보았다. 어머니는 이상할 정도로 단정하게 앉아 있었다. 나는 어머니가 나를 기다리고 계신다고 생각했다. 나는 어머니 곁으로 다가가서 어머니의 전신이 가늘게 떨리는 것을 느끼고, 그 순간 그 집이 이제는 정말로 없어지려고 하고 있음을 알았다.

"겁쟁이 말테."

어디선지 그렇게 웃는 소리가 들렸다. 베라의 목소리였다. 그러나 나와 어머니는 떨어지려고 하지 않고, 함께 슬픔을 참고 있었다. 어머니와 내가 그렇게 하고 있는 사이에 집은 완전히 또 없어져버렸다.

거의 이해할 수 없는 기묘한 체험을 가장 풍족하게 경험하는 것은 역시 생일날이었다. 구별을 두지 않는 것이 인생에서 당연한 일이라는 것을 나는 이미 알고는 있었으나, 생일날 아침에는 오늘 하루가 반드시 즐거울 거라는 기대를 하고 일어났다. 아마도 이 신뢰의 기분은 우리가 보는 것을 모두 탐내고, 그 모든 것을 손에 넣을 수 있었던 어린 시절, 우연히 손에 가진 것을 심한 공상력으로 곧 심한 현실의 욕망으로 바꿔버리던 어린 시절에 배양된 기분일 것이다.

그러나 이윽고 생일날은 언제부터인지 기묘한 날로 변하기 시작한다. 생일날의 권리를 굳게 믿는 버릇이 생긴 우리들은 주위 어른들의 생각이 흔들리기 시작하는 것을 본다. 이제까지의 생일날과 똑같이 고운 옷을 얻어 입고, 그날의 기쁨을 차례차례로 얻으려고 생각한다. 그러나 아직 잠이 덜 깬 사이에 방 바깥에서 아직 생일 케이크가 도착하지 않았다고 큰 소리로 말하는 것이 들리기도 하고 선물들을 테이블에다 늘어놓고 있는 옆방에서 무엇인지 부서지는 소리가 들리기도 한다. 또 누군가가 방으로 들어와 문을 열어놓아 아직 보아서는 안 될 시간에 모든 것을 보아버린다.

그것은 마치 외과 수술을 받는 순간과 같다. 미칠 듯이 괴롭긴 하지만 순식간에 끝이 나버리는 수술. 하지만 그 솜씨는 숙련되어 있어 정확하고 순식간에 끝나버린다. 그러니까 한순간의 고통만 참으면 우리는 그런 것이 있었는지 없었는지 생각도 나지 않는다. 그러니, 싫어도 우리는 생일날이 우선 즐거운 하루가 될 수 있도록 애를 쓰게 된다. 어른들에게서 눈을 떼지 않고, 그들의 실책을 미연에 방지하고, 실수 없이 모든 일을 진행하고 있다는 자신감을 어른들이 갖도록 만드는 일이 필요했다. 그들은 실수를 거듭하기 때문에 그것을 고쳐주는 일은 쉽지가 않다. 그들은 말로 다 할 수 없을 정도로 서투르다. 거의 바보라고 여겨질 정도이다. 예를 들면 다른 사람에게 줄 꾸러미를 선물이라고 가지고 들어오는 실수를 범하기도 한다.

그것을 받으러 달려간 우리들은 무슨 목적 때문이 아니라 약간의 운동을 위해서 방 안을 뛰어다니는 시늉을 해 보이고, 그 자리를 얼버무린다. 또 어른들은 우리들을 기쁘게 하기 위해서 일부러 긴장한 것처럼 꾸미고 장난감 상자를 열지만, 상자 밑바닥 쪽을 열었기 때문에 대팻밥이 가득 차 있을 뿐이고 우리들은 곤혹에서 그들을 구해주어야만 한다. 태엽이 장착된 장난감 선물이라면 우리 손에 건네주기 전에 한 차례 태엽을 감는데 그동안 그것은 끊겨버린다. 이렇게 해서 끊어진 장난감 쥐를 눈에 띄지 않도록 발로 슬쩍 옮기려면 미리 기술을 연마해두는 것이 좋다. 이런 방법으로 어른들을 속여서, 그들이 부끄러운 생각을 갖지 않도록 해주는 일도 종종 있다.

이러한 일은 특별한 재능이 없어도 그 입장에 놓이면 누구나 할 수 있는 일이다. 재능이 필요한 것은 어른들이 선물을 모처럼 고심해서 골라주었을 때다. 그들이 소중한 것처럼 친절하게 선물을 갖다주는데, 그것이 조금도 흥미가 없는 물건으로 전혀 다른 아이에게나 알맞은 선물이라는 것을 이미 멀리서부터 알았을 때다. 아니, 그것을 좋아할 것 같은 아이가 생각나지 않을 정도였다. 그 정도로 기묘한, 나의 기쁨과는 인연이 먼 선물이었다.

이야기하기. 그러니까 눈에 보이는 듯 생생하게 얘기할 수가 있었던 것은 내가 태어나기 이전에나 가능한 일이었을 것이다. 나는 눈으로 보듯 이야기하는 재주꾼을 아직 한 번도 만난 일이 없다. 아벨로네만 해도 그랬다. 언젠가 내 어머니의 소녀 시절에 관해 이야기할 때, 나는 그녀가 제대로 이야기하는 법을 모른다는 것을 알았다. 그나마 브라헤 노백작 정도가 실감나게 이야기하는 법을 알았을까. 어쨌거나 아벨로네에게 들은 것을 써보려 한다.

아벨로네는 어린 소녀 시절에 무슨 일이건 보고 듣는 것에 대해 곧잘 감동하는 민감한 시절이 있었나 보다. 그 무렵 브라헤가 사람들은 브레드가데가(街)라는 도시에서 살았는데, 손님 접대가 상당히 많았다. 깊은 밤에야 겨우 위층 자기 방에 돌아오면, 아벨로네는 다른 사람과 마찬가지로 피로를 느꼈다. 그러나 그녀는 갑자기 창이 있음을 깨달았다. 내가 이해한 바로는 그녀는 밤이 되기 전에 몇 시간이고 어두운 창 앞에 우두커니 서 있었는데, 아마도 이것은 나와 관련이 있음을 짐작할 수 있었다.

그녀는 말했다.

"나는 마치 감옥에 갇힌 죄수처럼 창 앞에 서 있었어요. 그리고 어두운 하늘에 반짝이고 있는 별들은 곧 자유였어요."

그 무렵의 아벨로네는 힘을 들이지 않고도 잠을 잘 수 있었다. 잠이 든다는 표현은 그 무렵 아벨로네 또래의 처녀들에게는 걸맞지 않았다. 그 소녀들에게 잠은 몸과 함께 떠오르는 것으로써 이따금 눈을 떴다가는 다음 잠의 나라로 올라가는 것이었다. 맨 위에 있는 나라까지는 아직 몇 개의 나라가 더 있었다. 그러고는 날이 밝기 전에 일어나는 것이었다. 다른 사람들이 느지막이 아직도 졸리는 눈으로 늦은 아침 식사에 나타나는 겨울에도 그러했다. 어두운 밤이 되면 언제나 모두를 위한 등불이, 공동의 등불이 있을 뿐이었다. 그러나 아직 날이 새지 않은 새벽녘 두 자루의 촛불은 모든 것이 다시 시작되는 순결한 어둠 속에서 켜지는 등불, 바로 아벨로네 한 사람을 위한 것이었다. 두 갈래로 나뉜 낮은 촛대에 꽂힌 두 개의 촛불은 장미꽃이 그려진 달걀 모양의 조그마한 비단 갓 밑에서 평화롭게 빛나고 있었다. 촛불이 타들어가면서 갓을 이따금 내려주어야 했다. 시간이 많았으므로 결코 귀찮지는 않았다. 하지만 편지나 일기를 쓸 때에는 종종 눈을 들어 생각해야 했으므로 귀찮을 때가 있었다. 그 일기는 언제부터인가 아주 다른 글씨로 꼼꼼하고 아름답게 쓰여지기 시작했다.

브라헤 백작은 딸들과 접촉을 완전히 끊고 살고 있었다. 그는 인생은 함께 어울리는 거라고 누군가 주장하면 그 생각을 공상이라고 여겼다.

"흥, 함께 어울리는 거라고…….."

그는 말했다. 그럼에도 다른 사람들이 자기 딸에 대해 이야기를 하면 그리 싫어하는 것 같지는 않았다. 그는 마치 딸들이 다른 도시에 살고 있기나 한 것처럼 흥미 있게 얘기를 들었다.

그렇기에 브라헤 백작은 어느 날 아침 식사 후에 아벨로네를 손짓해서 부르고는 말했다.

"너는 나와 같은 습관을 갖고 있는 것 같구나. 나도 아침 일찍 글을 쓴단다. 그러니 네 도움을 받을 수 있을 것 같구나."

이렇게 말을 건 것은 참으로 기이한 일로, 아벨로네는 그것을 어제 일처럼 기억하고 있었다.

다음날 아침, 아벨로네는 들여다보는 것마저 허용되지 않았던 아버지의 서재로 불려갔다. 아버지의 방을 천천히 살펴볼 여유는 없었다. 그녀가 책상 건너편 아버지와 마주 보고 앉아 있었기 때문이다. 그 책상은 하나의 평원처럼 보였고, 그 위에 놓인 책들과 서류들은 평원 위에 들어앉은 촌락이었다.

백작은 구술하고 아벨로네는 필기를 했다. 그가 회고록을 쓴다는 소문이 있었는데, 전혀 근거가 없지는 않았다. 그러나 사람들이 흥미를 갖고 기대하던 바대로 정치나 군사에 관한 회고록은 아니었다. 누군가 그 방면에 대해 이야기를 걸어오면 브라헤 백작은, "그런 일은 잊기로 하였네"라고 간단하게 대답했다. 대신 그가 잊지 않으려고 한 것은 유년 시절의 추억이었다. 그것을 그는 소중하게 여겼다. 아주 멀리 사라진 유년 시절이 지금도 그의 가슴속에 똬리를 틀고 있었다. 잠들지 못한 눈을 내면으로 돌리면, 마치 밝은 북극 여름밤의 풍경처럼 선명하게 유년의 기억이 떠오르고 잠을 이루지 못했던 기억들은 브라헤 백작의 의견에 따르면 조금도 이상한 일이 아니었다.

종종 의자에서 갑자기 일어나 촛불을 향해 얼굴을 돌리고 구술할 때는 불꽃이 흔들렸다. 또는 이미 쓴 문장을 모조리 지우게 하고 방 안을 격렬한 동작으로 걸어다녀 녹색 비단 잠옷의 소맷자락이 펄럭거렸다. 그 자리에는 또 한 사람의 남자가 있었다. 브라헤 백작과 같은 유틀란트 태생의 늙은 하인 스텐은, 주인이 의자에서 벌떡 일어설 때마다 메모된 상태로 테이블 위에 여기저기 흩어지는 종이를 두 손으로 재빨리 누르는 임무를 띠고 있었다.

주인인 브라헤 백작은 근래 종이의 질이 나빠졌고 너무 가벼워 바로 날린다고 믿고 있었다. 두 손 위에 올라앉은 것처럼 기다란 상반신만이 불빛에 드러나 보이는 스텐도 같은 생각이었는데, 그는 마치 부엉이처럼 얼빠진 눈을 불빛으로 돌리고, 엄숙한 얼굴 표정을 짓고 있었다.

이 스텐이라는 하인은 일요일 오후에는 스베덴보리*에 대해 읽으

---

* 스웨덴의 신비철학자이자 자연과학자다.

면서 보냈고 하인들 누구도 그의 방에 들어가는 것을 꺼렸다. 그가 주문으로 귀신을 불러낸다는 한결같은 소문 때문이다. 스텐의 가족은 예전부터 귀신과 사귀고 있어, 스텐은 전생부터 그 교류를 위해 선택된 인간이었다. 그가 태어난 밤에 어머니 눈앞에 무엇인가가 나타났다고 한다. 스텐의 눈은 둥글고 컸는데, 누구든지 그 눈으로 응시를 당하면, 그 시선 끝이 배후까지 닿는 느낌이 들었다. 아벨로네의 아버지는 종종 친척들의 근황을 묻듯 스텐에게 귀신 소식을 물었다.

"어때, 요즘도 여전히 찾아오나?"

그는 정답게 물었다.

"오면 좋으련만."

구술은 2, 3일 동안 계속되었다. 그러나 어느 날의 구술에서 아벨로네는 '에커른푀르데'*라는 단어를 받아쓰지 못했다. 그 단어는 고유명사여서 아벨로네가 한 번도 들은 일이 없었다. 아무래도 필기 속도가 회상보다 뒤지기 때문에, 받아쓰기를 중지시키려고 벌써부터 구실을 찾고 있던 브라헤 백작은 기분 나쁜 표정을 지어 보였다.

"넌, 그것도 못 쓰느냐?"

날카롭게 지적했다.

"그렇다면 사람들이 그걸 어떻게 제대로 읽을 수 있겠느냐. 내가 말하는 것을 눈으로 보듯 생생하게 읽게 할 수는 없겠어?"

화가 난 듯이 말하고 아벨로네한테서 눈을 떼지 않았다.

---

* 독일 슐레스비히홀슈타인주에 있는 항구 도시다.

"그 생제르맹*이 모든 사람들 눈에 보인다고 너는 생각하느냐?"

그는 아벨로네에게 소리쳤다.

"우리가 생제르맹이라고 썼던가? 그것을 지워라. 폰 벨마레 후작이라고 써라."

아벨로네는 다 지워버리고 고쳐 썼다. 그러나 백작은 계속 빠른 말투로 구술했기 때문에 도저히 따라갈 수가 없었다.

"이 탁월한 벨마레는 어린아이를 싫어했으나, 아직 어렸던 나를 무릎 위에다 안아 올려주었다. 나는 그의 다이아몬드 단추를 깨물고 싶었다. 그는 그 행동을 좋아했다. 웃으면서 내게 얼굴을 들게 하고, 내 눈을 들여다보았다. '넌, 아주 좋은 이를 갖고 있구나' 하고 그는 말했다. '독특한 버릇이 있을 것 같은 이를……' 나는 나대로 그의 눈을 주의해서 보았다. 나는 후에 여기저기 여행을 하며 수많은 눈을 보았다. 하지만 끝내 그와 같은 눈을 본 일이 없다고 하면 나를 믿을 수 있겠는가. 그 눈에는 어떤 것도 외부에 있을 필요가 없었다. 그의 눈 속에 그것이 다 들어 있었으니. 너는 베네치아의 이야기를 들은 일이 있느냐. 좋다. 내가 너에게 얘기해주마. 벨마레 후작의 눈은 베네치아의 시가지를 이 방 안으로 옮겨와서 이 책상처럼 선명하게 느낄 수 있게 한다. 나는 언젠가 그가 나의 아버지에게 페르시아에 대한 이야기를 하는 것을 구석에서 듣고 있었는데, 지금도 여전히 때때로 이 손에서 그 이야기 냄새를 풍기고 있는 듯한 기분

---

* 포르투갈의 모험가로, 에케른푀르데에서 죽었다. 루이 15세의 궁정 사람들에게 자신이 16세기에 살아 있었다고 믿게 만들었다.

이 든다. 나의 아버지는 그를 존경하고 있었으며, 그 지방의 태수(太守)도 그의 제자 같았다. 그가 자신의 마음속에 살고 있던 과거만을 믿는다는 것을 불쾌하게 생각하는 사람들도 물론 많았다. 그런 사람들은 사소한 것일지라도 몸에 배어들 경우엔 깊은 의미를 지니게 된다는 것을 이해할 수 없었다."

"책 같은 것은 공허한 것이야."

백작은 벽을 향해서 격분한 몸짓을 하며 소리쳤다.

"중요한 것은 피다. 피를 읽는 눈이 없어서는 안 된다. 벨마레는 자신의 핏속에 놀라운 이야기와 기묘한 삽화를 가지고 있었다. 어느 페이지를 열어도 흥미 있는 일이 적혀 있었다. 그의 피에는 비어 있는 책장이란 없었다. 그가 종종 방 안에 틀어박혀서 혼자 책장을 넘기고 있으면 연금술이며, 보석이나 색채에 대해서 쓴 페이지가 나타났다. 그런 것이 쓰여 있지 않았다고 누가 단언할 수 있겠는가. 어딘가에 틀림없이 적혀 있을 것이기 때문이다."

"벨마레는 혼자 살 수 있었다면 진실하게 잘살았을 것이다. 그러나 혼자서 진실하게 산다는 것은 쉬운 일이 아니다. 그리고 그는 사람들을 초대해서 자신이 진실과 함께 살고 있음을 보여주는 속물은 아니었다. 진실이 사람들 입에 오르내리는 것을 좋아하지 않았다. 그의 동양인 같은 성질은 그것을 좋아하지 않았다. '헤어집시다, 마담' 하고 그는 있는 그대로 솔직하게 말했다. '그럼 또 언젠가 다시 만납시다. 수천 년이 지나면 우리 둘의 관계가 더욱 강해져서 방해받지 않고 살아갈 수 있을 테지요. 당신의 아름다움은 이제부터니까요, 마담' 하고 그는 말했으나, 그것은 겉치레 인사만은 아니었다.

그리고 그는 진실과 헤어져 세상에 나타나서 세상 사람들을 위해서 동물원을 만들었다. 우리들 나라에서는 본 일도 없는 커다란 허위를 길들이기 위한 식물원, 찬란한 과장의 온실, 가짜 비법의 깨끗한 무화과 밭을 만들었다. 사람들은 사방에서 모여들고 벨마레는 다이아몬드 버클이 달린 구두를 신고 손님들을 맞이하는 데 전념했다.”

"공허한 생활이라고 평하는 사람도 있을 것이다. 그러나 실제로는 존경하는 여성의 진실에 대해 기사도를 지킨 것이었다. 그리하여 그는 젊음을 오랫동안 잃지 않았던 것이다.”

언제부터인가 노인은 아벨로네를 상대로 이야기를 하고 있지 않았다. 그녀가 있는 것을 잊어버리고 정신 나간 사람처럼 방 안을 돌아다니면서, 싸움을 거는 듯한 시선으로 스텐을 응시했다. 노인이 생각해낸 모습으로 스텐에게 홀연히 변하도록 재촉하는 것 같았다. 그러나 스텐은 아직 변하지 않았다.

"그를 보았어야 하는데.”

브라헤 백작은 자신을 잊은 듯 이야기했다.

"얼마 동안 그의 모습을 역력히 볼 수 있었던 때가 있었다. 그가 여기저기 여러 도시에서 수취한 편지는 수신인이 적혀 있는 것도 아니고, 단지 주소만이 적혀 있을 뿐 그 외에는 아무것도 표시되어 있지 않았지만. 그러나 나는 그를 보았다.”

"그는 아름답지는 않았다.”

브라헤 백작은 이 말을 하고 억지로 웃었다.

"그리고 또한 세상에서 말하는 위엄 있는 인물이라든가 신사다운 인물도 아니었다. 그이보다 신사다운 인물은 얼마든지 있었다. 그는 부자였다. 그러나 부(富)는 그에게 들뜬 기분에 불과했으며, 기대할 것이 못 되었다. 그는 건장한 체격이었으나 더욱 건장한 사람도 얼마든지 많았다. 재치가 뛰어났는지 어떤지, 그리고 세상 사람들이 귀중하게 여기는 특질을 갖추고 있었는지 어떤지는, 그 무렵 나로서는 물론 알고 있지 않았다. 그러나 그는 존재하고 있었다."

브라헤 백작은 온몸을 부들부들 떨면서 일어서서는 무엇인가 그 자리에 있던 어떤 것을 공간에다 묵직하게 놓는 것 같은 몸짓을 했다. 그 순간 비로소 그는 아벨로네의 존재를 의식했다.

"너에게는 그가 보이느냐?"

그는 아벨로네에게 소리 질렀다. 그리고 갑자기 은촛대를 손에 들고 딸의 얼굴을 눈부시게 비추었다.

아벨로네는 그 순간 벨마레 후작의 모습을 보았다고 기억하고 있다.

다음날부터 아벨로네는 매일 아버지의 서재에 불려갔는데, 그런 일이 있은 후로 구술은 전보다도 훨씬 조용하게 계속되었다. 백작은 여러 가지 서류를 참고로 하면서 베른스트로프*의 친구들에 대한 어릴 적 추억을 정리했다. 그의 아버지가 그 사람들 사이에서 어떤 역할 한 가지를 맡았던 것이다. 아벨로네는 이 필기 작업의 특성을 완전히 납득하였고, 두 사람이 일하는 장면을 본 사람은 일을 하기 위해서 마주 앉아 있는 두 사람의 모습을 아버지와 딸이 정답게 쉬고 있다고 생각했다.

---

* 덴마크의 장관을 지냈으며 1780년에 스위스 및 러시아의 중립 조약을 체결했다.

어느 날 아벨로네가 서재를 나가려고 하자 노인은 선물을 갖고 있는 손을 뒤에다 숨기고 있는 듯한 모습으로 다가왔다.

"내일은 율리에 레벤틀로브에 대해서 쓰기로 하자."

그는 자신의 말을 음미하듯이 말했다.

"그는 성녀였단다."

아벨로네는 믿기 어렵다는 듯이 아버지를 쳐다보았을 것이다.

"그렇고말고, 그 모든 것이 아직도 존재하고 있지."

그는 위압적으로 단언했다.

"지금도 모든 것이 남아 있어. 아벨 백작의 영애."

노인은 아벨로네의 두 손을 잡아, 그 손을 책처럼 폈다.

"그녀에게는 성흔(聖痕)이 있었다."

그는 말했다.

"여기하고 여기에."

그는 차가운 손가락으로 아벨로네의 두 손바닥을 힘을 주어 쿡쿡 찔렀다.

아벨로네는 '성흔'이라는 말의 뜻을 몰랐다. 그러나 내일 아침이면 그것도 알 수 있으리라고 생각했다. 아버지가 역시 보았다고 하는 성녀에 대한 이야기를 들을 수 있는 내일 아침까지 기다리기가 지루해졌다. 그러나 그뿐, 그녀는 다시 불리지 않았다. 다음날 아침도 그 후에도.

"레벤틀로브 백작 영애에 대한 것은 당신 집에서도 종종 화제가 되었지요."

아벨로네는 내가 좀 더 이야기를 해달라고 졸랐을 때 이렇게 잘라 말했다. 그녀는 지친 모습이었다. 거기에다 그 이야기를 거의 잊어버렸다고도 말했다.

"그렇지만, 손가락으로 찔린 자리는 지금도 이따금 느껴요."

그녀는 미소를 지으면서 아무것도 달라진 것이 없는 손바닥을 거의 호기심을 갖고서 보지 않고는 견디지 못하는 것이었다.

아버지가 돌아가시기 전에 모든 것은 이미 변해버리고 말았다. 울스고르는 이미 우리 소유가 아니었다. 아버지는 도심의 아파트에서 돌아가셨다. 그 방은 내게 매우 서먹서먹하게 느껴졌으며 적개심마저 불러일으켰다. 그 무렵 나는 외국에 나가 있었기 때문에 돌아왔을 때에는 이미 늦었다. 아버지의 유해는 안뜰을 마주한 방에 안치되었는데, 커다란 촛불이 좌우에 여러 개 켜져 있었다. 꽃향기는 한꺼번에 들려오는 여러 소리처럼 이해하기 어려웠다. 눈이 감긴 아버지의 단정한 얼굴은 무엇인가를 은근하게 회상하려는 듯한 표정이었다. 수석 수렵관의 제복이 입혀져 있었으나, 웬일인지 푸른 띠가 아니고 흰 띠가 매어져 있었다.* 양손은 마주잡고 있지 않고 비스듬히 포개져 있어서 부자연스럽고 무의미하게 보였다. 심하게 고통받았다는 이야기를 간단하게 들었으나 그런 모습은 남아 있지 않았다. 아버지의 용모는 묵고 있던 손님이 떠난 이후 객실의 가구들처럼 깨끗하게 정리된 느낌이었다. 나는 아버지의 죽은 모습을 그때까지도 종종 본 일이 있는 것처럼 느꼈다.

---

* 전쟁터에서는 단네브로 훈장의 흰 띠가 아니고 코끼리 훈장의 푸른 띠를 단다.

쓸쓸하게도 주위의 환경만이 새로울 뿐이었다. 이웃집의 창인 듯싶은 것과 마주 보고 있는 좁고 답답한 방도 친밀감이 없었으며, 시베르센이 몇 번이나 들어왔다가는 아무 일도 하지 않고 나가는 것도 생소했다. 시베르센은 늙어버렸다. 아침 식사 준비가 되었다는 전갈을 몇 번이나 들었다. 그러나 그날 아침밥을 먹고 싶은 생각은 조금도 없었다. 그건 내가 그 방에서 나가게 하기 위한 의도였고, 나는 눈치채지 못했다.

끝내 내가 나가려고 하지 않자 시베르센은 의사가 와 있다며 나를 불러냈다. 의사가 왜 이제야 무엇 때문에 왔는지 짐작이 가지 않았다.

"아직 무엇인가 할 일이 있는 모양입니다."

시베르센은 이 말을 하고 빨갛게 부은 눈으로 나를 뚫어지게 쳐다보았다. 그때 두 명의 신사가 무엇인가 서두르는 거동으로 들어왔다. 의사였다. 앞서 들어온 의사는 턱석부리를 숙이고 처음엔 시베르센을 다음엔 나를 안경 너머로 쳐다보았는데, 그 모습은 이마에 뿔이 나 있어, 그 뿔로 우리를 찌르려는 것처럼 보였다.

그는 학생처럼 단정하게 인사를 하고, 들어올 때와 조금도 다름없는 급한 말투로 말했다.

"수석 수렵관 님께서 생전에 하신 부탁이 아직 남아 있어서."

나는 간신히 궁리를 해서 그가 안경을 통해서 보지 않을 수 없게 만들었다. 그의 동료는 피부가 얇고 살이 찐 금발 머리의 남자로서, 금방 얼굴을 붉히는 사람이라는 것을 알았다. 잠시 동안 모두가 입을 다물었다. 수석 수렵관인 아버지의 부탁이 아직 남아 있다는 것이 이상스러웠다.

나는 무의식중에 아버지의 말끔하고 평화로운 모습을 보았다. 그리고 아버지는 확실하게 처리되는 것을 원했다는 것을 알았다. 평소부터 아버지는 무슨 일이건 확실하게 하지 않으면 직성이 풀리지 않는 성품이었다. 지금이야말로 아버지의 그 소원을 풀어드려야만 했다.

"아아, 심장에 침을 놓기 위해서 오셨군요. 자, 하십시오."

나는 인사를 하고 뒤로 물러섰다. 두 의사는 동시에 머리를 숙여 인사를 하고 곧 일에 대해 상의를 시작했다. 누군가가 이미 촛불을 옆으로 치워놓았다. 연장자로 보이는 의사가 다시 내게로 두세 걸음 다가왔다. 그는 어느 정도의 거리에서 최후의 몇 걸음을 절약하기 위해 정지하고 상반신을 앞으로 쭉 뻗치고 화가 난 것처럼 나를 노려보았다.

"그러실 필요 없습니다."

그는 말했다.

"즉 그러시는 편이, 그러니까 당신이 나가시는 것이……."

그의 인색하고 서두르는 거동은 내게 그가 태만하게 일한다는 인상을 주었다. 나는 다시 한번 인사를 했다. 또다시 인사를 할 수밖에 없었다.

"괜찮습니다. 방해는 하지 않겠습니다."

나는 무뚝뚝하게 대답했다.

나는 그것을 견딜 수 있을 것 같았고 새삼스럽게 그 자리를 피할 이유가 없음을 알고 있었다. 이런 식으로 될 수밖에 없었다. 이렇게 되는 것에 전체의 궁극적인 의미가 있었을 것이다. 거기에다 나는 심장을 찌르는 것을 본 일이 없었다. 바라지도 않았는데 찾아온 그러한 진기한 경험을 할 수 있는 기회를 피하지 않는 것이 오히려 당연하다고 생각했다. 환멸 같은 것을, 그 당시 나는 이미 믿지 않았다. 그렇기 때문에 두려워할 것이 없었다.

아니, 아니다. 이 세상의 일은 아무리 사소한 일일지라도 속단을 불허한다. 인생에서 아무리 작은 일일지라도 예상할 수 없는 많은 부분이 얽혀서 이루어진다. 바쁘게 살아가고 있는 우리들은 예상을 할 때 그러한 사소한 부분을 건너뛰기 때문에 그것을 간과하였음을 깨닫지 못한다. 그러나 현실이라는 것은 지극히 완만하고 형언할 수 없을 만큼 미세하다.

예를 들면 바늘에 이처럼 찔림을 누가 예측이나 했겠는가. 아버지의 넓고 살이 찐 가슴이 열리자 서두르던 키 작은 의사가 곧 바늘로 찌를 자리를 겨누었다. 그러나 바늘은 들어가지 않았다. 나는 모든 시간이 갑자기 방 안에서 사라져버렸다고 생각했다. 우리들은 그림 속에 있는 것 같았다.

시간은 다시 조용하게 졸졸 흘러가는 소리를 내면서 흐르기 시작하여 모두 다 쓸 수 없을 만큼 범람했다. 그리고 갑자기 어디선가 탕탕거리는 소리가 들렸다. 지금까지 들은 일이 없는 소리로 미지근한 꽉 갇힌 소리가 두 번 울렸다. 귀는 그 소리를 머리로 전달했으며 눈은 의사가 심장을 찌르는 것을 보았다. 그러나 귀와 눈, 두 지각이 결합되기까지 상당한 시간이 걸렸다. 이제 찔렀구나, 그렇게 나는 생각했다. 탕탕거리는 소리는 템포로 말하면 무엇을 망가뜨리는 데서 오는, 심술궂은 기쁨이었다.

나는 조금 전부터 완전히 낯이 익어버린 의사를 다시 쳐다보았다. 그는 아주 태연해 보였으며 일을 빠르고 솜씨 있게 진행했다. 잠시도 망설이지 않았고 일하는 데 흥분하거나 도취되거나 하는 모습은 조금도 보이지 않았다. 오직 왼쪽 관자놀이에 오랫동안의 습관인양 머리카락 두세 개가 서 있을 뿐이었다. 그는 바늘을 신중하게 뽑았다. 상처가 사람의 입처럼 벌어져 거기에서 피가 줄줄 계속해서 흘러나왔다. 두 음절의 말이 입에서 흘러나오는 것 같았다. 나이가 젊은 금발의 의사는 우아한 솜씨로 재빨리 피를 닦았다. 상처는 감긴 눈처럼 조용해졌다.

나는 다시 한번 인사를 했다고 기억하고 있으나, 이번에는 거의 그것을 의식하지 못했다. 하여튼 나는 방에 홀로 있음을 깨닫고 깜짝 놀랐다. 누군가가 아버지의 제복을 다시 원상태로 고쳐놓았다. 흰 띠도 이전처럼 제복 위에 놓여 있었다. 그것으로 수석 수렵관이던 아버지는 확실하게 돌아가셨다. 죽은 것은 아버지만이 아니다. 아버지의 심장과 더불어 우리들의 심장, 우리 일가의 심장이 이제야말로 죽음의 깊은 바늘로 뚫린 것이다. 문장이 없어진 것이다. 내일부터 브리게 가문은 존재하지 않는 거야, 하는 마음속의 울림을 느꼈다.

나는 내 심장을 생각하지 않았다. 나중에 내 심장에 대한 생각이 났지만, 그것이 아버지의 심장 대신으로 문제가 되지 않음을 비로소 뚜렷하게 알았다. 그것은 하나의 심장에 불과했다. 그리고 그것은 이미 처음부터 다시 시작하려 하고 있었다.

나는 바로 그 도시를 떠나지 못할 거라고 생각한 것을 지금도 기억하고 있다. 떠나기 전에 모든 것을 정리해야 한다고 몇 번이나 나를 타일렀다. 그러나 무엇을 정리해야 하는지는 확실하게 알지 못했다. 거의 일이 없었다. 시내를 돌아보고서 시가지가 변한 것을 알았다. 투숙한 호텔을 나서서 시가지가 성인을 위한 도시로 변하여 나를 거의 손님 대하듯 서먹서먹한 태도로 대하는 게 분명했다. 모든 것이 약간 '작아진' 것처럼 느껴졌다.

랑겔리나*를 지나 신호등이 있는 곳까지 갔다가 돌아왔다. 아말리엔가데라는 곳에 이르렀을 때, 몇 년 동안 공포심을 갖게 했듯이, 그 어떤 분위기가 감돌아 나를 다시 무섭게 만들었다. 거기에는 어느 구석진 창들, 아치와 문에 달린 등이 나의 어린 시절을 잘 알고 있다는 것으로 나를 위협했다. 나는 겁을 먹지 않고 그것을 똑바로 쳐다보고 내가 피닉스 호텔에 유숙하고 있으며 당장이라도 이 도시를 떠날 수 있다는 것을 알렸다. 그래도 어딘지 모르게 꺼림칙한 것이 느껴졌다. 내가 어렸을 때에 이것들로부터 받은 영향이나 인연이 아직 아무것도 해결되지 않고 있는 것이 아닌가, 의심이 싹트기 시작했다. 그것을 아무것도 해결 짓지 않은 채, 어느 날 살짝 내버렸던 것이다. 어린 시절을 영원히 잃어버린 것이라고 생각하고 싶지 않다면, 다시 한번 그 어린 시절을 살지 않으면 안 될 것이다. 나는 어린 시절을 완전히 잃어버리고 있음을 알게 되었고, 동시에 달리 나를 지탱해줄 수 있는 것을 가질 수는 없으리라고 느꼈다.

나는 매일 드로닝겐스 트베르가데에 있는 좁은 방에서 서너 시

---

* 덴마크 코펜하겐시 동부의 성채를 에워싸는 호수를 따라 뻗은 산책길이다.

간을 보냈는데, 어느 방이나 누군가가 죽은 셋방이라도 되는 듯 불쾌했다. 나는 책상과 하얀 타일이 덮인 큰 난로 사이를 왕복하면서 수석 수렵관이 남긴 편지와 서류를 태웠다. 편지 묶음을 통째로 불 속에 던지기 시작했는데, 그 작은 뭉치는 모두가 끈으로 꼭 묶여 있어, 가장자리만 숯처럼 시꺼멓게 될 뿐이었다. 용기를 내어 끈을 풀었다.

대부분의 편지는 강렬하고 생생한 향기를 지닌 채 내 안에서 여러 가지 추억을 되살리려고 하는 것 같았다. 그러나 내게는 추억이 없었다. 편지지보다 무거운 사진이 빠져나오기도 했다. 사진은 타는 데 꽤 시간이 걸렸다. 무엇 때문에 내가 그런 일을 생각했는지 기억이 없으나, 사진 속에 잉에보르의 사진이 있을지도 모른다고 생각했다. 그러나 어느 사진을 보아도 성숙하고 당당한 너무나도 아름다운 여자들뿐이어서 도리어 완전히 다른 일들을 떠올리게 했다. 내게도 역시 추억이 없는 것이 아니라는 것을 알았다.

내가 마침 소년기를 벗어날 무렵 아버지와 함께 시내 거리를 걷고 있을 때 이따금 나를 자세히 쳐다보는 눈을 의식할 수 있었는데, 그것은 사진 속 여자들의 눈이었다. 마차 속에서 나를 관찰하는 그 시선에서 빠져나갈 수 있을 것 같지 않았다. 지금 생각하면 그것은 나를 아버지와 비교하는 눈이었다. 그 결과는 내게 불리했다. 분명히 그랬다. 수석 수렵관은 그 누구와 비교해도 뒤지지 않았다.

나는 아버지가 무엇을 두려워했는지를 알고 있다고 말할 수 있다. 왜 그렇게 생각하는지를 적어보겠다. 아버지의 지갑 속 깊숙이 들어 있던 한 장의 종이를 발견했다. 오랫동안 접혀 있어 이미 지질도 힘없이 풀려, 접힌 자리가 사방으로 찢겨 있었다. 나는 태우기 전에 그것을 읽었다. 아름답고 꼼꼼한 글씨로 달필이었는데, 무엇을 베낀 것임을 첫눈에 알 수 있었다.

"죽기 세 시간 전에"로 시작되는, 크리스티안 4세에 대해서 쓴 것이었다. 그 문장 하나하나를 다 기억할 수는 없다. 죽기 세 시간 전에 크리스티안 4세는 일어나고 싶다고 말했다. 전의(典醫)와 신하 보르미우스가 왕을 일으켜주었다. 약간 비틀거렸으나 여하튼 서 있을 수가 있어서 누비 잠옷을 입혔다. 왕은 갑자기 눈앞에 있는 침대 끝에 걸터앉아 뭐라고 중얼거렸다. 잘 알아들을 수가 없었다. 전의는 왕이 침대에 고꾸라지지 않도록 왕의 왼손을 붙잡고 있었다. 두 사람은 그런 식으로 마주 보고 앉아 있고 왕은 이따금 힘을 들여 무슨 말인지 알아들을 수 없는 말을 중얼거리는 것이었다.

마침내 전의는 왕에게 여쭈었다. 무슨 말을 하고 싶은지 조금씩 알아보려고 생각했던 것이다. 왕은 잠자코 잠시 동안 듣고 있다가 전의의 말을 가로막고 갑자기 아주 똑똑하게 말했다.

"아, 닥터, 닥터 이름이 무엇이었지?"

전의는 순간 자기 이름이 생각나지를 않았다.

"슈페어링이라고 합니다, 폐하."

그러나 실제로 왕이 물은 것은 그게 아니었다. 왕은 전의가 자신이 한 말을 알아들었다는 것을 알자, 남아 있는 오른쪽 눈을 크게 뜨고, 몇 시간 전부터 말하려던 것을 필사적인 표정으로 말했다. "되덴(죽음)"이라고 왕은 말했다. '되덴.'

종이에는 그것만이 적혀 있었다. 나는 그것을 태우기 전에 몇 번이나 반복해서 읽었다. 그리고 아버지가 운명하기 전에 매우 괴로워했다는 것을 생각했다. 사람들은 내게 그렇게 말했다.

그때부터 나는 죽음의 공포에 대해 여러 가지로 생각하고 내 경험까지 보태어 생각해보았다. 나는 죽음의 공포를 경험한 일이 있다고 말할 수 있다. 거리의 인파 속에서 이따금 이렇다 할 원인도 없이 불시에 죽음의 공포에 휩싸였다. 여러 가지 원인이 겹쳐서 일어나기도 했다. 예를 들면 누군가가 벤치 위에서 숨을 거두고, 사람들이 그 주위에 모여 서서 구경을 하는데 장본인은 이미 공포를 느끼지 않게 되었을 때 나는 그 죽은 사람의 공포를 느꼈다. 언젠가 나폴리에서도 그런 일이 있었다. 전차를 타고 있었는데 내 맞은편에 젊은 여자가 앉아 있다가 죽었다. 그때도 마찬가지의 공포를 느꼈다. 처음에는 단지 기절한 것으로만 보였다. 전차는 잠시 동안 그대로 달렸다. 그러나 전차를 세워야 한다는 것이 확실해졌다. 뒤에 오던 전차가 여러 대 정차해서 앞쪽으로는 더 나갈 수 없었다. 그 뚱뚱한 처녀는 얼굴이 새파랗게 되어 옆자리에 있는 여자에게 기댄 채 편안하게 죽었을 수도 있으리라. 그러나 처녀의 어머니는 도통 믿어지지 않았다. 그녀는 온갖 수단을 다해서 딸이 숨을 거두지 않도록 하려고 했다. 딸의 옷을 너저분하게 풀어헤치고, 입속에 뭔지 모를 액체를 흘려 넣었으나, 그것은 도로 입에서 흘러나오고 말았다.

누군가 가져다준 액체를 딸의 이마에다 문질러, 그 때문에 눈알이 약간 옆으로 구르자, 있는 힘을 다해서 딸을 흔들어 눈알을 중심부 제자리에다 보내려고 했다. 전혀 반응이 없어진 눈을 향해서 큰 소리로 외치고 인형처럼 몸을 흔들고 마침내 손을 번쩍 들어 딸의 살진 얼굴을 힘껏 때려 얼굴을 살아나게 하려고 했다. 나는 공포를 느꼈다.

그러나 나는 그보다 훨씬 전에도 공포를 느낀 일이 있다. 예를 들면 기르던 개가 죽었을 때다. 그 개는 나를 원망하면서 죽어갔다. 개는 중병에 걸려 있었다. 나는 종일토록 그 개 옆을 떠나지 않고 웅크리고 앉아 있었는데, 갑자기 개가 언제나 모르는 사람이 방 안에 들어왔을 때 짖던 것과 마찬가지로 짧게 간헐적으로 짖었다. 모르는 사람이 들어왔을 때에는 그렇게 짖는 것이 두 사람 사이의 약속처럼 되어 있었기 때문에 나는 무의식중에 입구를 돌아보았다. 그러나 죽음은 이미 개의 몸속에 들어가 있었다. 나는 불안해져서 개의 눈을 보았다. 이별을 고하는 눈이 아니었다. 개는 사납게 뜻밖의 낯선 눈빛으로 나를 보았다. 내가 그것을 방 안에 쉽사리 들어오게 한 것을 책망하는 눈이었다. '넌 그것을 막을 수 있었어!' 개는 이런 믿음이 무너졌다는 것을 말하고자 했다. 물론 나를 과신하고 있었던 것이다. 그러나 그것을 설명해줄 시간이 없었다. 개는 뜻밖이라는 듯 나를 섭섭하게 쳐다보면서 죽었다.

또 늦은 가을에 첫서리가 내리기 시작할 무렵 파리가 방 안으로 날아와서는 이 세상의 마지막에 이르러 양지에서 다시 한번 몸을 녹이는 것을 보고 나는 공포를 느꼈다. 파리는 기이하게 바삭바삭 말라가는 자신의 날개 소리에도 겁을 먹는 것이었다. 무엇을 하고 있는지 자신도 잘 모르는 모습으로 몇 시간을 같은 장소에 앉아서 넋을 놓고 있다가 문득 자신이 아직 살아 있다는 것을 깨달았다. 그러고서 미친 듯이 어디론가 날아, 거기에서도 무엇을 해야 좋을지 모르고 또 어디론가 날아가다 떨어져 여기저기에서 미친 듯 뒹구는 소리가 들렸다. 그리고 마침내 끝없이 기어다니다가, 방 안을 조금씩 죽음으로 채웠다.

그러나 나는 혼자 있을 때에도 '공포'를 느꼈다. 죽음의 공포에 떨며 침대 위에 앉아서 최소한 앉아 있는 것은 살아 있는 증거로, 죽은 사람은 앉아 있지도 못한다는 것을 필사적으로 생각해내고 있었다. 그러한 밤이 있었다는 것을 왜 숨기지 않으면 안 될까. 그것은 언제나 우연히 지내다가 유숙한 방에서 생기는 일로서 내가 위험해지면, 증인이 되어 연루되는 것을 두려워하듯 곧 나를 방치해버리는 방에서였다. 나는 침대 위에 아주 비참한 꼴을 하고 앉아 있었고 모든 것이 내 편이 되는 것을 거부했다.

내 손으로 불을 켜주었던 등불까지도 외면을 하고, 아무도 없는 방에서 불을 밝히고 있는 것처럼 묵묵히 타고 있었다. 그럴 때에 내 최후의 희망은 창이었다. 쓸쓸하게 갑자기 죽지 않으면 안 되게 되어 있는, 그 순간에도 저 창밖에는 무엇인가 위로해줄 것이 있으리라 상상했다. 그러나 창으로 시선을 돌린 순간, 그 창이 벽처럼 막혀 있기를 바랐다. 창밖에도 똑같은 차갑고 무관심한 밤이 펼쳐져 있어, 위안이 없음을 알았기 때문이다. 내가 자초한 고독, 내 마음이 감당할 수 없을 만큼 커진 고독은 창밖에도 널리 퍼져 있었다. 나는 지금까지 헤어져온 사람들의 생각이 떠올랐는데 무엇 때문에 그 사람들과 헤어질 생각이 들었는지 알 수가 없었다.

아아, 신이여, 그러한 밤을 앞으로도 경험하지 않으면 안 된다면,

최소한 내가 이따금 생각할 수가 있었던 생각을 하나라도 할 수 있게 해주십시오. 이것이 크게 빗나간 소원은 아니라고 생각합니다. 그와 같은 생각은 공포가 너무나도 컸기 때문에, 그리고 거기에서 싹튼 생각이기 때문입니다. 나는 어렸을 때 겁쟁이라고 뺨을 얻어맞았습니다. 내 공포가 아직 미숙했기 때문입니다. 그러나 그 후 진짜 공포, 현실의 공포를 가지고 무서워하는 것을 익혔습니다. 그 공포는 그것을 낳는 힘이 성장할수록 커졌습니다. 그 힘은 공포로만 자각할 수가 있는 힘입니다. 진실로 기묘한 힘으로서 우리들에게는 잔혹한 힘이기 때문에 우리가 그 힘을 생각해내려고 하면 머리는 지쳐버릴 뿐입니다. 그러나 나는 얼마 전부터 그 힘이 우리들의 힘이라고 믿게 되었습니다.

우리가 아직 감당할 수 없는 모든 힘이라고 믿게 되었습니다. 그것이 어떤 힘인가를 모른다는 것은 부정하지 않습니다. 그러나 우리들이 자신들의 가장 귀중한 것에 대해서 가장 모르고 있음은 당연하지 않을까요. 나는 왜 천국이라든가 죽음이라는 것을 믿게 되었는지를 생각할 때가 있습니다. 우리는 가장 귀중한 것을 그것보다도 먼저 처리하지 않으면 안 될 잡무 때문에 잠시 동안 밀쳐두었던 거지요. 그처럼 바쁜 장소에다 두어서는 안전하지 못하다고 생각한 것이지요. 그렇게 긴 세월이 흐르다 보니 잡무는 우리의 습관이 되어버렸습니다. 우리들의 귀중한 것을 잊어버리고, 그 너무나도 큰 것에 겁을 먹는 것입니다. 그렇게 생각할 수는 없을까요?

나는 이제 지갑 깊숙이 임종의 모습을 적어놓은 종이 쪽지를 넣고, 몇 년 동안 몸에서 떼어놓지 않고 가지고 다니던 아버지의 기분을 알 수 있을 것 같다. 그와 같은 특수한 임종이 아니라도 좋겠지. 임종의 모습은 어떤 것이든 특수한 면을 지니고 있다. 예를 들면 펠릭스 아르베르*의 임종 모습을 묘사한 사람을 상상할 수는 없을까? 그는 병원에서 죽었다. 편안한 얼굴로 침착하게 죽어갔기 때문에, 간호하던 수녀는 완전히 숨을 거두기도 전에 그가 죽었다고 생각했을 것이다. 그녀는 무엇무엇이 어디에 있다면서 밖을 향해서 큰 소리로 어떤 지시를 했다. 아주 무식한 수녀였던 모양인데, 그때 그녀는 부득이 'Korridor(복도)'라는 단어를 썼는데 그 글자를 본 적이 없어서였는지 'Kollidor'라고 소릴 지른 것이다. 그것을 들은 아르베르는 죽는 것을 잠깐 연장했다. 그것을 고쳐주어야 했기 때문이다. 그는 또렷한 의식으로 'Korridor'라고, 잘못된 부분을 정정해주었다. 설명을 끝내고 그는 죽었다. 그는 시인으로서 애매한 것은 질색이었다. 혹은 틀린 것을 바로잡지 않고는 배기지 못하는 성미였는지도 모른다. 혹은 마지막으로 이 세상 사람들이 이처럼 무신경한 것을 보고 죽지 못했는지도 모른다.

그것을 이제 와서는 어느 쪽이라고도 단정할 수는 없으리라. 그것을 참견이라고 평해서는 안 된다. 그것을 참견이라고 처리해버린다면 성(聖) 장 드 디외도 그 비난을 면하지 못할 것이다. 그는 단말마의 고뇌의 고독 속에서 방금 뜰에서 목을 매달아 죽은 사내가 있다는 것을 기묘하게도 알아듣고서, 임종의 자리에서 뛰어 일어나

---

* 프랑스의 시인이자 극작가다.

그 사람의 목에서 간신히 끈을 끊을 수 있었다. 그도 역시 진리를 구출하기 위한 것뿐이었다.

눈으로 보는 것만으로는 조금도 해가 되지 않는 사람이 있다. 우리는 그와 같은 사람은 거의 의식하지 못하고 바로 잊어버린다. 그러나 그와 같은 사람이 눈에 보이는 것이 아니라 귀에 들리기만 하면 어떻게든 귓속에서 자라고, 말하자면 부화해서 경우에 따라서는 개의 콧구멍으로 들어온 폐렴균처럼 뇌 속까지 기어 들어와서, 뇌수를 거칠게 침범하며 성장한다.

그러한 존재가 이웃 사람이다.

나는 홀로 떠돌아다니게 되면서부터 헤아릴 수 없을 만큼 많은 이웃 사람들을 만났다. 위층의 이웃, 아래층의 이웃, 오른쪽 그리고 왼쪽의 이웃 혹은 이 모든 종류의 이웃을 동시에 가진 일도 있다. 이웃 사람에 대한 이야기만을 쓸 수도 있을 것 같다. 방대한 저술이 될 것이다. 물론 그것은 내가 이웃 사람에게서 괴로움을 당한 신경쇠약의 이야기가 될 것이다. 이웃 사람은 그 동류의 생물과 똑같이 우리들의 어떤 조직 속에 일으키는 장애로만 존재를 느끼게 하는 것이 특징이다.

나는 변덕스러운 이웃을 가졌고, 고지식한 이웃을 가졌다. 나는 내 방에 앉아서, 변덕스러운 이웃의 법칙을 발견하려고 노력했다. 그들에게도 어떤 법칙이 있는 것은 분명했다. 그와 반대로 고지식한 이웃 사람이 밤에 돌아오지 않는 일이 있으면, 나는 무슨 사고가 생긴 것이 아닌가 생각하며 불을 밝힌 채 새색시처럼 걱정하고 있었다. 뚜렷하게 증오하는 이웃도 가졌고 열렬한 애정에 끌려 들어가는 이웃도 가졌다. 혹은 한밤중에 옆방에서 사랑과 미움이 급변해서 교체되는 것을 들었다.

그런 밤에 잠을 잔다는 것은 상상도 할 수 없었다. 그리하여 잠이라는 게 보통 사람 생각대로 그렇게 자주 오지 않는 것임을 알았다. 예를 들면 내가 페테르스부르크에 살 때 이웃에 수면을 그리 중요하게 여기지 않던 사람이 둘 있었다. 한 사람은 내 옆방에서 선 채로 바이올린을 켜고 있었는데, 틀림없이 바이올린을 켜면서 비길 데 없이 아름다운 6월의 한밤을 언제까지나 불을 밝히고 깨어 있는 집들을 바라보고 있었을 것이다. 오른쪽 이웃에 살던 어느 한 사람은 그가 자고 있었다는 사실을 물론 잊지 않고 기억하고 있다. 내가 깨어 있을 때 그는 한 번도 일어난 적이 없었다. 누워서 눈까지 감고 있었다. 그렇다고 하여 잠을 자고 있었다고는 말할 수 없다. 그는 누워서 어린아이가 어른이 시켜서 시를 암송하듯 단조로운 가락으로 푸시킨과 네크라소프의 긴 시를 암송하고 있었다.

왼쪽에 사는 사람의 바이올린보다도 내 머릿속에 자리를 잡고 있던 것은 시를 읊조리는 그 사람이었다. 그 방을 종종 방문하던 학생이 어느 날 출입구를 착각하고 내 방으로 들어오지만 않았더라면, 내 상상은 어디까지 나아갔을지 모른다. 그 학생은 그의 친구 이야기를 들려주었다. 그 이야기는 다소 나를 안심시켜주었다. 그것은 실제적이며 명백한 이야기로 나의 갖가지 망상의 번데기는 껍질을 벗었다.

옆방의 그 하급 관리는 어느 일요일에 기묘한 문제를 풀려는 생각이 들었다. 그는 아직도 상당히 오래 살 수 있어, 이를테면 50년은 더 살 수 있다고 가정했다. 그는 자기 자신에 대해서 그처럼 호기를 부렸기 때문에 매우 즐거워졌다. 그런데 이번에는 좀 더 오래 살 수 있는 방법은 없을까 고민했다. 깊이 생각한 끝에 그는 50년이라는 세월을 일수로 바꾸고, 시간으로 다시 바꾸고, 분으로 바꾸고, 그뿐인가 끈기만 있다면 초로 바꿀 수 있을 것으로 생각하고, 계산에 계산을 거듭하니 마침내 아직 듣지도 보지도 못한 막대한 숫자가 되었다. 머리가 어지러울 정도의 숫자였다. 다소 마음을 진정시키지 않으면 안 되었다.

평소부터 시간은 황금이라는 말을 듣고 있었는데, 이만한 거액의 시간을 갖고 있는 인간에게 경호인도 붙이지 않고 놓아두는 것이 이상했다. 언제 도둑맞을지도 몰랐다. 그러나 그는 다시 기분이 좋아져 들뜬 기분으로 매우 훌륭한 풍채를 보이기 위해서 외투를 주워 입고, 그 몇천만이라는 재산의 전부를 자기 자신에게 증정하려고 생각하고, 빈틈없이 자신을 향해서 말했다.

"니콜라이 쿠즈미치."

그는 친절하게 말을 걸었다. 그리고 또 한 사람의 자신이 외투를 입지 않고 초라하고 야윈 모습으로 말털로 채운 소파에 앉아 있다고 상상했다.

"나는 말이지, 니콜라이 쿠즈미치. 당신이 갑부가 되었다고 해도 당신은 잘난 체 뽐내지 않으리라고 믿습니다. 재산이 인생의 목적이 아니라는 것을 잊지 말아주시오. 가난해도 존경해야 될 사람이 있습니다. 거리를 헤매면서 행상을 하고 있는 몰락한 귀족이며, 장군의 따님이 있으니까 말입니다."

그리고 이 자선가는 온 시내에 널리 알려져 있는 실례를 여러 가지로 열거했다.

몇천만 초(秒)를 선물로 받고 말털 소파에 앉아 있는 또 하나의 니콜라이 쿠즈미치는 아직은 거만한 태도를 전혀 보이지 않았다. 그리고 앞으로도 분별을 잃는 일은 없을 것으로 보였다. 그 짐작은 어긋나지 않았다. 그는 이제까지의 얌전하고 고지식한 생활 태도를 조금도 바꾸지 않았다. 일요일은 수지를 명백하게 따지는 데 몰두했다. 그러나 수주일 후에는 믿을 수 없을 정도로 지출이 많은 것이 판명되었다. 절약해야 한다고 생각했다. 아침에는 일찍 일어나고 세수를 하는데도 시간을 아끼고, 선 채로 커피를 마시고, 관청에는 달려서 갔으므로 너무 일찍 도착하는 식이었다. 이렇게 해서 모든 일에서 조금씩 시간을 절약했다.

그러나 일요일에 계산해보니 절약한 부분이 조금도 남아 있지 않았다. 그는 곧바로 속은 것을 깨달았다. 바꿀 필요가 없다고 생각했다. 예를 들면 1년이라는 시간은 대단한 것이다. 그와 반대로 하찮은 잔돈은 금세 없어져버린다. 이렇게 해서 어느 날 회색 노을의 오후가 되었다. 그는 말털이 들어 있는 소파에 앉아서 밍크 외투를 입은 신사를 기다려 이전의 시간을 반드시 되돌려 받으리라 생각했다. 문에 자물쇠를 채우고, 돌려줄 때까지는 그를 보내지 않겠다고 결심했다. "지폐로 돌려달라"고 말하리라 생각했다. "10년짜리 지폐도 좋으니까"라고. 10년짜리 지폐로 넉 장하고 5년짜리 지폐 한 장, 나머지 5년은 깎아주어도 좋다. 분쟁을 일으키지 않기 위해서 그 5년짜리는 선물할 생각이었다. 그는 말털이 든 소파에 앉아서 초조하게 기다리고 있었다. 그러나 신사는 나타나지 않았다.

니콜라이 쿠즈미치는 수주일 전에는 자신이 그 소파에 앉아 있는 모습을 쉽사리 상상할 수가 있었는데, 그 소파에 실제로 앉아 있게 되자 이번에는 밍크 외투를 입은 호기로운 니콜라이 쿠즈미치의 모습을 상상할 수 없었다. 그 신사는 어떻게 되었는지 알 수 없었다. 아마도 사기가 탄로나 어딘가의 교도소에 갇혀 있는 거겠지. 아마도 그 신사는 니콜라이 쿠즈미치만 속인 것은 아닐 것이다. 그와 같은 사기꾼은 늘 대규모로 일을 꾸미니까.

니콜라이 쿠즈미치는 하찮은 1초의 일부분이라도 환전해주는 국가의 시설, 일종의 시간 은행 같은 것이 틀림없이 있어야 되겠다는 생각이 들었다. 어찌되었든 1초도 위조는 아니지 않은가. 그러한 은행에 대해서 들은 바는 없었지만, 회사 목록 같은 데에는 틀림없이 실려 있을 것이다. 시간 은행이니까 '시' 항(項)에 실려 있을까 아니면 혹시 '때의 은행'이라고 부를지도 모른다. 그렇다면 'ㄷ' 항에서 찾을 수 있을 것이다. 경우에 따라서는 중요한 시설이기 때문에 국립 은행이라고도 생각할 수 있으니 'ㄱ' 항을 찾아보아야 할지 모른다.

나중에 니콜라이 쿠즈미치는, 그 일요일 밤은 매우 침울한 기분이었던 것은 사실이나 술은 한 방울도 마시지 않았음을 강조했다. 따라서 다음과 같은 일이 일어났을 때에(그때에 일어난 일을 써서 표현한다면 말이지만), 그는 대단히 밍밍하다는 표정이었다. 그는 방 한구석에서 약간 졸고 있었는지도 모른다. 그것은 생각할 수 없는 일은 아니다. 이렇게 깜빡 존 것이 우선 그의 기분을 상쾌하게 만들어 주기까지 했다. 내가 숫자에 연루되었구나, 그는 혼자 중얼거렸다. 지금 나는 숫자에 대해서는 문외한이지만, 숫자 같은 것에 너무나 큰 뜻을 인정해서는 안 된다는 것은 확실하다. 숫자 같은 것은 편의상 고안된 국가의 방편에 지나지 않기 때문이다. 아무도 종이 위가 아니면, 숫자와 만난 사람이 없지 않은가. 예를 들면 어떤 사회에서 '7'이니 '25'니 하는 숫자를 만났거나 보았다는 사람은 없다. 그러므로 숫자 같은 것은 전혀 있지가 않았다. 그러다가 '시간은 돈이다'라고, 곧 시간과 돈은 분리할 수 없는 것이라고 저도 모르게 혼동해버린 것이다.

시간과 돈은 혼동하지 않아도 되는 것인데…… 니콜라이 쿠즈미치는 그렇게 생각하고 웃음이 터져 나올 것 같았다. 이렇게 해서 일찍 그 계략을 간파한 것은 다행이었다. 일찍 깨달은 것이 무엇보다도 다행스러웠다. 앞으로는 이제까지와 같은 일은 없으리라. 그렇다, 시간이라는 것은 귀찮은 존재다. 그러나 이것은 니콜라이 쿠즈미치 그 자신만의 문제일까. 다른 사람들에게도 그가 깨달은 것처럼 시간이 초 단위로 흘러가고 있는 것은 아닐까? 그것을 깨닫지 못하고 있을 뿐.

니콜라이 쿠즈미치는 남의 어리석음을 보는 데서 야릇한 기쁨이 자라는 것을 억제할 수 없는 사람이었다. 어쨌든 자꾸자꾸 흘러가거라, 이렇게 생각하려고 했는데, 그때 기묘한 일이 일어났다. 갑자기 뭔가가 그의 얼굴을 쓰다듬으면서 스치는 것을 느꼈다. 귓불 근처를 흐르고, 손에도 그 감촉이 느껴졌다. 그는 눈을 치떴다. 창문은 굳게 닫혀 있었다. 눈을 크게 뜨고 어두운 방에 앉아 있는 그는 자신이 느낀 피부를 쓰다듬고 흘러가는 것은 실제의 시간이라는 것을, 시간이 흘러가고 있는 것을 역력하게 깨달았다. 어떤 음모가 있는지도 몰랐다.

어느 미풍에도 모욕을 당한 듯 분해하는 그에게 이런 일이 일어나다니. 그는 방 안에 앉아서 시간이 이렇게 흘러가는 것을 죽을 때까지 계속 느껴야만 할 것이다. 그 때문에 틀림없이 일어날 신경통이 벌써부터 걱정되었다. 그는 분노를 느낀 나머지 자기 자신을 잊었다. 그는 펄쩍 뛰어 일어났다. 그러나 놀라움은 아직 끝난 것이 아니었다. 서 있는 발밑에도 움직임 같은 것이 느껴졌다. 그것은 단일한 운동이 아니고 몇 개의 운동이 기묘하게 교착되고 있는 운동이었다. 그는 아연실색하여 꼼짝 못하고 서 있었다. 지구의 운동일까? 분명히 지구는 움직이고 있다. 왜냐하면 지구는 움직이기 때문이다. 학교에서 그렇게 배웠다. 교사는 그것을 깊이 파고들어 이야기하는 것을 꺼렸고, 그 후에도 그것은 애매하게 되고 그것을 입에 담는 것은 시의에 맞지 않는다고 여겼다.

그러나 그는 민감해져서 그것을 느낄 수 있었다. 다른 사람들도 느끼고 있을까? 아마도 느끼고는 있겠지, 단지 그런 기색을 보이지 않을 뿐이야. 그들은 항해에 익숙해진 선원들처럼 거기에 태연한지도 몰랐다. 그러나 니콜라이 쿠즈미치는 특히 그 점에서 약간 신경질적이 되어서, 전차마저도 타지를 않았다. 그는 갑판 위를 걷는 것처럼 방 안을 비틀거리면서 돌아다니며 오른쪽이나 왼쪽을 계속 붙잡아야 했다. 불행히도 그는 지축이 약간 경사진 것을 문득 생각해냈다. 그는 여러 가지 동요에 견딜 수 없게 되었다. 비참한 기분이 들었다. 그는 누워서 움직이지 말고 있으라는 말을 어디선가 읽은 기억이 있었다. 그때부터 니콜라이 쿠즈미치는 누워만 있었다.

그는 누운 채 눈을 감고 있었다. 기분이 편한, 흔들림이 적다고 할 수 있는 날이 있었다. 그런 날에 그는 시를 중얼거리는 것을 생각해낸 것이다. 그것이 무슨 도움이 되었는지 다른 사람은 알 수 없었다. 시를 어느 각운이든 동일한 악센트로 천천히 중얼거리고 있으면, 시선을 가만히 쏟고 있을 수 있는 무엇인가 움직이지 않는 것이 거기에 존재하고 있었다. 물론 기분으로만 그랬을 뿐이지만. 그런 시를 기억하고 있어서 다행이었다. 평소부터 문학에 각별한 흥미를 갖고 있었기 때문이다. 그와 오랫동안 사귀어온 학생은 니콜라이 쿠즈미치가 그런 상태를 비관하고 있는 것은 아니라고 했다. 그러나 그의 마음속에는 친구인 학생처럼 돌아다니며 지구의 운동에 태연하게 견딜 수 있는 사람들을 몹시 부러워하는 버릇이 서서히 생겨나고 있었다.

내가 이 이야기를 이처럼 잘 기억하고 있는 것은 그 이야기를 듣고 매우 기분이 안정되었기 때문이다. 니콜라이 쿠즈미치 쪽에서는 내가 지구의 운동에 태연하게 있을 수 있는 것을 탄복하고 있었겠지만, 나 또한 그 후로도 그처럼 기분 좋은 이웃 사람을 가진 일이 없었다고 단언해도 좋으리라.

이런 경험을 한 이후부터 나는 그와 비슷한 경우에는 무엇보다도 먼저 사실을 규정하기로 결정했다. 억측에 비해서 사실이 얼마나 단순하고 두렵지 않은 것인지를 알았기 때문이다. 사실에 대한 우리들의 지식은 모두가 나중에 얻은 지식으로 장부상의 결산에 불과하지만 나는 그것을 깨닫지 못했다. 말을 듣는다 해도 도리가 없다. 그러한 지식의 배후에는 그것과는 전혀 관계가 없는 전혀 다른 내용을 갖는 새로운 면이 나타난다.

예를 들면 지금부터 쓰는 이야기인데, 이 이야기에서 쉽게 규명할 수 있었던 두세 가지의 사실은 내게 무슨 도움이 되었다는 말인가. 그 사실이라는 것을 열거할 계획인데, 그러기 전에 지금 여기에서 내가 취급하고 있는 문제를 말해버리기로 하자. 한마디로 말하면, 그 사실은 그렇지 않아도 복잡한(그렇다고 여기에서 솔직하게 인정하거니와) 입장을 더욱더 복잡하게 만드는 결과가 되었다.

그 무렵 나는 굉장히 많은 글을 썼다는 것을 체면상 말해두고 싶다. 열에 들뜬 것처럼 계속 썼다. 사실 외출하면 집에 들어가고 싶지 않았다. 길을 약간 돌아 그것으로 쓰는 데 사용할 시간을 30분쯤 허비하였다. 이것이 나의 약점이라는 것을 부정하려는 생각은 없다. 그러나 일단 방에 들어서면 나 자신도 감탄할 정도였다. 나는 계속해서 썼다. 내게는 나의 생활이 있었다. 그리고 옆방에는 나와 전혀 관계가 없는 완전히 다른 생활이 있었다. 시험 준비를 하고 있는 의학도의 생활이었다. 내게는 시험이 없었다. 그것만으로도 이미 큰 차이가 있었다.

그것 말고도 우리들의 처지에는 닮은 점이 매우 많았다. 나는 그것을 모두 잘 알 수 있었다. 그러나 예의 소리가 들리기 시작하는구나, 느끼는 순간 우리는 전혀 관계도 없는 두 사람이라는 것을 잊게 되었다. 나는 귀를 기울여보았는데, 심장이 심하게 요동을 치는 것을 느꼈다. 나는 모든 것을 내팽개치고 귀를 기울이고 있었다. 그리고 역시 시작되었다. 내 예감이 어긋난 일은 결코 없었다.

양철로 만든 어떤 둥근 것, 예를 들면 깡통 뚜껑을 떨어뜨렸을 때에 나는 소리는 거의 누구나 알고 있는 소리다. 그것은 밑으로 떨어졌을 때에도 결코 큰 소리가 나는 일이 없고, 딸그랑 하고 떨어지면 가장자리로 서서 빙그르르 구른다. 불쾌한 소리를 내기 시작하는 것은 구르는 기세가 쇠퇴해서 정지하기 전에 전후 좌우로 기울어지면서 바닥과 부딪칠 때다. 나의 경우도 역시 그것뿐이다. 그러한 양철제의 것이 옆방에서 떨어져 구르고 멈추는데, 그동안에도 일정한 간격으로 바닥에 부딪히며 제자리에서 소리를 냈다. 반복해서 들려오는 소리가 항상 그러하듯, 그 소리도 내부 조직을 갖고 있어, 조금씩조금씩 변화하여 완전히 똑같은 경우는 한 번도 없었다. 그러나 이 다르다는 것이 다른 소리가 아니라는 것을 느끼게 했다. 심하게 울릴 때도 있고, 부드럽게 울릴 때도 있고, 슬프게 울릴 때도 있었다. 급히 그칠 때도 있었고, 끝없이 오랫동안 구르다가 조용해질 때도 있었다. 그리고 최후의 비틀거림은 그때마다 나에게 겁을 먹게 했다. 그와 반대로 거기에 따르는 제자리걸음은 거의 기계적인 느낌을 주었다.

그러나 이 제자리걸음은 소리를 그때마다 언제나 들리는 구절로 끊어 그것이 그 사명인 것처럼 보였다. 지금에야 그러한 점을 뚜렷하게 상기할 수가 있다. 옆방에 아무도 없기 때문이다. 의학도는 시골 고향으로 돌아간 것이다. 요양을 하기 위해서다. 나는 이 아파트의 맨 위층에 살고 있다. 오른쪽은 다른 집이고 내 방 밑에 있는 방에는 아직 아무도 들지 않았다. 나에게는 지금 이웃이 없다.

이렇게 홀로 되어 생각해보니, 왜 모든 것을 좀 더 단순하게 생각하지 않았지, 이상하기도 하다. 그때마다 내 감각이 나에게 미리 경고해주었는데도 말이다. 그것을 잘 이용했어야 한다. 놀라지 말아라, 곧 시작될 것이다, 이렇게 자신에게 타일렀어야 했다. 그 예감이 단 한 번도 빗나가지 않음을 자신도 알고 있었으니까. 그러나 내가 배운 사실이 아마도 좋지 않았던 모양이다. 그 사실을 들은 후 나는 한층 더 무서워졌다. 옆방에서 들려오는 그 소리는 의학도가 책을 읽고 있을 때에 오른쪽 눈꺼풀이 저절로 내려와서 눈을 감기게 하는 소리로서, 눈꺼풀의 미세할 뿐 아니라 완만하며 조용한 운동에 수반되는 소리라는 것을 듣고 나는 무서운 느낌이 들었다.

이것이 이웃에 사는 그 의학도의 이야기 중 하찮은 일이지만 가장 본질적인 것이었다. 그는 이미 여러 차례 시험에 실패해서, 자존심이 예민해진 상태였다. 고향의 가족들도 편지를 보낼 때마다 귀찮도록 재촉해온 모양이었다. 그렇기 때문에 그는 한층 노력하지 않을 수 없었다. 그런데 시험이 있기 두세 달 전부터 눈꺼풀의 버릇이 나타난 것이다. 아무리 감아 올려도 내려와버리는 고장난 창문 커튼처럼 닫히는 그 기묘하고 사소한, 그러면서도 우스꽝스러운 신경쇠약증이 나타난 것이다. 나는 그가 그 버릇을 억제할 수 있다고 틀림없이 몇 주일 동안 믿고 있었다고 단언할 수가 있다. 그렇지 않았더라면 나는 내 의지를 그를 위해서 제공하려고 생각지도 않았을 것이다. 즉 어느 날 나는 그의 의지력이 소진해버린 것을 느꼈기 때문이다.

그때부터 나는 눈꺼풀이 내려오는 그의 버릇이 시작되는 것을 예감할 때마다, 벽의 이쪽에 서서 내 의지를 사양치 말고 써달라고 부탁했다. 그리고 그가 내 그 부탁을 받아들여준 것을 차차 느낄 수 있었다. 사실은 그것을 받아들이지 않는 것이 옳았을 것이다. 그것을 받아들여도 아무 소용이 없었다는 사실을 생각하면 더욱 그렇다. 설사 버릇이 시작되는 것을 지연시킬 수 있었다 할지라도, 그가 과연 두 사람의 힘으로 확보한 수초 동안을 공부하는 데 이용할 수 있었는지는 의심스러웠다. 게다가 나 또한 차차로 부담을 느끼기 시작했다. 언제까지 이렇게 계속하고 있어도 좋은 것일까, 자문하던 기억이 난다.

그것은 누군가가 우리 층으로 이사를 온 날의 오후의 일이었다. 누군가가 이사를 오면, 계단이 좁은 이 작은 아파트는 언제나 매우 소란스러웠다. 잠시 후에 누군가가 의학도의 방으로 들어가는 것 같았다. 우리들의 출입구는 복도 끝에 있었고 의학도의 출입구는 내 출입구와 모서리가 져서 나란히 있었다. 그러나 나는 그의 방에 종종 친구들이 찾아오는 것을 알고 있었고, 조금 전에 쓴 바와 같이 나는 그의 생활에 조금도 흥미가 없었다. 그 후에도 그의 방문이 몇 번 열리고 누군가 복도로 나와서, 계단을 내려갔나 싶은데, 거기까지 나는 책임을 질 수 없었다.

그런데 그날 밤에는 그전보다도 심했다. 그다지 밤이 깊지도 않았는데, 나는 피로했기 때문에 침대에 누워 있었다. 잠이 올 것 같다. 그러나 나는 누가 건드리는 것 같아서 벌떡 일어났다. 그리고 금방 이야기한 그 소리가 들려오기 시작했다. 튀어 오르고, 구르고, 어딘가에 부딪치고, 비틀거리고, 제자리걸음을 했다. 가장자리가 닿는 소리가 무서울 정도로 요란스러웠다. 그리고 그 사이사이에 누군지 한 층 밑에서 사는 사람이 성이 나서 천장을 사정없이 두들기는 소리도 들렸다.

새로 이사 온 사람도 두 손을 들었음에 틀림없다. 그의 방문이 열리는 소리가 들렸다. 극히 조심스럽게 열었는데, 나는 문 열리는 소리를 들었다고 생각하고 잠에서 깨었다. 새로 이사 온 사람이 이쪽으로 가까이 오는 기색을 느낄 수 있었다. 어느 방에서 들려오는지 확인하려고 하는 것이 분명하다. 내가 이상스럽게 느낀 것은 그 발소리가 이러한 아파트에 어울리지 않을 정도로 조심스러운 것이었다. 이 아파트에서 그처럼 조심할 필요가 없다는 걸 아는 일은 어렵지 않다. 그런데 왜 발소리를 죽이는 것일까. 그 사람은 나의 출입구 앞에 가만히 서 있는 것처럼 느껴졌다. 그러고서 그 발소리는 옆방으로 들어갔다. 그것은 의심할 여지가 없었다. 노크도 아무것도 없이 들어가는 것 같았다.

그리고(사실 뭐라 표현해야 좋을지) 갑자기 조용해졌다. 고통이 없어질 때처럼. 이상스러울 정도로 인상적인 정적, 이를테면 상처가 낫기 시작할 때 쑤시는 것 같은 정적이었다. 나는 이제 곧 잠에 빠져들 수 있을 것이다. 안식의 숨을 들이마시고 잠을 잘 수도 있었으리라. 그러나 놀란 나머지 잠이 오지 않았다. 옆방에서 누군지 이야기를 하고 있었다. 그러나 그것은 더욱 조용하게 만들 뿐이었다. 그것이 어떤 정적이었는지는 실제로 경험하지 않고서는 모른다. 말로 표현할 수 없는 정적이었다. 건물 바깥도 모든 것이 잠든 것처럼 조용했다. 나는 침대 위에 일어나 앉아서 귀를 기울이고 있었다. 마치 시골의 밤과 같았다.

그래, 그의 어머니가 와 있구나, 나는 생각했다. 어머니는 등불 옆에 앉아서 아들을 위로하고 있었다. 그리고 아들은 어머니의 어깨에다 머리를 가볍게 기대고 있음에 틀림없다. 곧 어머니는 아들을 침대에다 눕히겠지. 비로소 조금 전 복도의 조용한 발소리가 뭔지를 알았다. 아아, 그러한 사람이 아직 있었구나. 문이라고는, 우리가 열고 들어가는 문과 같은 문이라고는 생각할 수 없을 만큼 조용하게 우아하게 여는 사람이 있었던 것이다. 이제 그도 나도 잠들 수 있으리라.

나는 옆방의 의학도에 대해서는 거의 잊고 있었다. 그에게 품고 있던 관심이 깊지 않았다는 것을 알 수 있다. 나는 현관을 지날 때에, 그에게 편지가 왔는지 그리고 어떠한 사연인지를 이따금 물어본다. 명랑한 사연일 때에는 기쁨을 느낀다. 그러나 그것은 과장이다. 사실 나는 그의 소식은 몰라도 좋다. 갑자기 옆방에 들어가보고 싶은 생각이 들지만, 그것은 그와는 전혀 관계가 없는 기분이다. 내출입구에서 그의 출입구까지는 한 발자국 거리고, 그의 문에는 자물쇠가 채워져 있지 않았다. 그 방이 어떠한 방인가를 보는 것은 흥미 있는 일이리라. 어떠한 방이든 쉽사리 상상할 수 있는 것이며, 때로는 상상이 거의 들어맞는 것이지만, 이웃 사람들의 방만은 상상과는 전혀 틀리는 것이 일반적이다.

의학도의 방을 보고 싶은 것도 그런 사정 때문이라고 나는 생각한다. 그러나 옆방에서 나를 기다리고 있는 것은 그러니까 양철로 만든 물건이라는 것을 나는 너무나도 잘 알고 있었다. 양철로 만든 뚜껑이 틀림없다고 나는 단정해버렸다. 물론 그렇지 않을지도 모른다. 그래도 상관없다. 하여튼 양철제의 뚜껑 탓으로 돌리는 것이 내 기분에 꼭 들어맞을 뿐이다. 의학도는 그것을 시골로 가지고 가지 않았음에 틀림없다. 아마도 뚜껑을 주워 본래 자리인 깡통에다 덮어놓았으리라. 그리고 뚜껑과 깡통은 깡통이라고 하는, 엄밀하게 말하면 '둥근 깡통'이라고 하는 잘 알려진 단순한 개념을 이루고 있을 것이다. 그래서 깡통을 구성하는 두 부분이 난로 위에 올라 있는 모양을 상상할 수 있을 것 같다. 정말 그것들은 거울 앞에 놓여 있다. 뒤쪽에 있는 거울에는 실제의 깡통과 착각을 할 정도로 비슷한 그림자 깡통 하나가 비친다. 우리는 그러한 깡통은 무시해버리겠지만, 예를 들면 원숭이 같으면 그 영상을 붙잡으려고 할지도 모른다. 그렇다, 두 마리의 원숭이가 이쪽과 저쪽에서 붙잡으려고 하겠지. 원숭이도 난로 위에 올라가자마자 두 마리가 되기 때문이다. 그런데 그 깡통 뚜껑이 내 머리에서 떠나지를 않았다.

깡통 뚜껑은 깡통이 진짜 깡통으로서 그 테의 곡선이 깡통 테의 곡선과 일치한다면, 그 깡통 위에 덮여 있는 일말고 다른 욕심은 없을 것이다. 여기에 그 누구도 이의가 없으리라. 뚜껑으로서 상상할 수 있는 최상의 행복으로, 그보다 더할 기쁨은 없으리라. 그것으로 그의 갖가지 소원은 실현된 것이라 할 수 있다. 깡통의 조그마한 둥근 테 위에 느긋하게 얌전히 끼워져서 무게를 거기에다 균등하게

말테의 수기 201

맡기고 있는 것은 순수하다고도 말할 수 있는 경지가 틀림없다. 그리하여 뚜껑은 깡통 테가 자기 속에 유순하게 들어와 있는 것을 느끼고 있다. 마치 자신이 혼자 서 있을 때에 자신의 테를 느끼는 것과 같은 정도의 예리한 상태로 들어와 있는 것을 말이다. 아아, 그러나 이 행복을 올바르게 받아들이는 뚜껑은 정말로 적다. 인간과의 교섭이 물건의 세계에 어떤 혼란을 야기했나 하는 것이 무엇보다도 깡통 뚜껑의 예에서 명백하다.

인간을 잠깐 동안이라도 깡통 뚜껑 같은 것에 비유하는 것이 허용된다면 인간은 각자의 일이라는 깡통 위에 앉아 심히 기분 나쁜 듯 언짢은 표정을 짓고 있다. 이것은 너무 당황해서 알맞은 일을 만나지 못했거나 혹은 휘어진 채로 아무렇게나 함부로 덮어씌워졌거나 꼭 맞아야 될 두 개의 테가 제멋대로 휘었기 때문이다. 곧이곧대로 말해버린다면, 인간은 기회만 있으면 일이라는 깡통에서 뛰어내려 소리를 내며 구르고 덜그렁거리고 싶어 한다. 그렇지 않으면, 소위 기분 전환이라고 말하는 것이며, 거기에 수반되는 싸움 등은 도대체 무엇에서 비롯되는 것인가?

물건들은 그와 같이 인간의 세계를 몇 세기 동안 계속 지켜보고 있었다. 물건이 타락하고, 부여받은 조용한 용도를 기뻐하지 않게 되고, 주위에 있는 인간들을 본받아 향락의 세계에 빠져들어도 이상스러울 것이 없다. 물건은 그 용도에서 도망치려고 하고, 화가 나서 말을 하지 않고 자포자기가 되었는데도 인간은 물건이 도가 지나치고 있는 것을 보고도 조금도 놀라지 않는다. 자신에게도 뚜렷한 기억이 있기 때문이다. 인간은 강자이며 기분 전환을 꾀할 권리가 확실히 있다고 믿으며, 누군가 나를 흉내낸다고 느끼고 화를 내기는 하나, 자신이 탈선하듯 물건이 탈선하는 것을 책망하지는 않는다. 그러나 여기에 긴장을 푼 일이 없는 사람, 예를 들면 고독한 인간이 있어, 밤낮 없이 진실한 생활 위에 침착하게 자리를 잡으려고 하면, 타락한 물건들의 항의와 비웃음과 욕지거리, 증오를 한몸에 받게 된다. 그러한 물건들은 양심에 거리낀 데가 있기 때문에 누군가가 진실한 길을 걸어가고 주어진 일에 정진하는 것을 잠자코 보고만 있을 수는 없는 것이다.

그들은 고독한 자를 방해하고 위협하고 혼돈을 주기 위해 동맹하여, 그것이 성공하게 될 것을 알고 있다. 그들은 서로 눈짓을 하고 유혹하기 시작한다. 유혹은 끝없이 강화되어 한 사람의 고독한 자에 대해서 모든 피조물을, 그리고 마침내는 신까지도 대립시킨다. 유혹을 틀림없이 극복할 수 있는 성자에 대해서.

나는 이제야 그 놀라운 그림을 잘 이해하게 되었다. 그 그림 속의 물건들은 한정되고 일정한 쓰임에서 벗어나 탐욕적이고 호기심에 차서 서로 몸을 비비며 유혹하고 있다. 그리고 기분 전환을 위해 어설프게 음란한 모습을 하면서 떨고 있다. 들끓으며 돌아다니고 있는 냄비, 생각하기 시작한 증류기, 무료한 깔때기는 장난 삼아 구멍 속으로 기어 들어가기도 한다. 그리고 허무가 그것을 질투하여 집어던진 사자(死者)와 오체(五體)가 물건들에 섞여 있다. 물건 사이에다 구토를 하고 있는 얼굴이 있고, 아무에게나 교태를 부리려는 불끈 솟은 엉덩이도 있다.

그리고 성자(聖者)는 몸을 구부리고 위축되어 있다. 그의 두 눈에는 이런 난무를 봐주는 주위의 시선이 있다. 그것을 이미 보아버린 것이다. 성자의 오관은 벌써 영혼의 맑게 개인 용액 속에 침전되기 시작한다. 그의 기도는 이미 잎이 떨어지고 말라버린 관목처럼 튀어나오고 있다. 그의 심장은 죽어서 주위의 혼탁 속으로 흘러나와 버렸다. 성자의 고행의 채찍은 파리를 쫓는 소 꼬리처럼 가볍게 몸을 스칠 뿐이다. 그의 성기는 다시 삶의 일부분에만 달라붙어 있다가 여자가 풍만한 유방을 드러내고 주위의 혼돈 속에서 늠름하게 다가오는 것을 보고 손가락처럼 가늘게 돌기해서 여자를 가리킬 뿐이다.

나는 그 그림을 고리타분하다고 생각한 때도 있었다. 그 그림을 믿지 않은 것은 아니다. 그 그림이 상징하는 일이, 그 당시 반드시 신에게서 시작하려고 했던 열렬하고 성급한 성자들에게 일어났다는 것은 나도 상상할 수 있었다. 그러나 우리는 바로 신에게서 시작할 용기가 없다. 신을 감당할 수 없다는 것을 느끼기 때문이다. 신을 잠시 동안 뒤로 미뤄놓고 우리들을 신과 격리시키고 있는 곤란한 일을 조금씩 해야 한다는 것을 예감하기 때문이다. 그러나 그 일은 성자처럼 행동하는 것만큼이나 이론의 여지가 있고 나는 그것을 지금에 와서야 알았다. 예전에는 동굴이나 공허하고 빈한한 숙소에서 신 때문에 고독했던 자의 주위에 후광이 감돌듯 그 일 때문에 고독한 어떤 사람의 주위에도 성자의 후광이 감도는 것을 나는 알았다.

고독한 자를 말하는 이는 자신의 청중을 과대평가하고 있기 마런이다. 듣는 이들이 고독한 자에 대해 상당 부분을 알고 있다고 전제한다. 그러나 청중들은 모르고 있다. 그들은 고독한 자를 본 적도 없다. 고독한 자, 그가 어떤 인간인지 모른 채 맹목적으로 미워하고 있었을 뿐이다. 세상 사람들은 고독한 자를 여지없이 지치게 만드는 이웃 사람에 불과하며 고독한 자를 유혹하는 옆방의 '목소리'에 지나지 않았다. 그들은 물건으로 그에게 자극을 주어 소란을 피웠으며 더 큰 소리를 쳐서 그의 소리를 지우려고 했다. 고독한 자, 그가 아직 연약한 소년이었을 때는 소년들도 결속해서 그를 괴롭혔기에 그가 자랄수록 이제는 어른들에게 적개심을 가지고 그들에게서 멀어져갔다.

그는 숨은 장소에서 사냥 짐승처럼 발견되었고, 결국 기나긴 청춘의 시절을 금렵기(禁獵期) 없는 동물처럼 살아야 했다. 그가 이 박해를 견뎌내고 빠져나가자, 이제 그들은 그가 남겨놓은 것에 욕을 퍼붓고, 보기 흉하다고 했고 수상한 자라고 의심했다. 그가 거기에 귀를 기울이지 않자 그들은 더욱 노골적으로 박해하고 그의 먹이를 빼앗아 먹어버리고, 그의 공기를 다 마셔버리고, 마지막에는 가진 것 없이 가난해진 그의 부족함에 침을 뱉어 그것마저 그가 혐오감을 갖게 하려고 했다. 그가 불결한 사람인 양 소문을 퍼뜨리고 돌을 던져 한시라도 빨리 추방하려고 했다. 그와 같은 그들의 낡은 본능은 전적으로 옳았다. 고독한 자는 사실 그들의 적이었다.

그러나 그가 그 어떤 박해에도 눈을 내리깔고 있자, 그들은 깊이 생각을 했다. 어떤 박해도 그에게 도움이 될 뿐이고, 고독의 힘을 강화시키고, 그들에게서 영원히 등을 돌리게 하는 힘을 줄뿐이란 것을 느끼기 시작했다. 그들은 태도를 확 바꾸어 최후의 수단, 곧 최후의 비방을 썼다. 명성이라는 새로운 반항을. 이러한 명성이라는 시끄러운 싸움에 혹하여 사람들은 거의 누구나 눈에 불을 켜고 이성을 잃었다.

오늘 밤 문득, 소년 시절에 빠져든 적이 있었던 책 한 권이 머리에 떠올랐다. 책 표지는 녹색이었다. 그런데 왜 나는 그것이 마틸데 브라헤의 책이라고 상상을 했는지 모를 일이다. 그것을 입수했을 때에는 흥미를 느끼지 않았기에 수년 후에 비로소 읽게 되는데, 울스고르에서 보낸 휴가 때로 기억한다. 나는 그 책을 처음 보는 순간부터 흥미를 느꼈다. 장정만 보더라도 알찬 내용이 들어 있을 것 같았다. 표지의 녹색은 뜻이 깊을 것 같았고, 내용도 분명 그럴 거라고 직감했다.

나와 상의를 해서 만들어낸 책인 듯, 처음에 희고 매끄러운 종이에 흰 물결무늬를 넣은 면지가 보이고, 다음에 신비스런 느낌이 드는 속표지가 보였다. 그 속에는 삽화가 있을 것 같았고 그렇다면 참 좋겠다 싶었는데, 없었다. 그것마저도 그럴 수밖에 없다고 마음에도 없는 인정을 할 수밖에 없었다. 어느 페이지엔가 가느다란 리본으로 된 책끈이 끼어 있는 것을 보고 삽화가 없는 아쉬움을 어딘지 모르게 보상받는 기분이었다. 광택은 없었지만 리본의 핑크색은 아직 퇴색하지 않았다고 여겨지는 모습으로 어느 때부터인지 그 페이지에 약간 비스듬히 끼워져 있었다. 그것이 이용된 일은 없었으리라. 제본공은 그 리본을 주의도 기울이지 않고 서둘러 끼웠을 것이다. 혹은 속 깊은 사정이 따로 있을지도 모른다. 누군가 그 책끈이 있는 페이지에서 읽기를 중단하고, 그 후 계속 읽지 않았는지도 모른다. 거기까지 읽었을 때 운명이 똑똑, 하고 문을 두들겨 그는 몹시 바쁜 몸이 되어 모든 책에서 멀어져버린 것이리라.

결국 책이 삶 자체는 아니지 않는가. 어쨌거나 그 책을 계속해서 읽었는지 읽지 않았는지 확인할 도리가 없었다. 리본이 거기에 끼워진 것은 그 페이지를 종종 펼쳐보기 위해서인지도 모른다. 밤이 깊어지면 그는 가끔 그곳을 펼쳐서 읽었는지도 모른다고 여겨졌다. 하여튼 나는 누군가가 서 있는 거울처럼 그 두 페이지가 무서웠다. 나는 마침내 그 페이지를 읽지 않았다. 그 책을 끝까지 읽었는지도 기억이 없다. 그다지 두터운 책은 아니었으나, 여러 가지 이야기가 수록되어 있었다. 특히 오후에 그것을 펼쳐보면 아직도 모르는 이야기가 언제나 있었다. 지금도 두 가지 이야기를 기억하고 있으니, 어떤 이야기였는지 써보기로 한다. 그리샤 오트레피예프*의 최후와, 용감한 왕 샤를**의 몰락에 대한 이야기다.

내가 당시 그 이야기를 읽고 어떤 인상을 받았는지는 모르겠다. 그러나 몇 년이 지난 지금에 와서 나는 가짜 러시아 왕의 시체가 군

---

*   러시아 표도르 1세의 처남이던 보리스 고두노프에게 추방되었다가 죽었다는 이반 4세의 막내아들 드미트리우스의 생사가 확인되지 않자 가짜가 나타났는데, 그 첫째가 그리샤 오트레피예프다. 그는 폴란드인들의 지지를 받아 보리스 고두노프가 죽은 후 모스크바로 들어갔는데, 폴란드인들을 중용하여 귀족들과 아내의 반감을 샀고 마침내 죽음을 당했다.

**   부르고뉴 공국을 위해 숱한 영토 확장 전쟁을 치르고 마침내 낭시 근교에서 전사했는데 시체는 완전히 벌거벗긴 채 빙설 속에 반쯤 묻혀 있었다고 한다.

중 속으로 던져져 산산조각으로 찢기고 찔려서 얼굴에 가면이 씌워져 사흘 밤낮을 방치 상태로 있었던 이야기라는 것을 떠올린다. 그 작은 책은 다시 내 손에 들어올 것 같지는 않다. 그러나 인상이 깊었던 이 부분은 분명하게 남아 있다. 왕이 대비(大妃)와 만나서 어떻게 되었는지 궁금해서라도 다시 한번 읽고 싶다.

대비를 모스크바로 초청했을 때는 그는 절대로 탄로가 나지 않을 자신이 있었을 것이다. 그는 그때에는 완전히 진짜 왕이 되어서, 자기 진짜 어머니를 초청하는 기분이었을 거라고 나는 믿고 있다. 그래서 대비 마리야 나가야는 초라한 수도원에서 밤낮을 가리지 않고 급히 달려왔고, 그녀가 인정만 하면 정말 모든 것을 얻게 되어 있었다. 그러나 그녀가 자식으로 인정했을 때부터, 그 자신은 흔들리기 시작한 게 아니었을까? 그의 변신의 힘은 이미 누구의 자식도 아니라는 점에 있었다고 생각해도 좋을 것 같다.

이것은 집을 나온 젊은이라면 누구나 갖는 힘이기도 하다.[*]

백성들은 어떤 왕을 추대할지는 생각해보지 않은 채 오로지 왕을 추대하고 싶어 했으므로, 왕이 한층 자유자재로 무한한 힘을 발휘하게 만들었다. 그러나 왕의 어머니가 그를 자식으로 인정한 것은 의식적인 기만이기는 했으나, 그를 약화시킬 수 있는 힘도 가지고 있었다. 대비는 왕을 자유롭고 풍부한 공상의 세계에서 끄집어내어 초라한 모방자에 지나지 않게 만들었다. 일일이 그에게 지시하여 그를 다른 어떤 사람을 모방하는 사람으로 전락시켰다. 그를

---

[*]   원고의 여백에 기록되어 있다. — 원주

208

사기꾼으로 만들어버린 것이다. 여기에 왕비인 마리나 므니제치가 가세하여 은연중에 그의 힘을 해체시키면서 그녀 역시 그를 부인했다. 후에 알게 된 일이지만 그녀는 그를 남편으로 믿은 것이 아니고, 누구로든지 믿었다. 이야기 속에서 이런 사실을 어느 정도까지 다루고 있는지는 확언할 수 없지만, 그 대목까지는 언급되었을 거라고 생각한다.

그러나 그 부분을 제외해도 그 이야기는 결코 쓸모 없는 이야기는 아니다. 최후의 순간을 묘사하는 데 세심한 주의를 기울이는 작가를 지금 생각할 수 있다. 작가의 행동을 잘못이라고 말할 수는 없다. 최후의 순간에는 많은 사건이 일어나기 마련 아닌가. 가짜 왕 그리샤는 깊은 잠에서 깨어나 창으로 달려가서는 창을 뛰어넘고 위병들이 있는 안뜰로 뛰어내린다. 혼자서는 일어설 수가 없을 정도로 다쳐서 위병들이 부축을 해야만 일어날 수 있었다. 다리가 부러진 모양으로 그는 두 위병의 어깨에 기대면서 그들이 아직 자기를 믿고 있음을 느꼈다. 다른 위병들도 그를 믿고 있는 눈치였다. 그러니 거인처럼 키가 큰 근위병들이 불쌍하다는 생각까지 들었을 것이다. 그들은 완전히 속은 것이다. 위병들은 진짜 이반 그로즈니의 얼굴을 조석으로 보았을 터인데, 그리샤를 믿고 있었다. 그는 위병들에게 사실을 털어놓아버리고 싶었다. 그러나 입을 벌리면 통증이 심하여 소리를 지를 것 같았다. 다리의 통증은 심했다. 그리고 그는 그 순간에 자신의 위험은 별로 생각하지 않았기 때문에 통증 외에는 아무것도 느끼지 않았다.

그런데 다가올 일에 대처할 시간이 없었다. 사람들이 쫓아왔고 그 뒤를 쫓던 많은 사람이 선두에 선 슈이스키를 보았고 이제 만사가 끝장날 판이었다. 그때였다. 위병들은 그의 주위에 둥글게 진을 치고 그를 넘겨주지 않겠다고 했고 기적이 일어났다. 이 늙은 위병들의 신앙은 재빨리 전파되어, 갑자기 아무도 가까이 다가서려고 하지를 않았다. 그의 눈앞에 달려온 슈이스키는 난처하게 되어 창문을 향해서 절규했다. 그러나 가짜 왕 그리샤는 뒤돌아보려고 하지 않았다. 그 창에 누가 서 있는지를 알고 있기 때문이었다. 그는 주위가 갑자기 물을 끼얹은 듯 조용해진 것을 의심하지 않았다. 전부터 귀에 익은 목소리, 날카롭고 흥분된 그러면서 달콤한 목소리가 틀림없이 들릴 것이다. 그리고 그는 그를 부인하는 어머니의 목소리를 듣는다.

여기까지는 이야기가 저절로 진행되었다. 하지만 지금부터는 이야기할 훌륭한 작가가 필요하다. 나머지 몇 행의 문장에서는 어떤 항변도 허용되지 않을 강렬한 힘을 느끼게 하지 않으면 안 된다. 창에서 들리는 소리에 이어서 총성이 울릴 때까지 몇 초 사이에 무서울 정도로 압축되어, 모든 것이 되고자 하는 의욕과 힘이 그의 가슴속 깊이 다시 한번 솟아오른 것은 그것을 이야기하는 것과는 별개로, 의심할 여지가 없기 때문이다.

그렇지 않았다면 비명과 총소리가 그의 잠옷을 꿰뚫고, 그것으로 부족하여 한 인간의 고집을 부술 수 있을지 어떨지를 확인하기 위해 여기저기를 찔러본 것이 얼마나 자연스럽고 옳았는가를 어떻게 이해할 수 있겠는가. 그리고 그가 죽는 순간에도 거의 단념해버렸던 황제의 가면을 쓰고 있었음을 어떻게 이해할 수 있겠는가.

생각하면 한 권의 책 속에서 죽을 때까지 온 생애를 통해 동일한 인간으로 살다 가는 사람의 종말은 이상하지 않을 수 없다. 그는 화강암처럼 단단하여 거의 변화를 몰랐다. 그리고 그 밑에 깔린 이들을 한없이 짓눌렀다. 이 용장 샤를 공의 초상이 디종*에 있다. 그가 성급하고 괴팍하고 오만했으며 광폭했다는 것도 잘 알려진 사실이다. 단지 그의 손에 대해서만은 아무도 생각한 사람이 없을 것이다. 매우 뜨거운 손으로서 항상 식히지 않고는 견디지 못했다. 손가락을 벌리고 손가락 사이에다 바람을 집어 넣고 찬 물건 위에다 항상 놓아야 하는 손이었다. 이 손에는 머리로 피가 솟구치듯 피가 흘러서 미친 사람의 머리처럼 꼭 쥐고, 갖가지 상념이 소용돌이치고 있었다.

이처럼 미친 피와 함께 지내는 데는 각별한 주의력이 필요했다. 샤를 공은 그 피와 더불어 자신의 울타리 안에 틀어박혀 가끔씩 몸 안에 피가 은밀하고 어둡게 흐르고 있음을 두려워했다. 포르투갈 사람이었던 어머니의 피가 섞여 있는 격렬한 피는 자신도 이해할 수 없었고, 기분 나쁜 괴물처럼 느껴졌다. 자고 있는 사이에 달려들어 할퀴지나 않을까 하고 종종 공포에 사로잡혔다. 그는 피를 회유하고 있는 시늉을 하고 있었으나, 사실은 언제나 피를 두려워했다. 피의 질투가 두려워서 어떤 여자도 사랑하려 하지 않았다. 격렬한 피를 흥분시키지 않으려고 입에 포도주를 대지도 않았다. 포도주를

---

* 부르고뉴의 옛 수도로 샤를의 고향이다.

대신하여 장미잼으로 피를 달래주었다. 그러나 그랑송이 함락되었을 때 로잔*의 야외 진영에서 딱 한 번 포도주를 마셨다. 그는 앓아 드러누워 덜 익은 포도주를 마셨다. 그러나 그 무렵 그의 피는 잠들어 있었다. 제정신이 아니었던 만년에는 피가 가끔 짐승의 잠처럼 깊은 잠에 떨어지는 때도 있었다. 피가 잠이 들게 되면, 그는 얼마나 이 피의 압력에 굴복하고 있는지 명백해졌다. 피가 잠들면 그는 폐인처럼 되었다. 시중을 드는 사람도 그 누구도 그의 방으로 들어갈 수 없었다. 그는 사람들이 말하는 것도 알아듣지 못했다. 그는 백치처럼 되어 외국 사신에게 모습을 보일 수도 없었다. 그는 멍청하게 앉아서 피가 깨어나기를 기다리고 있었다. 그리고 피는 거의 언제나 갑자기 뛰어 일어나서는 심장에서 힘차게 밀려나와 포효했다.

이 피를 위해서 그는 별로 쓸모가 없는 여러 가지 물건을 끌고 다녔다. 세 개의 커다란 다이아몬드와 엄청난 보석들, 플랑드르의 레이스와 아라스의 벽걸이 같은 것을. 금실을 꼬아서 만든 끈으로 장식된 자신의 비단 천막과 시종들에게 필요한 천막 400장. 목판에 그린 그림, 그리고 순은으로 만든 열두 명의 사도상, 타란토 공국의 왕자, 클레브 공, 바덴의 필리프 공, 샤토-기용의 태수 등이 수행하게 했다. 왜냐하면 그는 자신이 황제로서 누구의 지배도 받지 않는다는 것을 피에게 보여, 피가 두려워 엎드리게 만들려고 생각한 것이다. 그러나 피는 그러한 설명에도 그를 믿지 않았다. 의심이 많은 피였다. 잠시 동안은 그의 피를 반신반의하게 만들 수 있었다. 그러

---

* 　스위스 와트주의 주도이다.

나 스위스군에 대패했기 때문에 약점은 간파되고 말았다. 그때부터 피는 패배자 속에서 흐르고 있음을 알고 밖으로 나오려 했다.

지금은 나도 그와 같이 생각하고 있으나 그 당시 나는 공현절(公顯節)에 사람들이 그를 찾아다닌 장면에 가장 깊은 인상을 받았다.

이상하게 간단히 끝나버린 낭시의 전투 바로 직후, 그리고 공현절을 하루 앞둔 날에 로트링겐의 젊은 영주는 황폐화된 고향인 낭시로 말을 타고 들어와서는 그다음 날 아침, 아직 날도 새기 전부터 시종자들을 깨워 샤를 공의 행방을 물었다. 계속 사자들을 내보내고, 영주 자신도 침착성을 잃고 걱정스러운 모습으로 종종 창가에 나타났다. 마차와 들것에 실려 오는 사람들의 얼굴을 모조리 알 수는 없었으나, 그것이 샤를 공이 아니라는 것만은 알 수 있었다. 부상자 속에도 샤를 공은 없었다.

줄지어 끌려오는 포로들 속에서도 샤를 공을 본 사람은 없었다. 그러나 피난민들이 가는 곳마다 여러 가지 소문을 퍼뜨려 샤를 공을 불시에 만나지나 않을까 두려워하고 겁에 질려 허둥대고 있었다. 석양이 가까워졌으나, 공의 행방은 묘연하고 알 수 없었다. 그의 모습이 보이지 않는다는 소문은 긴 겨울밤에 한없이 퍼져나갔다. 소문이 퍼져나가는 곳마다 틀림없이 그가 아직 살아 있으리라는 생각이 미신처럼 사람의 마음을 사로잡았다. 그날 밤처럼 샤를 공의 모습이 모든 사람의 상상 속에 생생하게 느껴진 일은 없었을 것이다. 어느 집에서나 잠을 자지 않고 그를 기다리고 문을 두드리는 소리에 귀를 바짝 기울이고 있었다. 그가 오지 않으면 그가 이미 지나가버린 것이라고 생각했다.

그날 밤은 꽁꽁 얼어붙었다. 샤를 공이 살아 있다는 생각도 단단히 얼어붙은 것 같았다. 그만큼 그 생각은 응고되어 풀리는 데 여러 해가 걸렸다. 그 많은 사람들이 그의 생존을 완고히 믿고 있었다. 아무도 그것을 깨닫지는 못했지만. 공작 때문에 견디지 않으면 안 되었던 고통은 공작의 모습을 통해서만 견딜 수 있었다. 누구나 큰 고통을 겪으면서 그가 살아 있다는 사실에 익숙해졌던 것이다. 그러나 그를 잊을 수가 있는 지금에 와서도 모두가 그를 언제까지나 기억하고 있으며 잊을 수 없음을 알고 있다.

날이 새어 1월 7일 화요일 아침, 수색은 다시 시작되었다. 그날은 안내자가 있었다. 샤를 공작의 시중을 들던 소년이었다. 그는 주인이 말에서 떨어지는 것을 멀리서 보았다고 했다. 그래서 그 장소를 가르쳐주기로 한 것이었다. 소년은 그 이야기를 하지 않았으나 캄포바소 백작*이 소년을 데려와, 소년을 대신해 말했다. 소년은 선두에 서서 안내를 하고, 다른 사람은 바로 그 뒤를 따랐다. 변장을 해서 묘하게 비틀비틀 걷는 소년을 보고 아무도 이 소년이 소녀처럼 아름답고 마디마디가 날씬했던 쟝 바티스타 콜론나라고는 믿을 수가 없었다.

소년은 추워서 떨고 있었다. 어젯밤부터 이어진 추위로 공기는 얼어붙었고, 밟히는 눈은 발밑에서 이를 가는 소리를 냈다. 모두가 얼었다. 샤를 공작이 고용한 광대였던 루이옹즈라는 사람만이 달음질치며 돌아다니고 있었다. 그는 개 시늉을 하면서 앞쪽으로 달려

---

*   나폴리의 용병 대장이었으나, 부르고뉴의 샤를을 섬기다가 배신했다.

갔다가는 다시 되돌아와서 네 발 걸음으로 소년의 옆을 달리곤 했다. 멀리 시체가 보이면, 광대는 그곳으로 달려가 들여다보며 시체에게 그렇게 멍청하게 하고 있지 말고 우리가 찾고 있는 그분이 되어달라, 말을 걸었다. 잠시 동안 시체에게 생각할 시간을 준 후에 불쾌한 듯이 여러 사람 옆으로 돌아와서는 아우성을 치고 저주도 하면서 죽은 사람들의 독선과 게으름을 투덜댔다. 이런 식으로 '앞으로, 앞으로' 계속 걸어나갔으며, 행군은 언제 그칠지 몰랐다.

낭시의 시가지는 거의 보이지 않았다. 추웠는데도 하늘은 어느 틈에 흐려져 사방이 잿빛으로 물들고 어둠침침해졌기 때문이다. 눈빛은 널따랗게 아무렇지도 않은 듯 펼쳐져 있었다. 조그맣게 한 덩어리로 뭉친 한 떼는 앞으로 나아갈수록 처량하게만 보였다. 누구 한 사람 입을 여는 사람은 없었으나 함께 달리고 있던 노파만이 중얼거리다가는 머리를 흔들고 있었다. 기도를 드리고 있었겠지.

갑자기 선두에 선 소년이 멈춰 서서 주위를 둘러보았다. 그리고 그는 공작의 시의(侍醫)였던 포르투갈 사람인 루피 쪽으로 후딱 돌아서서 앞쪽을 손가락으로 가리켰다. 몇 걸음 앞쪽에 얼음이 꽉 얼어붙은 장소가 있었다. 물웅덩이이거나 못인 듯했으나 거기에 열 내지 열 둘 정도의 시체가 물에 처박힌 채 뒹굴고 있었다. 어느 시체나 옷이 벗겨져 거의 알몸이었다. 루피는 몸을 구부리고 시체를 하나하나 주의 깊게 살피고 다녔다.

모두가 분담해서 조사하는 사이에 올리비에 드 라 마르슈*와 성

---

* 부르고뉴 출신의 시인이다.

직자가 발견되었다. 그러나 노파는 이미 눈 속에 무릎을 꿇고 눈 속에서 손가락을 편 채로 불거져 있는 큰 손 위에 엎드려, 엉엉 소리내어 울고 있었다. 모두가 그쪽으로 달려갔다. 그 시체는 얼굴을 땅에다 대고 엎드려 있었기 때문에 루피는 두세 명의 하인을 시켜서 그것을 바로 눕히려고 했다. 그러나 얼굴은 얼어붙어 얼음에서 잡아뗐을 때 한쪽 볼의 피부가 얇고 무르게 벗겨졌고, 다른 쪽 볼은 개나 이리에게 물어 뜯겨져 있었다. 얼굴 전체가 귀 언저리에서부터 크게 갈라져 있어, 이미 사람 얼굴이라고 할 수는 없었다.

한 사람 또 한 사람 뒤를 돌아다보았다. 누구나 로마 가톨릭인 그 공작이 등뒤로 다가오는 것이라고 생각했기 때문이었다. 그러나 광대가 피투성이가 되어 험한 얼굴을 하고 달려오는 것이 보일 뿐이었다. 그는 외투 하나를 높이 쳐들어 흔들고 있었다. 무엇을 털려고 하는 것 같았다. 그러나 외투는 빈 것이었다. 그때야 사람들은 시체의 특징을 확인하기로 했다. 두세 가지 특징이 발견되었다. 불을 피워 따뜻한 물과 포도주로 시체를 씻었다. 목덜미에 묵은 상처가 나타나고 큰 종기 자국이 두 군데 나타났다.

시의는 이젠 의심하려고 하지 않았다. 그러나 모두는 다른 특징도 찾았다. 광대는 몇 걸음 저쪽에서 커다란 흑마(黑馬) 모로의 시체를 발견했다. 샤를 공이 낭시 시내가 함락되던 날 타고 있던 말이었다. 공작은 이 말을 타고 짧은 다리를 늘어뜨리고 있었던 것이다. 모로의 콧구멍에서 흐르는 피가 아직도 입속으로 흘러 들어가고 있어 말은 그것을 맛있게 마시고 있는 것처럼 보였다. 떨어져 있던 하인 하나가, 공작의 왼쪽 발의 발톱 하나가 살 속으로 들어가 있다는 말을 했다.

그리하여 발톱을 조사했다. 그러자 광대가 자신이 간지럼을 당한 것처럼 괴로워하면서 외쳤다.

"아아, 나으리, 이 어리석은 자들이, 나으리의 터무니없는 상처를 파헤치는 것을 용서해주십시오. 이 어리석은 자들은 나으리의 광대가 나으리의 덕을 그리워하는 내 슬픈 얼굴을 보고도 아직 나으리가 나으리이심을 모르고 있는 것입니다."

공작의 유해가 안치되었을 때에 그 방에 맨 처음 들어간 것도 이 광대였다. 게오르크 마르키라는 사람의 집에 안치되었는데 일이 왜 그렇게 되었는지는 아무도 몰랐다. 관을 덮는 천이 아직 덮여지지 않았기 때문에 광대는 전체 광경을 한눈에 볼 수가 있었다. 하얀색 상의와 빨간 외투는 검은 관과 그 뚜껑 사이에서 서로 반발하는 것처럼 강렬한 대조를 이루고 있었다. 금으로 도금을 한 커다란 박차가 달려 있는 심홍색 승마용 장화가 앞에 놓여 있었다. 왕관이 눈에 띄고, 저쪽 위에 있는 것이 머리라는 것은 의심할 여지가 없었다. 어떤 보석을 끼운 공작용 큰 관이었다.

루이옹즈는 돌아다니면서 모든 것을 세밀하게 관찰해보았다. 잘 알지는 못했으나 비단도 만져보았다. 고급 비단이었을 것이다. 그러나 부르고뉴 왕가에 비해서 약간 조잡했는지도 모른다. 광대는 전체를 한눈에 바라볼 수 있도록 다시 뒤로 물러났다. 하얀 눈의 반사광 속에서 빛깔은 이상스럽게 짜임새가 없어 보였다. 광대는 색깔 하나하나를 마음에 새겼다. "훌륭한 옷이다"하며 그는 이윽고 만족스럽게 말했다.

"어쩌면 너무 호화찬란하기는 하지만."

그에게는 죽음이 인형 조종자처럼 느껴졌다. 갑자기 공작 인형이 필요한 인형 조종자처럼.*

이제 어떻게 바꿀 수 없는 일이라면, 그 사실을 후회하거나 더는 비판하는 일을 삼가고서, 그것을 단순히 확정지어두는 것이 현명하리라. 예를 들면 나는 올바른 독서가는 결코 될 수 없음을 최근에야 깨달았다. 어렸을 때 독서라는 것은, 내가 커서 여러 가지 일이 계속 닥쳐올 때에, 시작하게 될 일의 하나라고 생각했다. 그것이 언제가 되느냐 하는 것은 사실 확실한 생각을 가질 수 없었다. 생활 상태가 바뀌어 지금까지와 같이 내부에서 솟아오르지 않고, 외부에서만 찾아오게 되면, 독서의 적합한 시기를 알 수 있을 거라고 믿고 있었다.

그 시기가 되면 뚜렷하게 명료해져서, 오해 같은 것을 하는 일은 결코 없을 거라고 상상했다. 모든 것이 단순하게 되기는커녕 오히려 매우 애매하고 복잡하게 되어, 귀찮을지는 모르지만, 하여튼 명백하기는 하리라고 생각했다. 어렸을 때의 그 이상스럽던 막막한 느낌, 불균형한 느낌, 예측할 수 없는 느낌은 그때가 되면 극복할 수 있을 거라고 생각했다. 물론 왜 그렇게 될지는 몰랐다. 사실은 그러한 느낌은 심해질 뿐이고, 이윽고 사방팔방이 막혀서, 밖을 내다보려고 하면 할수록 자신의 내부를 교란시키는 결과가 되었다. 그것

---

* 원고의 여백에 기록되어 있다.— 원주

이 무엇에 기인하는지는 몰랐다. 하여튼 그것은 어떻게 할 수 없을 정도로 심해져서 곧 힘없이 일격에 쓰러지고 말았다. 어른들이 그 것에 대하여 거의 신경을 쓰지 않고 있음은 쉽게 이해할 수 있었다. 그들은 돌아다니고 비판하고 행동하고 곤경에 처하는 일이 있었지 만 그것은 언제나 외부 사정으로 생긴 일이었다.

나는 그와 같은 변화가 시작될 때까지 독서하는 것을 기다리기로 했다. 그때가 되면 친지와 접촉을 하듯이 책과 마음 편하게 만나게 되리라. 독서를 위한 시간, 일정한, 규칙적으로 즐겁게 보낼 수 있는 시간을 적당한 양만큼 가질 수 있으리라. 어떤 책이 특별히 좋아져서, 30분쯤 그 책을 너무 읽어, 산책이라든가 약속이라든가 연극 개막이라든가 급한 편지를 쓰는 것을 잊어버리는 일이 결코 있을 수 없다고는 말할 수 없을 것이다. 그러나 책을 읽는 데 너무나 열중해서 머리카락이 아무렇게나 쓰러져 자고 난 후처럼 텁수룩하게 되거나, 귓불이 달아오르거나 손이 쇠처럼 차게 되거나, 테이블 위의 긴 초가 짧아져 촛대 밑바닥에 불꽃이 옮겨 붙거나 하는 일은 다행스럽게도 전혀 없을 것이다.

이러한 현상을 여기에 쓰고 있는 것도 내가 그 당시 울스고르에서 보낸 휴가 시절 갑자기 독서에 몰두했을 때에, 그러한 현상을 꽤 심각하게 스스로 경험했기 때문이다. 나는 독서에 적합치 않다, 나는 이것을 곧 알 수 있었다.

독서를 위해 예정된 시기보다 먼저 나는 책을 읽기 시작했다. 그러나 그해에 소뢰에서 내 또래의 소년들은 그런 시간 계산을 믿지 않고 있었다. 거기에서 예기치 못한 당돌한 경험이 계속 찾아들어 그런 경험들이 나를 성인으로 취급하고 있음을 확실하게 알 수 있었다. 모두가 성인에게 어울리는 경험이었고, 그 짓누르는 무게가 얼마나 벅찬 것이었는지 알 수 있었다. 그러나 나는 그러한 경험의 진실성을 느낄수록 유년의 무한한 진실성에도 눈을 뜨기 시작했다. 내게 어른의 세계가 시작되었다고는 아직 말할 수 없었던 것처럼 소년의 세계도 결코 끝나지는 않으리라는. 인생에 구분을 짓는 것은 누구에게나 자유다. 하지만 그 구분은 현실적으로는 존재하지 않는다고 스스로에게 타일렀다. 나는 그와 같은 구분을 고안할 수 있을 만큼 재능이 있지 않다고 자각했다. 그것은 고안하려고 할 때마다 그런 구분이 존재하지 않음을 실생활에서 뼈저리게 느꼈다. 내가 어린 시절을 이미 지나간 시절인 듯 생각할 때마다, 앞으로의 생활도 동시에 없어지게 되고 마치 납으로 만든 군인이 서 있기 위해서 바닥에다 발을 붙이고 있는 것처럼 생각될 뿐이었다.

말할 나위 없이 이런 발견은 친구들에게서 나를 더욱더 고립시키고 말았다. 이런 발견은 나를 내면으로 몰두하게 했고, 안도의 기쁨이라고 할 만한 기분으로 마음이 가득 찼다. 그리고 그 기쁨은 내 연령보다도 훨씬 어른스런 것이라서 한편 불안스럽기도 했다. 그리고 잠시 동안 계획이란 전혀 없었으므로 여러 가지 일들을 하지 못하고 말 것같이 느껴 불안하기도 했다. 소뢰에서 울스고르로 돌아와서 거기에 늘어서 있는 책을 보자, 양심의 가책이라도 느낀 듯 닥치는 대로 책을 읽기 시작했다. 그 후에도 종종 느낀 일인데, 당시에도 나는 책 전부를 읽을 결심이 서 있지 않으면 한 권의 책도 펼칠 권리가 없다는, 막연한 예감을 가지고 있었다.

한 줄을 읽을 때마다 그만큼 세계는 무너졌다. 책을 읽기 전에는 세계는 완전했으며, 모든 책을 다 읽어버리면 세계는 다시 완전한 제 모습으로 돌아올 것같이 생각되었다. 그러나 독서 능력이 없는 내가 모든 책을 읽는다는 것은 생각조차 할 수 없었다. 울스고르의 조그마한 서재에도 다 읽지 못할 만큼 많은 책이 늘어서 있고, 책장 속에도 가득 쌓여 있었다. 나는 그 위압에 반항하는 듯 비장한 기분으로 책을 찾기 시작하고, 젊어지기 힘든 일을 하는 사람처럼 책장을 차례로 더듬어갔다. 실러와 바게센*을 읽었고, 욀렌슐레게르**와 샤크 폰 슈타펠트***를 읽었으며, 서재에 있던 월터 스콧****과 칼데론*****의 책을 읽었다. 이미 읽었어야 할 몇 권의 책을 제외하면, 대부분은 내가 읽기에는 이른 책들이었다. 물론 그 당시의 내게 거의 모든 책이 적합하지 않았다. 그러나 나는 계속해서 읽었다.

후년에 한밤중에 종종 잠이 깨어 별들이 크고 밝게 빛나면서 중대한 뜻이 있는 듯 하늘을 운행하는 것을 보았다. 그리고 이처럼 풍부한 세상 경험에서 소홀한 나 자신을 이해할 수 없다는 기분에 빠지곤 했다. 그때는 여름이었는데, 책을 읽다가 아벨로네가 부르는 소리에 책에서 시선을 뗄 때도 그와 비슷한 반성을 하곤 했다. 그리고 아주 뜻밖에도 언제부터인지 나는 아벨로네가 불러도 대답마저

---

*   덴마크의 시인이다.

**   덴마크의 시인으로서 국민 극장의 창시자다.

*** 덴마크의 시인으로서 셸링적인 낭만주의자다.

**** 영국의 소설가이자 시인이다.

*****스페인 극작가이자 시인이다.

하지 않았다. 우리 두 사람이 가장 행복하던 시절에 그렇게 되었다. 나는 독서열에 들떠 있었기 때문에 필사적으로 책에 매달렸고 우리 두 사람의 휴가에서 완고하고 거만스럽게 도망쳐서는 숨어 있었다. 자연스럽게 행복을 맛볼 수 있는 많은 기회가 있었지만, 눈에 띄지 않는 소중한 기회를 나는 이용할 줄 몰랐고, 우리 둘 사이의 알력이 깊어가는 동안에도 머지않아 화해할 즐거움을 떠올리고는 기쁨을 느끼기조차 했다. 화해의 날을 하루 늦추면 즐거움 또한 그만치 깊어진다고 생각했다.

그러나 나의 독서열은 시작되었을 때와 마찬가지로 어느 날 문득 식어버렸다. 그때 우리는 서로에게 몹시 화가 나 있었다. 아벨로네는 나를 비꼬며 야유를 퍼부었다. 정원에서 만나면 그녀는 책을 읽는다고 주장했다. 어느 일요일 아침, 사실 책은 덮인 채로 그녀의 옆에 놓여 있었는데, 아벨로네는 포크로 조심스럽게 작은 구스베리 송이에서 열매를 따느라 바쁜 척했다.

잠을 푹 자고 난 듯 상쾌한 7월의 아침, 무엇인가 뜻밖의 기쁜 일이 여기저기서 기다리고 있을 것 같은 아침이었다. 억누를 수 없는 조그마한 운동이 몇백 만이나 모여서 확신에 가득 찬 생명의 모자이크를 만들어낸다. 모든 것이 율동을 하고 서로 쫓고 쫓기며 공중을 향해서 숨을 내쉬고, 그 서늘한 기운이 그림자를 선명하게, 태양을 경쾌하고 청순한 광체(光體)로 바꾼다. 정원은 그 어디에 중심이 있을 수 없고 모든 것이 곳곳에 퍼져 있다. 어느 하나의 작은 기쁨도 놓치지 않기 위해서 우리는 모든 것 속에 들어가 있지 않으면 안 된다.

아니, 아벨로네의 섬세한 움직임에는 7월 아침의 느낌이 고스란히 반영되어 있었다. 그녀가 하는 일도, 하는 모습도, 그 얼마나 아름다운 느낌이었는지 서늘한 나무 그늘에 희고 선명하게 보이는 손은 둘이 경쾌하게 서로 정답게 움직여, 포크가 움직일 때마다 이슬에 젖은 포도 잎을 깐 접시 속으로 둥근 열매가 즐거운 듯이 뛰어들었다.

접시 속에는 빨간 황금빛 윤기가 흐르는 열매가 높이 쌓여져 시디신 과육 속에 건강한 씨를 감추고 있었다. 나는 그 모습을 지켜보며 마냥 서 있고 싶었으나, 아벨로네에게 야단을 맞을지도 몰랐기 때문에 모른 체하려고 놓여 있던 책을 집어들고 그녀와 마주 보고 테이블에 앉아서, 책장을 여기저기 넘기지 않고, 닥치는 대로 어느 한 페이지를 읽기 시작했다.

"책벌레 님, 제발 소리를 내어 읽어주실 수 없어요?"

아벨로네는 잠시 후에 말했다. 싸움을 거는 목소리는 아니었다. 나도 화해를 진지하게 생각하지 않으면 안 될 때라고 생각하고 있던 터라, 곧 소리를 내서 읽기 시작하여 한 장을 끝까지 단숨에 읽고, 다음 〈베티나의 편지〉*라는 장으로 옮기려고 했다.

"아니에요, 답장은 읽지 않는 거예요."

아벨로네는 가로막고, 갑자기 지친 듯이 조그마한 포크를 놓았다. 그리고 그녀는 곧 그녀를 쳐다보는 내 얼굴 표정이 우습다면서

---

* 괴테를 흠모하여 열정적으로 써보낸 베티나가 괴테와 주고받은 편지를 묶어 출간한 《괴테가 한 아이와 주고받은 편지(Goethes Briefwechsel mit Kind)》에 실려 있다.

웃어댔다.

"참으로, 읽는 솜씨가 어쩌면 그리도 서툴러요, 말테."

그 말을 듣고서 나는 건성으로 읽었다는 것을 인정할 수밖에 없었다.

"읽는 것을 빨리 중지시켜주었으면 하고서 읽었기 때문이야."

나는 고백하고 갑자기 흥미를 느껴 책장을 반대로 넘기고 책 제목을 보았다. 무슨 책인지 비로소 알았다.

"왜 답장은 읽지 않지?"

나는 호기심을 갖고 물었다.

아벨로네는 내 질문을 듣지 못한 걸까. 밝은 빛깔의 옷을 입고 말없이 앉아 있는데, 그 눈이 침울한 빛을 띠고 마음 구석구석까지 그 빛깔로 가득 차 있는 것처럼 보였다.

"줘봐요."

그녀는 갑자기 화가 난 듯한 목소리로 말하고, 내게서 책을 받아서는 펼치려고 한 책장을 단번에 폈다. 그리고 베티나의 편지 하나를 읽기 시작했다.

내가 그 편지를 얼마만큼 이해할 수 있었는지 기억은 없으나 언젠가는 그것을 잘 이해할 수 있으리라는 것을 엄숙하게 약속했던 것 같다. 아벨로네의 목소리가 차츰 열기를 띠며 마침내는 노래할 때의 목소리와 거의 다름없이 높아지는 소리를 들으면서 나는 우리 두 사람의 화해를 너무나 가볍게 생각하고 있었다는 것을 부끄럽게 여겼다. 나는 그것이 화해를 뜻한다고 느꼈다. 그러나 그 화해는 나보다도 훨씬 높은, 내 손이 미치지 않는 어느 아주 큰 세계에서 행해진 것이었다.

약속은 지금도 지키고 있었다. 그 책은 어느 때부터인지 내 책이 되어버릴 수 없는 책 가운데 한 권이 되었다. 나도 지금은 펼치고 싶은 책장을 단번에 펼 수 있게 되었으나, 그 페이지를 읽을 때마다 나는 베티나와 아벨로네 중에서 어느 편을 더 많이 생각하고 있는지를 잘 몰랐다. 아벨로네의 모습보다도 오히려 베티나의 모습이 내 마음속에 선명하게 떠올라, 내가 알고 있던 아벨로네는 베티나를 위한 준비와 같았다. 그리고 아벨로네는 마치 그녀의 순수한 필연적인 모습으로 돌아가듯, 베티나의 모습에 동화되어버렸다.

왜냐하면 베티나는 이 편지를 통해 윤곽이 커지고 매우 큰 모습으로 성장하였기 때문이다. 마치 죽은 후에 영혼이 퍼지듯 처음부터 자연 속에 전면적으로 퍼졌다. 존재의 전역에 구석구석까지 침투해서 그 일부가 되어 그녀에게 일어난 일은 모두 자연 속으로 들어가 영원히 사라지지 않는 것이었다. 그녀는 자연 속에서 자신을 인식하고, 마치 떨쳐버리듯 자연에서 자신을 격리시켜, 전통으로부터 벗어나도록 모색하면서 한 사람의 여성으로서의 모습을 되찾고, 그 모습을 영혼을 불러내듯 소생시켜 지속시켰다. 베티나, 너는 조금 전까지도 이 지상에 있지 않았느냐. 나는 너의 존재를 아직도 느낄 수 있다. 이 대지는 너의 정열로 아직도 따뜻하고 새들은 네 목소리를 위해서 공간을 남겨놓고 있다. 풀잎의 빛나는 이슬은 네가 있을 때의 이슬은 아니지만, 하늘에 빛나는 별들은 너의 밤들을 장식한 별들이다. 아니, 이 세계는 너의 것이 아닐는지, 너는 너의 정열로 몇 번씩이나 이 세계를 불붙게 하여 세계가 훨훨 불타오르고 화염과 함께 불타는 것을 지켜보고 있지 않았던가.

그리하여, 너는 사람들이 잠자고 있는 사이 몰래 새로운 세계와 바꿔치지 않았던가. 신이 창조한 세계를 모두 놀려 두지 않기 위해서 너는 아침마다 신에게 새로운 세계를 원했는데, 너는 그럴 때에 신의 마음과 하나가 되어 공명하는 것을 절실히 느꼈을 것이다. 너는 세계를 소중하게 여기고 손질하는 것을 비참한 일이라고 느꼈다. 너는 세계를 아낌없이 써버리고는 끊임없이 손을 내밀어 새로운 세계를 원했다. 너의 사랑에는 불가능한 일이 없기 때문이다.

어떻게 사람들은 지금도 너의 사랑에 대해 이야기하지 않을 수 있단 말인가? 너의 사랑보다 크다고 할 수 있는 그 어떤 것이 그 후에 있었단 말인가? 도대체 사람들은 무슨 이야기를 하고 있는 것인가? 베티나, 너는 네 사랑의 뜻을 잘 알고 있었다. 그리하여 너의 가장 위대한 시인에게 그 사랑 이야기를 해서 그것을 인간의 사랑으로 바꾸어주기를 바랐다. 너의 사랑은 아직 자연력이었기 때문이다. 그러나 시인은 너에게 써서 보낸 답장으로 너의 사랑을 세인의 눈에 조그마하게 보이게 했다. 누구든 시인의 그 답장을 읽고, 그것을 믿었다. 세상 사람들에게는 시인이 자연보다는 이해하기 쉬웠기 때문이다. 여기에 그 시인의 한계가 있었다는 것이 명백해질 날이 있으리라. 사랑하는 여인 베티나는 시인에게 부여된 과제였다. 그리고 그는 그 과제를 감당하지 못했다. 그가 그 사랑에 응할 힘을 갖지 못한 것은 무엇을 뜻하는가?

226

그러한 사랑은 대답을 필요로 하지 않는다. 자신 속에 부르는 소리와 대답하는 소리를 갖고, 자신의 사랑을 자신이 받아들이기 때문이다. 그러나 시인은 빛나는 영관(榮冠)의 머리를 그녀 앞에 숙이고, 그 옛날 사도 요한이 파트모스섬에서 신의 계시를 받아서 쓴 것처럼 그녀의 말을 무릎을 꿇고 두 손으로 받아써야 했을 것이다. '천사의 직무를 대신하는' 목소리에 대해서는 선택의 여지가 없었다. 그 소리는 시인을 감싸서 영원한 창공으로 데리고 가기 위해 울린 소리였다. 훤히 비치는 불길에 싸여 승천하기 위하여 준비된 수레였다. 그의 죽음을 위해서 신비로운 신화가 준비되었던 것이나 그는 그것을 헛되게 했다.

운명은 의장(意匠)이며 도형들을 창조하고 싶어 한다. 운명의 어려움은 그 복잡성에 있다. 생명은 그 단순성 때문에 곤란하다. 생명은 우리에게 어울리지 않을 정도로 큰 내용을 겨우 몇 가지 가질 뿐이다. 성자는 운명을 거부하면서 신을 위해 생명의 이 몇 가지 내용을 선택하는 사람들이다. 여자도 태어나면서부터 남자에 대해서 성자와 같은 선택을 하지 않을 수 없으나, 모든 애정 관계의 불행은 여기에 배태되어 있다. 변화를 거듭하는 남자 옆에서 여자는 운명을 모르고, 활줄처럼 긴장되어, 영원히 변하지 않을 존재처럼 선다.

사랑하는 여자는 사랑받는 남자를 능가한다. 생명은 운명보다도 위대하기 때문이다. 여자의 사랑은 끝없이 퍼져나가려고 한다. 그것이 여자의 행복이다. 여자의 사랑의 형언할 수 없는 고뇌는 그 한결같은 정열을 억제하도록 요구당하는 데 있다.

여자가 호소하는 고뇌는 언제나 이 고뇌였다. 엘로이즈*의 최초의 두 편지는 모두 이 고뇌로 가득 차 있다. 그리고 500년 후 포르투갈 여인의 편지도 그 고뇌를 호소하고 있다. 마치 새의 울음소리처럼 그 고뇌를 듣고 식별할 수 있다. 그리고 갑자기 이 깨달음으로 비쳐진 밝은 공간을 사포**의 먼 그림자가 지나간다. 몇 세기 동안 사람들이 운명 속에서 찾아내려고 했으나 찾아내지 못한 모습이.

나는 결코 그 남자에게서 신문을 살 용기가 나지 않는다. 석양부터 어두워질 때까지 룩셈부르크 공원 울타리 밖을 왔다갔다하고 있는 모습을 보면 그가 과연 몇 장의 신문이라도 가지고 있는지 의심스럽다. 그는 공원 울타리에다 등을 대고, 철책이 서 있는 돌담가를 손으로 쓰다듬으면서 이동을 하고 있다. 돌담에 착 달라붙어 있어 날마다 그 앞을 지나면서도 한번도 알아보지 못하는 사람도 많다. 아직 목소리가 남아 있어 신문을 사라고 외치고 있으나, 그 소리는 램프 심지가 타면서 끓는 소리, 난로 속에서 장작이 타는 소리, 동굴 속 물방울이 기묘한 사이를 두고 떨어지는 소리처럼 들릴 뿐이다. 그리하여 인생은 그가 외치는 것을 중지하고, 주위에서 움직이는 그 어느 것보다도 조용하게 시곗바늘이나 그 그림자처럼, 아니 시간 그 자체처럼 이동하고 있을 때 늘 그곳을 지나가도록 되어 있는

---

* 수도사 아벨라르에 대한 사랑으로 유명하다. 두 사람이 주고받은 편지에는 경건과 정열과 학식이 혼합되어 있다.
** 기원전 600년경의 그리스 여류 시인이다.

사람들도 있도록 만들어진 모양이다.

내가 그를 보기를 피하였던 것은 그 얼마나 큰 착각이었단 말인가. 나는 그의 근처까지 오면, 다른 통행인들의 걸음걸이를 흉내내어 그를 알아보지 못한 체했는데, 그것을 쓰는 것도 부끄럽다. 나는 그가 입속에서 계속해서 한 마디 그리고 또 한 마디 뒤를 쫓는 것처럼 부르는, "신문이요" 하는 소리를 들었다. 내 좌우를 걷고 있는 사람들은 돌아보고 목소리의 주인을 찾았다. 그러나 나만은 아무것도 듣지 못한 것처럼 무엇인가 골똘히 생각에 잠겨 있는 시늉을 하고 누구보다도 바쁜 듯이 걸어갔다. 사실 나는 생각에 잠겨 있었다.

나는 그의 모습을 상상해보려고 했다. 그의 모습을 마음속에 그려보는 일을 시작하여, 그 일에 열중하다가 땀을 흘리기도 했다. 그의 모습을 그려보는 것은 이미 아무런 증거도 없고 아무런 구성 요소도 남아 있지 않은 고인의 모습을 그려내는 것 같았다. 어느 고물상 점두(店頭)에나 진열되어 있는 무늬가 들어 있는 상제의 십자가에서 내려진 그리스도의 상을 마음속에 그려보면 약간 도움이 되었던 것을 기억하고 있다. 어디선가 본 일이 있는 피에타의 기억이 떠올랐다가는 사라졌다.

그 연상도, 그 남자의 여윈 기다란 얼굴이 어쩐지 기울어져 있는 모습, 움푹 팬 볼을 덮고 있는 깎지 않고 내버려둔 초라한 수염, 비스듬히 허공을 향하고 있는 얼빠진 얼굴에 나타나 있는 무한히 비통한 장님의 표정을 그려보기 위해서였던 모양이다. 그 외에도 그에게서 떼어낼 수 없는 특징이 많이 있었다. 그에 대해서는 어떤 사소한 점도 무시할 수 없다는 것을 그때부터 나는 알고 있었다. 상의

인지 외투인지, 깃이 뒤쪽으로 많이 떨어져 있어, 칼라가 모두 보이고, 더욱이 그 낮은 칼라가 우묵해진 가느다란 목 어디에도 닿지 않고 커다란 테를 만들고 있는 모양, 녹색이 도는 검은 넥타이가 그 칼라 둘레에 붙들어 매어져 있는 모양, 그보다도 특히 운두가 높고 둥근 펠트직의 낡은 모자를 잊어서는 안 되었다. 장님이란 장님이 모두들 쓰고 있듯이 그도 그 낡은 모자를 얼굴 모습과의 관계를 무시하고, 그 모자와 자신을 결합시켜 새로운 외관의 조화를 만들어내는 것도 아니고, 약속에 따라 빌린 물건을 올려놓듯이 올려놓고 있는 것에 지나지 않는다.

그를 보기를 두려워하는 사이에 마침내 그의 모습은 어느 때부터인지 내 마음속에서 이따금 이렇다 할 원인이 없을 때에도 고통스러울 정도로 심히 비틀어진 불쌍한 모습으로 응집되어 나는 그 심한 상태에 견딜 수 없었다. 고정 관념이 되려 하는 상상을 외부의 현실적인 모습으로 약화시키고, 사라지게 하려고 결심했다. 석양이 가까워졌다. 나는 처음부터 주의를 태만히 하지 않고 그 앞을 지나가기로 했다.

마침 봄이 가까워질 무렵이었다는 것을 밝히지 않으면 안 되겠다. 낮에 불던 바람이 자고 모든 거리가 한가로이 평온했다. 거리 끝의 집들이 하얀 금속의 단면처럼 선명하게 빛나고 있었다. 놀랄 만큼 가벼운 금속과 같은 느낌이었다. 넓고 탄탄한 대로에는 많은 인파가 뒤얽혀 있었다. 이따금 달려가는 마차에 아무도 신경을 쓰지 않고 걷고 있었다. 일요일이 틀림없었다.

생쉴피스성당의 첨탑 장식이 바람기 없는 공기 속에 상쾌하게 뜻밖의 높이로 우뚝 솟아 있어, 로마식이라고도 할 수 있는 비좁은 골목 저쪽의 이른 봄 하늘을 무의식중에 우러러보지 않을 수 없었다. 공원 안팎은 혼잡을 이루고 있어, 나는 그를 바로 볼 수가 없었다. 아니면 인파 속에서 그를 알아보지 못한 것이었을까?

나는 상상하고 있던 일이 전혀 무가치했다는 것을 바로 깨달았다. 아무런 조심도 위장도 하지 않고, 있는 그대로 자신의 비참함에 모든 것을 내맡겨버린 그의 모습은 나의 상상력을 훨씬 넘어 있었다. 나는 그의 자세가 어떻게 돌변할지 알지 못했다. 눈꺼풀 안에서 끊임없이 넘쳐흐르는 듯한 공포도 몰랐다. 배수구의 입처럼 움푹 파여 있는 입술의 느낌도 생각하지 않았다. 그도 여러 가지 추억을 갖고 있겠지. 그러나 지금은 매일매일 형태가 없는 돌담 끝을 쓰다듬는 둔한 감촉 외에 새로운 추억이 첨가되지는 않았으리라. 나는 멈추어 서서, 그런 일을 거의 동시에 인정하면서, 그가 평소와는 다른 모자를 쓰고, 외출용이 틀림없는 넥타이를 매고 있는 것을 느꼈다.

노란색과 보라색의 바둑무늬를 경사지게 짠 넥타이였다. 모자는 녹색 리본이 달린 값싼 새 밀짚모자였다. 물론 그 색깔이 어떻든 무방하고 그것을 일일이 기억하고 있는 내가 너무나 소심하다고도 말할 수 있으리라. 그러나 그 색채는 그의 모습 안에서 새의 복부의 솜털과 같은 느낌이었다는 것만은 말해두고 싶다. 장님인 그 남자는 그 빛깔에 기쁨을 느끼지 못했다. 그렇다고 행인 중의 누가(나는 주위를 보았다), 그 차림을 자신에게 보이기 위한 것이라고 생각할 수 있었을까?

아, 신이여, 격렬한 감동과 더불어 나는 이런 것을 생각합니다. 당신은 역시 존재하신다! 당신의 존재 증거는 여러 가지가 있다. 나는 그것을 모두 잊어버렸고, 그것을 상기하려고 한 일도 없었다. 신의 존재의 확증이란 막대한 일을 짊어지는 것을 뜻하기 때문이다. 그러나 마침내 나는 그것을 알게 된 것이다. 이것이 당신의 취미였던 것이다. 당신은 이런 것을 좋아하신다. 우리는 어떤 일이든 참을성 있게 하고, 경솔하게 판단하지 않아야 한다. 어떤 것이 비참한 일일까? 어떤 것이 행복한 일일까? 당신만이 그것을 알고 계신다.

다시 겨울이 되어 새 외투를 사지 않을 수 없다면, 신이여, 내가 그 외투가 새것인 동안만이라도, 그 남자처럼 그것을 입도록 해주십시오.

나는 그들보다도 고급 옷, 처음부터 내 옷인 옷을 입고 있으면서, 일정한 장소에 살려고 마음을 쓰고 있다. 그것은 그들과 자신을 구별하고 싶기 때문이 아니다. 나는 그들만큼 강하지 않기 때문이다. 그들과 같이 생활할 용기가 없다. 예를 들면 나는 팔에 힘이 빠졌으면 틀림없이 그것을 감추고 있을 거라고 생각한다.

그러나 그 여인은(나는 그 여자에 대해서는 달리 아무것도 모르지만) 카페 테라스 앞에 매일 나타났다. 그리고 외투를 벗고 괴상한 옷과 내의를 상반신부터 벗는 일은 귀찮아 보이는데도, 그 귀찮은 일을 싫다고 하지 않고 아주 천천히 벗고 벗기고 하였다. 가만히 보고 있을 수 없을 정도로 완만한 동작이었다. 그리고 여인은 실처럼 여윈 팔을 드러내고 얌전하게 우리들 앞에 섰다. 그것은 보기에도 흔치 않은 귀중한 팔이라는 것을 알았다.

아니, 아니, 내가 자신을 그들에게서 분리하려는 것은 결코 아니다. 그들과 같다고 생각하는 것은 불손하기 때문이다. 나는 똑같지가 않다. 나는 그들의 강한 힘도 위대함도 갖지 않았기 때문이다. 나는 하루 세끼의 밥을 먹으며 살고 있으며, 그 사이에 조금의 신비도 없는데, 그들은 마치 죽지 않는 인간처럼 살고 있을 것이다. 11월이 되어도 언제나 같은 거리 모퉁이에 서 있다. 그들은 겨울이 겁나지 않는 것일까? 안개가 끼어 그들의 모습이 몽롱하다. 그래도 그들은 계속 살아간다. 나는 여행 중에 병을 앓고 여러 가지 것을 잃었다. 그러나 그들은 죽지 않았다.

내게는 초등학생들이 회색의 냄새가 나는 추운 방에서 침대를 떨치고 일어날 용기가 있다는 것조차도 의아하게 느껴진다. 바싹 여윈 어린아이들은 당황하여 어른들의 도시로, 간신히 날이 밝기 시작한 회색의 도시로, 언제나 대기하고 있는 규칙적인 학교 수업으로, 언제나 작은 어린아이인 채로, 언제나 불안에 떨며, 언제나 지각을 하고 뛰어나가지만, 누가 그런 힘을 어린아이들에게 주는 것일까? 매일매일 끊임없이 소비되는 매우 많은 조력은 나의 상상이 미치지 못할 정도이다.*

이 도시는 한 걸음 한 걸음 그들의 생활 속으로 미끄러져 들어가는 사람들로 가득 차 있다. 그러한 사람들은 처음에는 미끄러져 들

---

* 원고의 여백에 기록되어 있다.─ 원주

어가지 않으려고 발버둥친다. 그러나 발버둥치지 않고 미끄러져 들어가는 처녀들도 있다. 윤기도 젊음도 없어지기 시작한 처녀들, 그러나 힘이 세고 기분은 아직 신선하고 단 한 번도 아직 사랑을 받아본 일이 없는 처녀들이다.

신이여, 당신은 내가 모든 것을 버리고 그녀들을 사랑하기를 원하시리라. 아니면 어째서 나에게는 그녀들이 날 추월하여 지나갈 때에, 그들을 따라가지 않는 것이 그토록 마음에 무거운 고통이 되는지, 어째서 나는 갑자기 매우 부드럽고 달콤한 말을 생각해내고, 나의 목소리는 마음과 목구멍 한가운데에 정답게 대기하고 있는 것인지. 어째서 나는 인생에게 놀림을 당한 인형과 같은 처녀들을 비길 데 없이 소중하게 내 입김으로 따뜻하게 녹여주는 것을 공상하고 있는지. 인생은 그 인형들의 팔을 봄마다 벌리게 하고는 봄마다 실망시켜, 어깻죽지가 축 늘어지게 했다.

처녀들의 꿈은 그다지 높지 않아서 그 꿈에서 떨어져도 부서지지는 않았다. 그러나 처녀들은 박살이 나서, 인생의 쓰레기가 되었다. 그들의 방에는 잠자리가 없는 고양이가 밤마다 찾아들어 그들을 조금씩 할퀴고 그들 위에서 잠을 잔다. 나는 이따금 그와 같은 처녀들의 뒤를 따라 옆 골목을 두 개 정도를 걸어본다. 처녀들은 많은 집 앞을 지나 걸어가며, 끊임없이 지나가는 행인들의 그늘에 숨는다. 그 배후로 처녀들은 마치 그림자처럼 사라져버린다.

그러나 나는 누군가가 그녀들을 사랑하게 되면, 그녀들은 먼길을 걸어 지친 사람이 더는 한 걸음도 걷지 못하게 된 사람처럼 축 늘어져 그의 어깨에 기대게 되리라는 것을 알고 있다. 아직 부활의 힘이 사지에 남아 있는 그리스도만이 그녀들을 맡으실 수 있으리라. 그러나 그리스도는 그녀들을 돌아다보지 않는다. 사랑을 바치는 여인만이 그리스도를 유혹할 수 있다. 사랑받는 여인이 되기 위해 꺼져가는 램프 불빛처럼 보잘것없는 재능을 가지고 기다리고 있는 처녀들은 그리스도의 마음을 얻을 수가 없다.

만일 내가 극도로 비참한 세계로 떨어지도록 정해져 있다면 그들보다 좋은 옷을 입고, 자신을 변장하려 해도 아무런 도움이 되지 않는다는 것을 안다. 그는 왕으로 태어나* 왕국의 중추에 있으면서 가장 비참한 사람들 속으로 미끄러져 떨어지지 않았는가. 왕자의 층층대를 올라가는 대신 밑바닥까지 떨어지지 않았는가. 왕국의 정원은 이미 아무런 증거가 될 수도 없지만, 그러나 그와는 다른 왕들이 있었다는 것을 내가 믿고 있음도 사실이다. 그러나 지금은 밤이다. 겨울이다. 또 나는 얼어붙어, 영락(零落)한 국왕만을 생각한다. 호화스러운 것은 일순간이며 우리들은 비참함보다 오래가는 것을 결코 본 적이 없다. 그러나 왕은 영속해야만 한다.

그는 밀랍으로 만든 꽃이 유리 뚜껑 밑에서 오랫동안 퇴색하지 않는 것처럼 광기 속에서 언제까지나 쇠락하지 않은 단 한 사람의 왕이 아니었던가? 사람들은 다른 국왕들을 위해서는 교회에 모여 장수(長壽)를 기도 드렸건만, 그를 위해서는 재상 장 샤를리에 제르

---

* 프랑스의 샤를 6세를 말한다. 악정을 하던 백부들을 내치고 신분이 낮은 사람들을 기용, 선정을 베풀었다.

송*만이 영원한 생명을 빌었다. 그리고 그것은 그가 이미 누구보다도 불쌍한 자가 되어 상처를 입고, 왕관을 썼으면서도 극히 가난한 사람이었던 시절의 일이었다.

그 당시 그의 침실에 이따금 얼굴을 검게 칠한 남자들이 이상한 차림으로 밀려들어와 종기에 밀착되어 있는 썩은 내의를 벗겨내려고 했다. 그는 오래전부터 그 내의를 몸의 일부분처럼 생각하고 있었다. 침실은 어두웠다. 그들은 왕의 굳어진 팔 밑에서 걸레가 된 내의 조각을 손에 잡히는 대로 뜯어냈다. 그리고 한 사람이 불을 밝혀 그들은 왕의 가슴에 고름이 번진 상처를 발견하고, 그 상처에 쇠 부적이 파묻혀 있는 것을 보았다.

그가 밤마다 온 정열을 다해서 그것을 가슴에 꼭 껴안았기 때문이다. 그것은 살 속에 깊이 묻혀 성자의 거룩한 유골이 성유물갑(聖遺物匣) 속에 들어 있는 것처럼 많은 농 속에 진주처럼 둘러 싸여서, 소연할 정도로 신성한 느낌을 주었다. 억센 일꾼들을 선발했으나, 그자들도 안면을 방해당한 구더기들이 플란넬의 무늬를 넣어 짠 무명 천 속에서 기어 나와, 옷 주름 사이에서 떨어져 그들의 소매 여기저기에 기어오르는 것을 보고 구토증을 느끼지 않는 자가 없었다. 소왕비(小王妃), 파르바 레기나가 살아 있을 때부터 왕의 병은 분명히 심해졌다.

그녀는 젊고 깨끗한 몸으로 왕과 동침하는 것을 아직 싫어하지

---

*　위대한 프랑스의 신학자다. 부르고뉴 공의 하수인이 되어 오를레앙 공을 암살한 사람들을 고발했다가 수년 간 객지 생활을 해야 했다.

않았다. 그 소왕비도 죽어버렸다. 그래서 지금은 아무도 썩은 고깃덩어리와 같은 왕의 곁에서 잠자리를 같이할 여자를 감히 누구 한 사람 권하려고 하지 않았다. 그녀는 왕을 위로할 말도 애무도 전하지를 않고 죽어버렸다. 이렇게 되어 아무도 왕의 착란한 마음속에 들어갈 사람은 없었다. 왕을 영혼의 심연에서 구출할 사람이 아무도 없었다. 그가 목장으로 향하는 동물처럼 크고 둥근 눈을 하고 불시에 스스로 심연에서 기어올라 왔지만 아무도 그것을 몰랐다. 그리고 왕은 쥐베날 데 위르생*의 바쁜 듯한 얼굴 표정을 알아차리게 될 때마다, 나라 사정이 이전에 어떠했는가를 생각해냈다. 그리고 지체된 정무를 만회하려고 했다.

그 시대의 사건은 추측해서 말할 수 없는 난점이 있었다. 무슨 일이 일어나도 그것은 묵직한 중압감을 갖고 있었다. 그것을 이야기하면 마치 마침표를 찍을 수 없는 이야기와 같았다. 왕의 아우인 오를레앙 공이 살해되어, 왕이 '사랑하는 누이'라고 부르던 발렌티나 비스콘티**가 어제는 왕 앞에 무릎을 꿇고, 시커먼 상복인 베일 뒤에서 슬픔과 노여움으로 비뚤어진 얼굴을 보였다. 이러한 사실에서 어느 부분을 생략할 수 있겠는가? 그리고 오늘은 집요한 웅변가인 변호사가 방문하여서 오를레앙 공을 살해한 부르고뉴 공작의 정당성을 여러 시간 동안 증명하여 마침내는 그 범죄가 밝혀지게 되고 밝게 빛이 나 하늘로 날 것처럼 생각되었다.

---

* 프랑스의 관리로 라임스의 대주교다. 샤를 6세의 연대기를 저술했다.

** 밀라노의 초대 공작 잔 갈레아초 비스콘티의 딸로서 오를레앙 공 루이의 아내이다.

그리고 공정하다는 것은 누구에게나 정당성을 인정하는 것이었다. 발렌티나 드 오를레앙은 복수를 약속받았으나, 비탄 때문에 죽지 않았던가. 그리하여 부르고뉴 공을 아무리 용서한다 해도 무슨 소용이 있었겠는가. 공은 침울한 절망의 열정에 사로잡혀 벌써 몇 주일 전부터 아르질리의 숲 깊숙한 곳으로 들어가 천막 속에서 기거하고, 밤이면 사슴의 울음소리를 듣지 않으면 마음이 안정되지 않는다고 말했다.

왕은 그 사건 전체를 생각하고, 짧은 경위이기는 했으나 결말까지 몇 번이나 생각해보았다. 그래서 백성은 그러한 왕을 보고 싶어 하고 보기를 원했기 때문에 왕을 보았다. 난처한 입장에 처한 그의 모습을. 그러나 국민은 그 모습을 보고 기뻐하였다. 이분이야말로 진짜 왕이라는 것을 깨달았기 때문이었다. 신이 마침내 더는 참지 못해 왕을 무시하고 행동하도록 묵인하기 위해서 살고 있는 것과 같은, 조용하고 인내심이 강한 왕이 백성들 눈에는 진짜 왕으로 비친 것이었다. 왕은 생폴 궁전의 발코니에 선 계시의 순간 자신의 남모르는 진보를 깨달았을 것이다.

백부인 장 드 베리 공에게 손을 잡히고 최초의 완벽한 승리 앞에 딸려 나간 루즈베케의 그날 일이 생각났다. 그는 낮이 매우 긴 11월의 그날 강트인들의 산처럼 쌓인 시체 더미를 보았던 것이다. 강트인들은 프랑스의 기마병들에게 사방에서 습격을 당하고 좁은 장소에 몰린 나머지 질식해버린 것이었다. 그들은 거대한 뇌수를 보는 것과 같이 뒤섞이고 엉키어, 큰 덩어리가 되어 죽어 있었다. 꽉 뭉쳐서 한 덩어리가 되기 위해서 그들 스스로가 그렇게 모여 산더미를 이룬 것이었다. 여기저기 질식해서 죽어 넘어진 얼굴은 보기만 해도 숨이 막힐 것 같았다. 공포에 쫓긴 많은 영혼들이 순식간에 몸을 빠져나 갔기 때문에 서로 밀친 나머지 선 채로 죽은 시체의 산더미 위 멀리 상공까지, 공기가 밀려 올라가버린 듯한 상상을 금할 수 없었다.

이 광경은 왕의 영광의 출발로 마음에 새겨졌다. 그리고 그는 그 것을 '잊지 않았다. 그러나 그것을' 죽음의 승리였다고 한다면, 그가 지금 발코니에 불안하게 서서, 모든 백성들의 눈에 의연하게 보인 것은 사랑의 비적(秘蹟)이었다. 예전의 그 전장은 상상만 해도 몸서 리가 치는 무서운 광경이었으나, 이해가 불가능한 광경이 아니었다 는 것은 다른 사람들의 모습에서도 알 수 있었다. 그러나 오늘의 비 적은 이해할 수 없었다. 언젠가 상리스*의 숲에서 본 황금 목걸이를 걸친 사슴의 모습처럼 신비스러웠다.

그러나 오늘의 현상은 그 자신의 모습으로서, 사람들이 그를 응 시하고 있다. 그리고 백성들이 숨을 죽이고 있으면서, 왕이 젊은 어 느 날 사냥 길에서 유순하게 생긴 사슴이 나뭇가지 사이로 자신을 보았을 때에 느낀 것과 같은 신비로운 기대가 백성들의 마음에 가 득 차 있음을 왕은 의심치 않았다. 스스로를 드러내는 신비가 왕의 정다운 모습을 감싸고, 왕은 자칫 정신을 잃을까 두려워 꼼짝도 하 지 않았다. 그러므로 그의 둥글고 단순한 얼굴에 떠올라 있는 가느 다란 미소는 마치 돌 조각된 성자의 미소처럼 사라지지 않게 되어 노력이 필요하지 않았다.

---

* 프랑스 오아세주의 도시다.

왕은 그렇게 순간 속에서 영원을 느끼게 하는 모습으로 서 있었다. 민중은 더는 견딜 수 없는 마음이었다. 민중은 격려를 받고, 한없이 넘쳐흐르는 위안으로 마음이 가득 차 긴장된 고요를 환호로써 깨뜨렸다. 그러나 발코니 위에는 쥐베날 데 위르생이 서 있을 뿐이었다. 그는 군중이 잠깐 조용해진 틈을 타 왕이 생드니 거리의 예수 수난 극단에 행차하셔서 종교극을 관람하신다는 말을 큰 소리로 알렸다.

그날, 왕은 아주 편안한 기분이 되었다. 그때의 화가들이 천국의 생활을 그리기 위해서 참고가 될 만한 것을 찾았더라면, 루브르 궁전의 높은 창 밑에 어깨를 웅크리고 서 있는 왕의 조용한 모습보다 더 훌륭한 모델을 발견하지는 못했을 것이다. 왕은 크리스틴 드 피장*이 저술한 조그마한 책을 읽고 있었다. 그것은《먼 배움의 길》로 왕에게 바친 책이었다. 왕은 세계를 통치하는 덕을 갖춘 제후들을 찾아내려고 했던 천상의 우의적인 의회의 매우 박학한 토론을 읽지 않았다. 왕은 언제나 단순한 부분을 펼쳤다.

13년 동안 고뇌의 불길 위에서 증류기처럼 뜨거운 열을 받아 마침내 비탄의 눈물을 증류하는 데 그친 크리스틴의 마음을 이야기한 부분이었다. 참된 위안은 행복이 사라져 영원히 돌아오지 않게 된 후에 비로소 찾아온다는 것을 왕은 깨달았다. 이 위안만큼 마음에 드는 것이 없었다. 왕은 창밖으로 내다보이는 다리에 망연히 시선을 돌리면서 쿠마에**의 무녀 아말테아에게 이끌려 끝없는 여로

---

*   샤를 5세의 궁전 천문학 박사의 딸로 시인이다.
**   이탈리아 캄파니아주의 옛 도시로, 근처에 유명한 쿠마에 무녀의 동굴이 있다.

에 오른 크리스틴의 마음을 통해서 그 당시의 세계를 바라보는 것을 즐겼다. 위험을 무릅쓰고 정복한 바다를, 끝없는 공간이 누르는 힘으로 굳게 다져진 낯선 탑이 있는 시가를, 중첩되는 산맥의 강렬한 고독을, 그리고 갓 태어난 어린 아기의 두개골의 봉합처럼 간신히 닫혀져 있는 우주를, 경건한 회의를 갖고 탐구된 우주를 그는 기꺼이 바라보았다.

그러나 누군가가 들어서면, 왕은 깜짝 놀라 다시 의식이 차츰 흐려져버렸다. 그리고 창가에서 끌려와서는 사람들이 하라는 대로 일을 처리했다. 그들은 왕에게 여러 시간 동안 화첩을 뒤적거리는 습관을 심어주었다. 왕은 그 습관을 만족해했으나, 책으로 맨 화첩을 보는 것으로는 여러 장의 그림을 동시에 늘어놓고 볼 수는 없었다. 어떤 그림이나 이절판(二折判)의 대형본이라 마음껏 움직일 수 없는 것이 불만이었다. 그러자 누군가가 완전히 잊고 있던 카드놀이를 생각해냈다.

왕은 카드를 가져다준 그 사내를 총애했다. 색칠이 된 그림이 많이 있어 한 장 한 장 움직일 수 있는 카드가 왕은 마음에 들었다. 카드놀이는 조신(朝臣)들 사이에서도 유행하기 시작했는데, 왕은 서재에 혼자 앉아서 카드를 늘어놓고 있었다. 이따금 킹이 두 장 나란히 놓이는 일이 있었는데, 신은 이 무렵 이 놀이와 마찬가지로 왕과 벤첼슬라우스 황제*를 대면시켰다. 이따금 퀸의 카드가 죽었다. 왕은 그 패에다 하트의 에이스를 묘지의 비석처럼 올려놓았다. 이 카

---

* 신성 로마제국의 황제다.

드 놀이에서는 교황이 여러 사람 있었는데, 그것을 왕은 이상스럽게 여기지 않았다. 그는 테이블 저쪽 가에다 로마를 만들고, 이쪽 오른쪽 손 밑은 아비뇽*이었다. 로마는 왕에게 흥미가 없었다.

그는 로마를 웬일인지 원형의 도시인 양 상상하고, 그 이상으로 그것을 문제삼지 않았다. 그러나 그는 아비뇽을 알고 있었다. 아비뇽을 생각하면, 감옥처럼 답답하고 높은 아비뇽 궁전의 기억이 생생하게 마음속에 되살아나서, 추억은 차례차례 풀려 끝이 없었다. 왕은 눈을 감고 깊은 숨을 쉬었다. 그날 밤은 무서운 꿈을 꿀 것 같아 걱정이 되었다.

그러나 전체적으로 말하면 그 놀이는 마음을 달래주는 놀이였다. 주위 사람들이 왕에게 그것을 가끔씩 권한 것은 옳았다. 카드를 늘어놓고 있는 동안 그는 자신이 왕이고, 샤를 6세라는 확신을 강하게 가졌다. 그러나 그것은 그가 자신의 신분을 과장해서 생각했다는 것은 아니다. 그는 자신이 한 장의 카드보다 뛰어난 인간이라는 생각을 조금도 갖지 않았다. 그러나 그가 어떤 한 장의 카드이며, 운이 없는 카드, 지기만 하는 카드, 거칠게 내던져진 카드이기는 하나 언제나 같은 카드로서 다른 카드는 아니라는 확신이 강해진 것이었다.

그 조용한 반성의 높이가 일주일쯤 계속되면 답답해지기 시작했다. 몸의 윤곽이 갑자기 지나치게 선명하게 느껴지듯 이마와 목덜

---

* 프랑스 왕의 강력한 간섭으로 프랑스에 머물게 된 교황 클레멘스 5세 이후 70년간 교황의 체류지였다. 이 아비뇽 유수(幽囚)라고 불리는 기간은 중세 교황권의 몰락기로 여겨진다.

미의 피부가 거북하게 느껴졌다. 그리고 왕은 어떤 유혹에 빠져 그랬는지 모르지만, 종교극을 보고 싶다는 말을 꺼내어 그것이 시작되기를 학수고대하는 눈치였다. 막상 그때가 되면, 왕은 생폴의 궁전보다도 생드니가*에서 지내는 날이 더 많았다.

이 극시의 숙명은 끊임없이 그것을 보유하고 부연하여, 몇 만이라는 시구(詩句)의 크기로 성장했고, 극 속의 시간이 현실에서도 같은 시간을 필요로 하게 되었다. 지구와 똑같은 크기의 지구의를 만드는 것과 같았다. 공허한 무대 그 아래에는 지옥이 있고, 그 무대 위쪽에는 인간이 없는, 모양뿐인 발코니가 한 개의 기둥에 못 박혀 있었는데, 그것이 천국의 차원을 의미하고 있었으나 이것은 도리어 가상 세계의 도를 약화시킬 뿐이었다. 그 세기는 실제로 천국과 지옥을 지상으로 옮겨 그 두 세계의 힘으로 살고, 자신을 이겨내려고 힘쓰고 있었기 때문이다.

그것은 50년 전에 요한 22세**를 중심으로 결성된 아비뇽 그리스도교의 시대였다. 갑자기 천국의 위안을 빼앗긴 민중의 절망이 응집해서 요한 22세가 죽은 후에 곧 그의 교황직 대신 답답한 궁전이 생겨난 것이다. 가야 할 곳을 잃은 민중들 영혼의 절박한 피난처처럼 음울하고 답답한 궁전이었다. 교황, 키가 작고 여윈 영적인 노인 자신은 아직 그대로 속세에서 기거하고 있었다. 그는 아비뇽에 도

---

* 종교극 공연 장소가 있다.

** 프랑스 출신 교황으로, 최후의 심판 전에는 천국에도 흐림 없는 행복은 없다는 신앙을 반포하여 민중에게서 천국의 위로를 빼앗았다.

착하자, 일각도 지체하지 않고 각 방면으로 활발하게 활동을 개시했으나, 그의 식탁에는 독약이 섞인 식사가 기다리고 있었다. 첫 번째 잔의 포도주는 언제나 버리지 않으면 안 되었다.

시중을 드는 근시(近侍)가 일각수의 뿔 조각을 술에서 꺼내 보면, 언제나 그 색이 변하였다. 이 70세의 노인은 그를 저주하기 위해서 그의 모습을 본떠 만든 밀랍 인형을 감출 장소를 찾지 못해 어찌할 바를 모르고 가지고 돌아다니면서, 그 인형에 꽂혀 있는 긴 바늘에 찔려 피부를 다쳤다. 불 속에 던져 녹여버릴 수도 있었다. 그러나 그는 그 비밀스러운 인형에 대해서 완전히 겁을 집어먹고 있었기 때문에, 그렇게 하면 자신도 목숨을 잃고 자신도 불 속의 납과 같이 사라져버릴지도 모른다고 그는 여러 시간 동안 생각했다. 평소의 굳센 의지력도 소용없었다. 여윈 조그마한 체구는 공포 때문에 점점 미라처럼 되어 죽지 않은 불변성을 가져오기 시작했다. 그러나 적은 이번에는 그가 아닌 그의 나라의 몸통을 노렸다. 스페인의 그라나다에서 유대인들이 그리스도교도를 절멸하려는 사주를 받고 숨어 들어왔다. 그리고 이번에 그들은 지금까지보다도 지독한 하수인들을 고용하였다.

나환자들이 음모했다는 소문이 떠돌았는데 사람들은 그 소문을 의심하지 않고 금세 믿었다. 여기저기에서 나환자가 무서운 나균을 묻힌 물건을 우물 속에다 던지는 것을 보았다는 사람까지 나났다. 그 소문을 당장에 믿게 된 것은 인심이 믿기 쉽게 되었기 때문은 아니었다. 신앙심이 얕은 사람의 마음에서 믿음이 떨어져 우물 밑바닥으로 가라앉은 것이다. 그리하여 마음 졸이던 노인은 나균이

핏속에 들어오지 못하도록 다시 조심하지 않으면 안 되었다. 그는 미신적인 공포에 사로잡혀 있던 그때에 자신과 측근들을 위해서 황혼의 악마를 막는 신의 계시를 얻기 위한 노고의 기도를 올리기로 정한 일이 있었다.

그래서 지금 불안에 떠는 세계 구석구석까지 황혼마다 마음을 안정시키는 그 기원의 종소리가 울렸다. 그것을 제외하면 그가 발행하는 교서와 서한은 탕약이라고 하기보다는 방향 포도주와 같았다. 황제는 그의 치료를 믿으려고 하지 않았으나 그는 황제의 국가가 앓고 있는 질병을 수없이 열거했다. 그리하여 저 멀리 떨어진 동방 여러 나라에서도 이 완고한 의사에게 처방을 구하러 오는 자가 나타나기 시작했다.

그러나 그때에 믿을 수 없는 일이 일어났다. 만성절(萬聖節)에 그는 평상시보다도 열렬하게 긴 설교를 했다. 갑자기 억제할 수가 없게 되어 스스로의 신앙을 내보인 것인데, 자기 자신을 다시금 바라보려는 것 같았다. 85년이 지난 영혼의 성궤(聖櫃)에서 혼신의 힘을 다해서 그의 신앙을 조용히 꺼내어 설교단 위에다 놓았다. 그러자 사람들은 이 신앙을 큰 소리로 욕했다. 전 유럽 사람들이 그 신앙은 틀렸다고 소리쳤다.

그때 교황은 자취를 감추었다. 그는 며칠 동안 활동을 중지하고, 기도실에서 무릎을 꿇고 앉아서 영혼의 순결을 잃기 쉬운 행동자의 의미를 규명하려고 했다. 마침내 그는 극심한 명상에 지친 모습을 나타내어 자신의 신앙을 취소했다. 되풀이, 되풀이 취소했다. 취소하는 것이 그의 노년의 정열이 되었다. 그는 밤이 깊어진 후에 추기경을 깨워서는 그의 회한을 이야기하는 일도 있었다. 그를 미워하고 가까이 접근하려고 하지 않았던 나폴레옹 오르시니* 앞에서도 무릎을 꿇을 날이 올 것이라는 희망 하나로 그는 아주 늦게까지 오래 살 수 있었는지 모른다.

카오르의 야코프**는 이렇게 해서 그의 신앙을 취소했다. 그리고 신이 그 직후에 리니 백작의 아들***을 하늘로 부르신 것은 신이 스스로 교황의 잘못을 지적할 셈이었다고도 생각할 수 있으리라. 이 소년은 한 사람의 남성으로서 영혼의 환희에 넘치는 천국의 생활로 들어가기 위해서, 지상에서 성년이 되는 것을 기다렸던 것 같다. 추기경 당시의 청순한 모습을 기억하는 사람들이 많이 있었다. 그리고 청년이 되자 곧 주교가 되어 18세가 되자마자 완성의 법열에 도취되어 승천한 일을 기억하고 있는 사람들도 많았다.

그의 무덤가의 공기는 해방된 순결한 생명이 스며들어 죽은 사람들에게 잠시 동안 좀 더 작용했기 때문에 죽은 사람들을 역력히 볼 수가 있었다. 그러나 18세로 성자가 된 사실에서도 그 세기의 어떤 절망이 느껴지지 않는가? 소년의 순결한 영혼은 그 세기의 강렬한 느낌의, 짙은 다홍빛 염료통 속에서 곱게 물들여지기 위해서 지상의 생활에 섞였던 것인데, 이것은 다른 모든 사람들에게 불공평

---

* 교황에 대해서 큰 세력을 가졌던 추기경으로 가톨릭을 프랑스의 세력 속에 끌어넣으려고 노력했다.

** 교황 요한 22세를 가리킨다.

*** 피에르 드 뤽상부르를 가리킨다. 이 소년은 가련한 신경쇠약자적인 신앙가로서 참회가 도락이며, 11세에 추기경이 되어 18세에 폐병으로 죽었다고 한다.

하지는 않았을까? 이 젊은 귀공자가 지상을 버리고 비상하고 신속하게 승천했을 때, 사람들은 반동의 충격이라고 할 수 있는 것을 느끼지 않았을까? 광명에 넘친 자는 왜 가련한 양초 제조업자가 살고 있는 지상에 머무르지 않았을까?

요한 22세가 최후의 심판 전에는 어디에도, 천국에까지도 지순한 행복은 있을 수 없다고 주장하기에 이른 것도 지상의 이 어둠 때문이 아니었을까? 사실 그대로다. 이 지상이 암담한 혼미에 싸여 있는 한편 어딘가에 지금부터 신의 영광이 비치고 있는 얼굴이 있어, 천사를 등에 기대고, 신을 처음 보는 끝없는 기쁨에 갈증을 가시게 하고 있다는 것을 상상하기에는 그 얼마나 독선적인 결의가 필요했을까.

나는 추운 밤에도 이렇게 앉아서 계속 쓰고 있으며, 이런 일을 모두 알고 있다. 내가 이런 것을 알고 있다는 것도 내가 어렸을 때에 그 남자를 만났기 때문일 것이다. 그 남자는 매우 키가 컸으며 키가 컸기 때문에 사람 눈에도 잘 띄었을 것이다.

지금 생각하면 기묘한 일인데, 나는 석양 무렵에 간신히 혼자서 집을 나올 수가 있었다. 나는 뛰어서 모퉁이를 돌다가 그와 충돌했다. 계속해서 일어난 사건이 5초 정도의 사이에 일어난 일이라고는 아무래도 이해가 가지 않는다. 아무리 압축해서 이야기한다 해도, 훨씬 많은 시간이 걸릴 것 같다. 그와 부딪혔을 때에는 아팠다. 나는 아주 어린 아이였다. 울음을 터뜨리지 않은 것으로도 나 자신을 굉장히 기특하게 생각했다. 거기에다 나도 모르게 위로를 받을 것이라고 기대하였다.

남자는 전혀 그럴 기색도 보이지 않았기 때문에 나도 그것을 당황한 탓일 것이라고 생각했다. 이 사태를 잘 얼버무릴 수 있는 알맞은 농담이 생각나지 않는 것이라고, 나는 억측했다. 나는 기분이 나아져가고 있었기 때문에 그를 도와주려고 생각했다. 그러나 그러기 위해서는 그의 얼굴을 볼 필요가 있었다. 조금 전에도 썼듯이 그는 키가 큰 남자였다. 그런데 그는 당연히 내 위에 허리를 구부릴 것 같았는데 그렇게 하지 않았기 때문에, 뜻하지 않은 높은 곳에 그의 얼굴이 있었다. 나는 여전히 조금 전에 닿은 그의 옷 냄새와, 비길 데 없이 딱딱한 것과 마주 대하고 있을 뿐이었다. 갑자기 얼굴이 보였다. 어떤 얼굴이었을까?

나는 그것을 기억하고 있지 않다. 기억하고 싶지도 않다. 증오로 일그러진 얼굴이었다. 그 얼굴 옆에 바로 그것과 나란히 무서운 눈과 같은 높이에, 또 하나의 다른 얼굴과 같은 느낌을 주는 주먹을 치켜들고 있었다. 나는 눈 돌릴 틈도 없이 달음질치고 있었다. 남자의 왼쪽으로 빠져나와 텅 빈 무서운 옆길을 단숨에 달렸다. 어떤 어린 잘못도 용서해주지 않는 냉정한 거리였다.

그 어린 날의 경험으로 나는 그 답답하고 불투명한 절망의 시대를 이해할 수 있다. 화해를 하는 두 사람이 나누는 입맞춤을 근처에 잠복한 자객과 미리 짜놓은 신호로 삼던 시대였다. 두 사람은 한 개의 잔으로 포도주를 나누어 마시고, 뭇 사람들이 보는 앞에서 한 마리의 말에 동승했다. 밤에는 한 침대에서 잔다는 소문도 있었다. 이같이 몸을 맞댐에 따라 상호간의 혐오감이 심해져 상대방의 동맥이

맥박치는 것을 느낄 때마다 두꺼비를 보는 것 같은 병적인 혐오감으로 온몸에 소름이 돋았다.

동생이 형보다도 많은 유산을 물려받았기 때문에 형에게 습격을 당해 유폐되는 시대였다. 왕은 무참한 꼴을 당한 동생을 도와 자유와 재산을 되찾아주었다. 형은 다른 먼 사건에 휩쓸려 있었기 때문에, 동생을 박해하지 않겠다고 맹세하고, 편지 속에서 잘못을 뉘우쳤다. 그러나 자유로워진 동생은 그것으로 마음의 평화를 회복하지는 못했다. 그 세기의 사람들은 동생이 순례자의 옷을 걸치고, 날마다 기이한 기원을 올리면서 사원에서 사원으로 순례하는 모습을 보았다. 그는 마귀를 쫓는 부적을 가슴에 붙이고, 마음의 위구를 생드니 사원의 수도사들에게 호소하고 그 사원의 희사 목록에는 그가 성(聖) 루이*에게 바치려고 생각했던 100파운드의 커다란 양초가 기록되어 있었다. 그러나 끝내 편안한 생활로 돌아가지는 못했다. 동생은 생애를 마칠 때까지 형의 시새움과 증오가 보기 흉하게 비뚤어진 상좌처럼 마음을 지배하고 있음을 느꼈다. 그리하여 중인에게 아폴론의 재현이라고 찬미받던 가스통 페뷔스**는 루르드 시의 대장으로서 영국 국왕을 모시고 있던 종제 에르노를 남들이 보는 앞에서 살해하지 않았던가? 그러나 이 공공연한 살해는 백작이 화가 나서 나무라려고, 세상에 널리 알려진 그 아름다운 손을 자고 있

던 아들의 드러난 목에다 댔을 때에 조그마한 예리한 손톱 자르는 가위를 손에서 놓는 것을 잊고 있었다는 무서운 우연에 비교하면, 말할 나위가 없었다. 방안은 어두웠다. 피를 보기 위해서는 불을 켜지 않으면 안 되었다. 유서 깊은 집안의 피는 이 지칠 대로 지친 소년의 조그마한 상처에서 남 모르게 흘러나와 이 고귀한 일족으로부터 영원히 떠나갔다.

그 시대에 누가 살의를 자제할 만큼 힘을 갖고 있었겠는가? 그시대에 있어서, 극단적인 행위는 피할 수 없음을, 모르는 사람이 있었을까? 사람들은 백주에 침을 삼키며 지켜보고 있는 자객과 시선이 마주치면 기이하게 가슴이 두근거리는 것을 느끼는 일이 종종 있었다. 그는 집 안에 틀어박혀 방문에 자물쇠를 채우고, 유언을 쓰고, 그 말미에다 버들가지로 짠 상여, 그리고 셀레스틴파의 수도복과 매장시 뿌릴 재를 준비시켰다. 이국의 음유 시인들이 그가 거처하는 성 앞에 나타나기라도 하면, 그는 자신의 막연한 예감에 영합되는 그들의 노랫소리를 칭찬하고 후한 선물을 주었다.

주인을 쳐다보는 개의 눈동자에도 의혹이 있었다. 주인을 따르는 데도 차츰 불안이 쌓이는 것 같았다. 오늘까지 오랫동안 지켜온 잠언은 새로운 명료한 뜻을 남몰래 띠고 있었다. 가지가지 고래의 습관이 낡은 것으로 느껴지기 시작하고, 그에 대신할 습관도 가질 수없으리라고 생각되었다. 계획이 마음에 떠올라도 그것이 의심스러워 힘을 쏟을 마음이 생기지 않았다. 그와 반대로 그 어떤 추억은 예기치 못할 만큼 잊혀지지 않았다. 밤이 되면 화롯가에 앉아서 그러한 추억에 잠겨 있을 생각이었으나 마음에 걸리기 시작한 바깥의 어둠이 갑자기 귀에 달라붙어 떠나지를 않았다. 자유로운 밤과 위험한 밤의 체험으로 예민해진 귀는 밤의 정적의 사소한 변화도 식별했다. 그러나 이번에는 종전과는 다른 밤이었다. 어제와 오늘 사이에 낀 밤은 아니었다. 임의의 하룻밤은 아니었다. 그냥 '밤'이었다. 아아, 자비로운 주여, 그리고 부활이여. 그러한 순간에는 지난날의 옛 연인을 찬미하고 자랑하는 생각도 거의 염두에 떠오르지 않았다. 그녀들은 모두 이별의 노래며 연가 속에서 모습이 비뚤어져 기다란, 그리고 싫증이 나게 끈덕진 화려한 찬사에 감추어져서 이해하기 어렵게 되어 있었다. 사랑하는 여인과의 사이에 태어난 서자(庶子)의 둥근 여자와 같은 눈길 정도로, 어둠 속에 떠오를 뿐이었다.

그리고 늦은 밤, 야식 전에 손을 씻는 은그릇 속에 담긴 자신의 두 손을 바라보면서 사색에 잠긴다. 두 손의 움직임에 일관된 연결이 인정될 수 있을까? 물건을 쥐거나 놓거나 하는 동작에 연결과 계속이 느껴질 수 있을까? 아니, 느껴지지 않는다. 모두가 서로 반대되는 일을 하고 있었다. 두 손은 서로의 결과를 말살하고, 행위의 결과로 남는 것은 아무것도 없었다.

행위는 종교극 단원을 제외하면 아무도 갖지 않았다. 왕은 그들의 동작을 바라보고는 곧 자신이 면허장을 만들어 그들에게 수여했다. 그리고 "친애하는 형제"라고 불렀다. 아무도 이처럼 왕의 마음을 사로잡은 사람은 없었다. 그들은 그 자격을 가진 채로 세속에 섞이는 것까지도 허용되었다. 왕은 그들이 많은 사람들을 감염시켜서 규율 있는 강렬한 행위 속으로 끌어들이기를 무엇보다도 원했기 때문이었다.

왕 자신도 또한 그들에게서 배우고 싶다고 생각했다. 왕은 그들과 똑같이 하나의 상징을 갖는 휘장과 의상을 몸에 걸치고 있지 않은가? 왕은 그들의 동작을 바라보고 있으면, 그것을 틀림없이 배울 수 있다는 생각이 들었다. 무대에 등장하고, 퇴장하고 대사를 끝내면 옆으로 물러나고, 그 사이에 조금도 애매한 점이 없었다. 무한한 희망이 왕의 마음에 구름처럼 솟아올랐다.

조명은 흔들리고, 기묘하게도 특징 없는 생드니 구호병원 홀의 특별석에 왕은 매일 앉아서 흥분한 나머지 일어서기도 하며 학생처럼 긴장하고 있었다. 다른 관객은 울고 있었다. 그러나 왕은 번쩍번쩍 빛나는 눈물에 마음이 흔들려, 그것을 참기 위해서 차디찬 두 손을 꼭 쥐고 있었다. 이따금 클라이맥스에서 대사를 끝낸 배우가 왕의 커다란 시선 밖으로 홀연히 사라지면, 왕은 얼굴을 들고서 놀라는 것이었다. 도대체 언제부터 나타나 있던 것일까, 성 미카엘이 눈부신 은제 투구와 갑옷 차림으로 위쪽 발코니 끝에 나타나 있었으니.

그런 순간에 왕은 몸을 일으켰다. 마치 중요한 순간을 앞둔 때처럼 주위를 살폈다. 무대 위의 움직임과 대응할 움직임이 이 현실에 나타날 것 같았다. 왕 역시 등장 인물이 되는 장대하고 불안스러운 세속의 수난극이. 그러나 갑자기 모든 것이 사라져버렸다. 모든 사람이 와글와글 술렁거리기 시작했다. 불꽃을 드러낸 횃불이 가까이 와서 홀의 둥근 천장에 수상쩍은 그림자를 던졌다. 알지도 못하는 사람들이 왕을 잡아끌었다. 왕은 연기를 시작하려고 했다. 그러나 입술 사이에서는 말이 한마디도 나오지 않았다. 움직임은 동작이 되지 않았다. 그의 주위에 밀려드는 사람들의 기색이 이상했다. 왕은 십자가를 짊어지라고 하는 것으로 생각되었다. 그래서 십자가를 가지고 오는 것을 기다리려고 생각했다. 그러나 사람들의 힘이 셌기 때문에, 왕은 조금씩 홀에서 밖으로 밀려났다.

밖에서는 여러 가지 일이 변해 있었다. 어떻게 변했는지는 모른다. 그러나 내부는, 그리고 신이여, 당신을 마주 보고 앉으면, 관객인 당신을 마주 보고 앉으면 우리들의 내부에는 더 이상 연기할 필요 없는 것이 아닐까? 우리들은 자신이 연출해야 될 역할을 모르고 있다는 것을 깨닫고, 거울을 찾아 얼굴 화장을 씻어내고 분장을 벗어, 진실한 모습이기를 원한다. 그러나 어딘가에는 아직 깜박 잊고 있던 분장이 남아 있다. 눈썹에 약간 과장이 남아 있고 입술 구석이 비뚤어진 것을 깨닫는다. 이렇게 해서 우리들은 우스꽝스러운 모습을 하고 진실한 모습도 아니고, 연기자도 아니고, 어정쩡한 인간으로서 돌아다니고 있다.

오랑주에 남아 있는 고대 로마의 원형 극장에서의 일이었다. 나는 극장의 현재의 정면을 이루고 있는 거칠게 깎은 잔허(殘墟)를 의식했을 뿐이고, 주의해서 쳐다보지도 않고 감시인이 있는 작은 유리문으로 들어갔다. 그리고 넘어져 있는 원주의 동체며 왜소한 알테아 나무 사이에 섰다. 경사진 관객석은 조개껍질 속이나 커다란 우묵한 태양 시계처럼 가로놓여, 오후의 햇빛에 명암의 무늬를 이루고, 잠시 동안 알테아 나무에 가로막혀 보이지 않았으나, 곧 다시 눈에 띄었다. 나는 급히 그곳으로 다가갔다. 좌석 줄 사이를 올라가면서 나는 이 커다란 환경 속에서 자신의 키가 점점 줄어드는 것을 느꼈다. 약간 위쪽에 여러 명의 외국인이 단순한 호기심에서 어수선한 구성을 이루고 서 있었다. 그들의 복장은 불쾌할 정도로 선명했으나, 그 수준은 말할 만한 것이 못되었다. 그들은 잠시 나를 쳐다보고, 나의 왜소함에 놀라고 있었다. 나는 그 기색을 느끼고 뒤돌아보았다.

아아, 전혀 예기치 않은 일이었다. 연극이 진행 중이었다. 놀랄 만큼 거대한 초인적인 연극이 연출되고 있었다. 수직선으로 세 개의 부분으로 나뉘고, 울려 퍼지는 듯한 거대한 규모로서 거의 짓누르는 것 같고, 무한한 규모 속에서도 느닷없이 조화를 느끼게 하는 압도적인 무대의 벽이 연출하는 연극이 진행 중이었다.

나는 행복한 경악에 망연자실했다. 그림자가 얼굴 모양으로 배분되고, 중앙에 입처럼 출입구가 있으며, 상부는 말아 올린 머리 모양의 처마 차양으로 마감된 우뚝 솟은 벽. 이것은 만물을 변화시키는 위대한 고대의 가면으로서, 세계는 그 배후에서 결정되어 얼굴이 되었다. 안으로 굽은 원형의 넓은 관객석에는 무엇인가를 기대하고 남의 것을 빨아먹는 공허한 생활이 자리잡고 있었다. 그곳에만 있었다, 신들과 운명은. 그리고 높은 위쪽으로 시선을 돌리자, 벽 꼭대기를 넘어서 저쪽으로부터 유구한 창공이 밝게 입장하고 있었다.

이 순간부터 나는 지금 비로소 그것을 알 수 있지만, 우리들의 극장으로부터 영원히 떠났다. 현대의 극장은 우리에게 무엇을 줄 수 있단 말인가? 이 벽(러시아 교회의 성자상(聖者像)이 있는 벽)이 철거된 무대에 무엇을 기대할 수 있단 말인가? 이 벽의 견고성 때문에 기체와 같은 움직임을 압축하여, 방울진 기름 방울처럼 떨어지게 하는 연극의 힘이 존재하지 않게 되었기 때문에 벽은 제거된 것이다. 지금 연극은 구멍투성이 굵은 체 같은 무대로부터 덩어리로 떨어져 쌓이고 충분히 쌓이면 치워지게 된다. 거리에나 가정에 굴러다니는 미숙한 현실과 다른 점이 없는 것이다. 현실적인 생활에서 하룻밤 사이에 일어나는 것보다도 많은 사건들이 무대 위에서는 하룻밤에 정리된다는 점이 다를 뿐이다.

우리들은 신을 갖지 않은 것과 같이 연극도 갖고 있지 않음을 솔직하게 인정하기로 하자. 협동적인 생활을 갖지 않았기 때문이다. 우리는 누구나 자신만의 착상과 불안을 갖고, 다른 사람에게는 그것이 자신에게 이익이 되거나 형편이 좋다고 생각할 때에만 내보이는 것에 불과하다. 우리들은 우리들의 이해력을 모조리 사용해버리지 않으려고 끊임없이 그것을 희석해서 사용하고 있다. 그리고 협동의 고뇌라는 벽을 찾아서 외치려고 하지 않는다. 이 벽 뒤에서는 우리들이 도저히 이해할 수 없는 것이 서서히 응결하고 긴장하고 있는데.*

---

* 원고의 여백에 기록되어 있다.― 원주

우리들이 극장을 갖게 되면, 비극적인 여성*이여, 그대는 역시 그 꾸밈이 없는, 가장이 없는, 날씬한 모습으로 지금도 그 무대 위에 설 것인가. 그대가 보여주는 고뇌로 덧없는 호기심을 만족시키려고 하는 관객의 눈앞에? 말로 표현할 수 없는 감동을 주는 그대는 아직 어린 티도 가시지 않았을 무렵 베로나의 무대에 서서 많은 장미꽃을 가면이나 전경(前景)처럼 얼굴 앞에 쳐들고 있었다. 그대의 고뇌를 승화시킴과 동시에, 관객의 시선으로부터 그것을 감추려고 하는 가면처럼. 그 무렵부터 그대는 그대의 고뇌의 진실성을 예감하고 있었다.

그렇다, 그대는 배우의 자식이었다. 그대의 가족들은 관객에게 보이기 위해서 연기를 했다. 그러나 그대는 그것을 닮지 않았다. 마리나 알코포라도의 수녀 생활이, 그녀는 그것을 의식하지 않았지만, 가장이었던 것처럼 무대는 그대에 대해서 가장이었다. 그 뒤에 숨어서 누구에게 구애받지 않고 그리고 사람 눈에 보이지 않는 행복한 사람이 행복에 취하듯, 한결같이 고뇌에 몰두할 수 있도록 하기 위한 두터운 찢겨지지 않는 가장이었다.

그대가 방문하는 도시마다 그대의 행동은 찬사를 받았다. 그러나 그대가 고뇌를 감추려고 작품을 내세우지만, 날마다 희망을 잃어가고 있다는 것을 이해한 사람은 없었다. 그대는 비쳐 보이는 무대에 서서 비치지 않는 물건으로, 머리카락으로, 손으로 감추려고 했다. 비치는 부분에 입김을 불어 흐리게 만들려고 했다. 몸을 움츠리기

---

* 이탈리아의 배우 엘레오노라 두제를 말하는 듯하다. 릴케와도 교제가 있었다.

도 했다. 아이들이 숨는 것처럼 숨으려고도 했다. 그리고 그 짧은 즐거운 듯한 소리를 질렀던 것이다. 그대의 모습을 찾을 수 있는 사람은 천사 외에는 없다고 말하는 것 같았다. 그러나 그대가 슬쩍 눈을 들고 보니 시선뿐인 보기 흉한 공허한 관객석의 모두가 진작부터 계속 그대를 보고 있음이 분명했다. 그대를, 그대를, 그대만을, 그대 한 사람을.

그대는 갑자기 악의 있는 시선을 떨쳐버리려는 듯이 손가락을 펴고 팔을 굽혀서 관객석으로 향했다. 그대는 관객의 먹이가 되고 있는 그대의 얼굴을 탈환하려고 했다. 그대는 그대 자신이기를 원했다. 그대의 동료 배우들은 겁에 질렸고 용기를 잃었다. 암표범과 한 울에 갇힌 것처럼 무대 배경 밑을 어슬렁거리면서 돌아다니며, 그대를 흥분시키는 것을 두려워하고 정해진 대사를 지껄였다. 그러나 그대는 그들을 앞으로 데리고 나와서는 무대 중앙에다 세워놓고, 현실의 인간과 이야기하듯 이야기했다.

축 늘어진 문, 배경의 커튼, 뒷면이 없는 도구는 그대를 모순 속으로 밀어 넣을 뿐이었다. 그대는 그대의 마음이 끝없는 현실로 끊임없이 가까워지는 것을 느끼고, 아연실색하고 가을 하늘의 거미줄을 떼어내듯 다시 관객의 시선을 떨쳐버리려고 했다. 그러나 그 순간, 관객은 극도의 진실에 직면하는 것이 두려워서 우레와 같은 박수를 보냈다. 그들의 생활을 일변시키고야 말 무서운 경험을 최후의 순간에 가로막으려고 하는 것 같았다.

사랑받는 자의 생활은 불행하고 위험이 많다. 아아, 그들이 그 한

계를 넘어서 사랑하는 사람이 된다면 좋으련만. 사랑하는 자의 생활에는 위험이 없다. 누구에게나 의심받는 일이 없어지고, 자기 마음의 비밀을 간파될 일이 없어진다. 그 비밀스러운 사랑은 이은 자리가 없어지고 부분이 없어지고, 그녀들은 그것을 밤 꾀꼬리처럼 그대로 노래한다. 그녀들은 한 사람의 남자를 연모하여 슬프게 노래하지만, 자연의 모든 것은 그 노래의 화음이 된다. 그것은 한 사람의 신을 슬퍼하며 연모하는 것 같다.

떠나버린 남자를 쫓고, 몇 걸음 안 가서 남자를 추월하고, 그 앞에는 신이 있을 뿐이다. 그녀들의 전설은 리키아까지 카우노스의 뒤를 쫓은 비블리스의 전설이다. 사모의 정을 억누르지 못한 비블리스는 카우노스를 뒤쫓아 여러 나라를 지났으며, 마침내 힘이 다해서 쓰러졌다. 그러나 그녀는 영혼의 유동이 심했기 때문에 넘어지면서 죽음의 피안에 샘이 되어, 졸졸졸 한없이 흐르는 샘이 되어 소생했다.

포르투갈의 여인 마리나 알코포라도의 경우도 이와 같지 않을까. 그녀의 영혼도 샘이 된 것이 아닐까. 그리고 엘로이즈, 그대도 그렇지 않았던가. 그리고 또 오늘날까지 슬픔의 노래가 남아 있는 그대들, 사랑하는 여인들, 가스파라 스탐파여, 폰 디에 백작 부인*과 클라라 당뒤즈여, 루이즈 라베**여, 마르셀린 데보르드***여, 엘리자메

---

* 12세기 프랑스의 여류 시인이다. 결혼을 한 후에 다른 남자를 사랑하여 그를 찬미하고, 그 냉정함을 탄식하는 섬세하고 정열적인 시를 남겼다고 한다.
** 리옹에서 태어난 프랑스의 여류 시인으로 아름다운 연애시를 썼다.
*** 프랑스의 여류 시인으로서 비가(悲歌)를 연상케 하는 시를 썼다.

르퀴르*여, 그대들은 모두 그렇지 않았던가. 그러나 가엾은 연약한 아이세, 그대는 이미 망설이다 패했다. 피로에 지친 쥘리 드 레스피나스**여. 행복한 공원의 쓸쓸한 이야기의 주인공 마리안느 드 클레르몽이여.

나는 아직도 확실하게 기억하고 있다. 언젠가 먼 옛날에 나는 집에서 보석 상자를 발견했다. 두 손을 합한 정도 크기의 부채꼴 모양의 짙은 녹색 모로코 가죽으로 씌워진 작은 상자로 겉에는 꽃무늬가 찍혀 있었다. 열어 보았다. 속은 비어 있었다. 몇 해가 지난 지금이기 때문에 그 말을 할 수 있는 것이다. 그때 그것을 연 순간, 나는 그 허망함을 느끼게 하는 각 부분이 눈에 띄었을 뿐이었다. 윤기를 잃은 밝은 빛깔의 비로드로 된 조그마한 쿠션, 그 안에 더욱 초라하게 퇴색한 느낌이 드는 빛깔로 허무하게 파여 있는 도랑. 그 느낌을 순간적으로는 견딜 수 있었지만, 사랑을 받다가 뒤에 남겨진 사람은 언제나 그런 느낌을 받을 것 같다.

너희들의 일기를 다시 읽어보아라. 해마다 봄이 가까워질 무렵, 움트는 한 해가 너희들을 나무라듯 다가오는 느낌을 주던 때는 없었던가? 너희들에게도 봄기운이 되려는 기분은 있었으나, 넓은 야

---

* 18세기의 가장 훌륭한 시적 여성이라고 일컬어진다. 어렸을 때 노예 시장에 팔렸으나 파리에서 교육 받을 기회를 얻어 상류 사회의 총아가 되었다.

** 여류 서간문학자다. 특히 철학자이며 수학자였던 달랑베르의 연인이 되어 문학상에 영향을 많이 받았으며 그 외에도 여러 번 사랑에 빠져 정열적인 편지를 남겼다.

외에 나가게 되면, 바깥 자연에서는 수상쩍게 의심하는 기색이 생겨, 너희들은 갑판 위를 걸어가는 듯한 불안한 기분으로 걸어갔다. 정원에서는 싹을 틔우기 시작했다. 그러나 너희들은(이것이야말로 소외의 근원인데) 겨울을, 지난해를 여기로 끌어 왔다. 너희들에게는 봄이란 기껏해야 지난 1년의 계속이었다.

너희들의 마음이 자연의 생기에 호응하는 것을 너희들은 기다리는 한편 너희들은 갑자기 사지에 노곤함을 느끼고, 아플 징조 같은 기분이 너희들의 예민해진 마음속으로 스며든다. 너희들은 그것을 옷을 얇게 입은 탓으로 돌리고, 어깨 부근에다 머플러를 두르고 가로수길 끝까지 달려보았다. 그리고 가슴을 두근거리게 한 채로 넓은 원형 화단 안에 서서 이러한 만물과 일체가 되려고 결심한다. 그러나 한 마리의 새가 울었다. 그 소리는 하나였으며, 너희들을 부정했다. 아아, 너희들은 죽어 있어야만 하지 않았을까?

그럴지도 모른다. 우리들이 그것을 극복한다는 것은, '해(세월)'와 '사랑'을 극복한다는 것은 우리들에게는 미지의 체험이리라. 꽃과 열매는 땅에 떨어질 때에는 성숙해 있다. 짐승은 서로 느끼고 서로 맺어지고는 만족한다. 그러나 신에게 기도하는 우리들에게 완성은 없다. 우리들은 우리들의 자연과 일체가 되는 것을 뒤로 미룬다. 아직도 우리는 막대한 시간을 필요로 한다. 우리들에게 1년이란 무엇일까. 모든 해들은 무엇일까. 우리들은 신을 알기도 전에 벌써 신에게 빈다. 밤을 극복하게 해달라고, 그리고 질병을. 그리고 사랑을 극복하게 해달라고.

클레망스 드 부르주*는 처녀 시절에 죽지 않으면 안 되었다. 보기 드문 처녀였다. 비길 데 없이 아름답게 연주하는 악기 중에서도 가장 훌륭한 악기는 그녀의 목소리였다. 아무리 미미한 소리의 울림에도 잊을 수 없는 아름다움을 느끼게 했다. 그녀의 처녀다운 맛이 순결하고 출중했기 때문에, 사랑하는 힘이 넘쳐 있던 한 여인은 갓 피어나는 처녀에게 소네트 한 권을 바쳤다. 그 모든 시구는 가라앉힐 수 없는 동경을 노래하고 있었다. 이렇게 해서 루이즈 라베는 처녀를 사랑의 끝없는 고뇌로 놀라게 하는 것을 주저하지 않았다. 그녀는 이 처녀에게 밤마다 높아가는 동경의 모습을 보여주었고, 고뇌는 보다 큰 새로운 세계의 공간이라고 예언했다. 그러나 라베는 자신의 경험 많은 고뇌가 처녀를 아름답게 만들고 있는 고뇌, 막연히 기대하고 있는 고뇌에는 미치지 못함을 느끼고 있었다.

내 고향의 처녀들. 당신들 중에서 가장 아름다운 처녀가 여름철 어느 오후에 채광을 어둡게 한 도서실에서 장 드 투른**이 1556년에 간행한 루이즈 라베의 작은 책자를 찾아내주었으면 좋으련만. 미끈미끈하고 감촉이 차가운 그 책자를 들고 꿀벌이 윙윙거리는 과수원, 또는 달콤한 향기 밑바닥에 형언할 수 없는 향기가 잠겨 있는 우거진 숲 아래로 나아간다면 좋으련만. 그 책을 조금이라도 젊은 날에 발견해준다면 좋으련만. 처녀들의 눈은 자신을 의식하기 시작하고 아직 젊디젊은 순진한 입은 사과를 베어 먹으면서 볼이 부어

---

*   프랑스의 여류 시인으로 음악가로도 유명했다.
**   16세기에 리옹과 제네바에 출판사를 열었다. 이 출판사는 18세기까지 계속되었다.

오르도록 우물거리는 것을 부끄러워하지 않는 그러한 무렵이면 좋겠다.

그리고 보다 더 민감한 우정의 시기가 되면, 처녀들아, 디카 혹은 아낙토리아, 기린노 혹은 아티스라는 이름으로 남들은 모르게 서로를 부른다면 좋겠다. 여러분들 근처에 살고 있으며, 젊었을 때 여행을 많이 하고, 오래전부터 이상한 사람이라는 풍문이 돌고 있는 중년 남자가 당신들에게 그 이름을 가르쳐주면 좋겠다. 그가 세상에 널리 알려진 복숭아를 먹던가, 위층의 흰 복도에 걸려 있는 한 번은 보아두지 않으면 안 될 정도로 사람들의 입에 오르고 있는 리딩거*의 말을 탄 동판화를 보이기 위해서, 당신들을 이따금 초대한다면 좋겠다.

당신들은 그를 설득해서 이야기하게 할 수 있을지도 모른다. 당신들 중에는 그를 졸라서 그의 젊은 시절의 여행기를 내보이게 할 수 있는 처녀가 없지도 않으리라. 그 처녀는 마침내 사포의 시와 단편이 오늘날까지 전해오는 것을 그가 털어놓게 만들고, 그리고 다시 졸라대는 처녀는 세상과 접촉하지 않는 이 남자가 종종 여가를 사포의 시와 단편을 번역하는 데 이용하는 것을 낙으로 삼고 있다는, 아무도 모르는 비밀을 털어놓게 할 수도 있으리라.

그는 그 일을 잠시 동안 게을리하고 있다는 것도 말하지 않으면 안 될 것이다. 그리고 이미 번역을 끝낸 부분은 이야기할 가치가 없는 것이라고 변명처럼 말할 것이다. 그러나 처녀들이 조르는 것을

---

* 독일의 화가로서 동판 제작가다. 동물 그림이 특기였다.

그만두지 않는다면 그는 이 순진한 처녀들에게 그 한 구절을 기꺼이 읊조려주리라. 그는 그리스어의 원시(原詩)를 기억해내어 그것을 읊조려줄 것이다. 그의 의견에 따르면, 번역으로는 실감나지 않기 때문이다. 그리고 또 뜨거운 불길 속에서 구부러진 순수한 귀금속과 같은 말의 아름다운 진실의 단편을 이 젊고 싱싱한 처녀들에게 들려주기 위해서이기도 하다.

이런 일로 그는 다시 일에 흥미를 갖기 시작한다. 마치 청춘 시절과 같은 아름다운 석양, 이를테면 조용하고 긴긴 밤을 기다리고 있는 가을의 석양이 계속될 것이다. 그의 서재는 밤 깊을 때까지 불이 켜져 있다. 그는 단지 원고지 위에 엎드려 있는 것만은 아니다. 이따금 몸을 뒤로 젖혀 눈을 감고 다시 읽은 시구를 되새기고, 그 뜻은 그의 핏줄 구석구석까지 스민다. 고대의 모습이 이리도 뚜렷하게 느껴진 일이 있었던가. 그는 어느 한 시대 사람들이 그리스를 멸망시킨 연극, 그들도 공연하고 싶었던 연극처럼 애석하게 여긴 일에 대해서 미소를 금치 못할 정도였다. 고대 우주의 역동적인 의미가 그의 마음에 번쩍인다. 인간의 모든 기도를 동시에 새로 받아들였다고 할 수 있는 의의였다. 그 일관된 문화는 인류의 모든 이상을 거의 빠짐없이 실현해왔다. 때문에 많은 후세 사람들의 눈에 그것만으로 완성된 세계로서 비치고, 전체로서는 지나간 문화로 생각되었으나, 그는 그러한 견해에 혼동되지 않을 것이다. 그리스 문화에 있어서는 두 개의 완벽한 반구(半球)가 한 개의 완전한 황금 공을 만드는 것처럼 인생이란 천상적인 반구가 지상적인 반구에 합해진 것이다. 그러나 그것이 행해짐과 동시에 그 공 속에 갇힌 사람들은 그 완전한 실현도 불완전한 표상에 불과한 듯이 느꼈다. 그래서 방대한 천체는 그 중량을 상실하고 공중으로 떠올라 그 황금의 원구 면에는 아직 실현되지 않은 세계의 우수가 뒤를 좇듯이 비쳐 있었다.

불빛 아래 홀로 앉아 이런 명상을 하고 인식을 하다가 창틀에 놓인 과일 접시를 알아본다. 그는 무심코 사과를 한 개 집어 그것을 앞테이블 위에 놓는다. 그의 생활은 그 완성된 과일을 어떻게 에워싸고 있을까, 그는 공상한다. 완성된 것 주위에는 아직 실현되지 않은 사물들이 완성을 향해 나아간다.

생각하는 그 순간 그의 마음에는 완성되지 않은 사물 위에 무한한 넓이를 가진 조그마한 모습이 홀연히 나타난다. 갈리엔*의 증언에 의하면 그 당시 사람들이 여류 시인이라고 말할 때에 누구나 생각했다는 사포의 모습이. 왜냐하면 헤라클레스의 위업이 있은 뒤에, 세계가 파괴와 개조를 열망하면서 일어선 것과 같이, 후대에 남겨진 유일한 자원인 기쁨과 절망이 사포의 정신적인 행위로 실현되려고, 생명의 저장 속에서 서로 모여들었다.

그는 강한 사랑을 최후까지 성취하려고 했던 사포의 단호한 마음을 갑자기 이해하게 된다. 그녀가 오해받았던 것은 이상할 것이 없다. 이 완전한 미래적인 사랑의 여성형에게서 과잉의 정열을 볼 뿐 사랑과 고뇌의 새로운 척도로는 보지 않았던 것이다. 사포의 일생이 담긴 비명(碑銘)을 그 당시 사람 누구나가 믿었던 바대로 해석

---

* 고대 그리스의 의사이며 철학자다.

한 것도, 그녀의 죽음이 애인에게 버림을 받으면서도 몸을 태워가며 끝까지 사랑하도록 오직 한 사람 신에게 교사된 여성의 비극이다, 라고 믿게 된 것도 그는 이상하게 생각하지 않을 것이다.

사포에 감화된 여성들 중에도 사포가 그녀의 생활의 정점에서 그녀의 포옹을 헛되이 만든 남자 때문에 한탄한 것이 아니고, 그녀의 사랑에 필적할 남자를 바랄 수 없게 되었기 때문에 한탄했다는 것을 이해할 수 없었던 사람도 있었을 것이다.

그는 여기까지 생각하다가 자리에서 일어나 창가로 간다. 유독 높은 천장을 너무나 가깝다고 느끼고서, 가능하다면 별을 보고 싶다고 생각한다. 그는 자신의 기분을 알고 있다. 그와 같은 감동으로 가슴이 벅차 오르는 것은 이웃의 처녀들 중에 관심을 가진 처녀가 있기 때문임을. 그리고 마음속으로 빌고 있는 것이다. 자신을 위해서가 아니고 그녀를 위해서다. 깊어가는 밤에 그녀를 위해서는 사랑이 필요하다. 그리고 그녀에게는 말하지 않겠다고 결심한다. 홀로 잠들지 않고 앉아 깊은 사랑에 빠진 사포가 얼마나 옳았는가를 처녀를 위해서 생각해주는 것만으로 만족해야 한다고 느낀다. 사포는 두 사람이 결합하는 것은 고독이 깊어지는 것일 뿐임을 알고 있었다.

그녀는 성(性)의 유한한 목적을 그 무한의 의도로 타파하였다. 포옹의 암흑 속에서 충족을 원하지 않고 동경을 원했던 것이다. 그녀는 두 사람 중의 한 사람이 사랑하는 사람으로, 한 사람이 사랑받는 사람이 되는 것을 경멸하였다. 그리하여 그녀의 잠자리에 동반한 사랑을 받는 약한 자에게 그녀의 뜨거운 영혼을 불어넣어 사랑하는 사람으로 바뀌어 그녀 곁에서 떠나게 했다. 이렇듯 뜻 깊은 이별에 의해 그녀의 마음은 자연 그 자체가 되었다. 운명을 초월한 사포는 이전에 그녀가 사랑한 여성을 위해서 결혼 축가를 불렀고, 결혼의 의미를 높여주었다. 그녀들을 위해서 접근하는 남편들을 찬미하고, 그녀들이 그 남편들을 신을 맞이하듯 조심스레 맞이하여, 마침내는 남편들보다 더 훌륭해지기를 빌었다.

아벨로네, 오랫동안 그대에 대해서 생각하지 않고 있다가 최근 들어 갑자기 그대를 느끼고, 그대를 이해하게 되었소.

베네치아의 가을이었다. 외국의 관광객들이 오가는 길목의 역시 이국의 여자 주인을 둘러싸고 모여드는 어느 살롱에서의 일이었다. 그들은 찻잔을 손에 들고 제 멋대로 서서 곁에 있는 각종 소식에 정통한 남자가 베네치아풍으로 들리는 이름을 귓속말로 들려줄 때마다 출입문 쪽을 슬쩍 바라보고는 황홀해하는 것이었다. 그들은 무척이나 에로틱한 이름을 기대하고 있기에 꽤 독특한 이름에도 그다지 놀라는 기색이 아니었다. 평소에는 어떤 경험에 대해서도 인색하게 반응하는 자들이만 이 도시에 서면 상투적이지 않은 경험을 기대하고 또 거기에 지나치게 열중했다. 그들에게 일상 생활에서 이해를 초월하는 것은 곧 금기와 동일시되곤 했는데 이 도시에서 남몰래 허용되는 기적적인 것에 노골적이며 방종한 표정을 짓는 것이었다. 고향에 있을 때 음악회에서, 또는 혼자 소설책을 탐독하다가 순간적으로 떠올리게 되는 기분을 이 환경 속에서는 정당한 기분이라는 듯, 망설이지 않고 얼굴에 나타내고 있었다. 말하자면 음악을 들을 때 우리들은 아무런 마음의 준비 없이 자기 몸에 닥칠 위험도 잊고서, 오직 마비시키는 독약과도 같은 음악이 털어놓는 이야기에 끌리고 흥분하는 것과 유사하다. 이렇듯 베네치아의 참된 모습에 대해서도 아무것도 모른 채 곤드라의 안이한 도취에 탐닉하고 만다.

이미 신혼이 지난 부부는 여행길에 올라서도 으르렁거리면서 계속 싸움을 하나, 이 도시에 도착하게 되면 언제 그랬냐는 듯 다정한 부부가 되어버린다. 남편은 자신이 품은 이상을 잠재운 듯한 편안함을, 아내는 젊어지는 것을 느낀다. 계속해서 살살 녹는 설탕으로 만들어진 듯한 이를 드러내고 미소를 지으면서, 만사가 귀찮아 보이는 토착민들에게 힘을 내라는 듯 고개를 끄덕여 보인다. 그들 이야기에 귀를 기울인다. 그들은 내일이나 모레 또는 주말에 이곳을 출발할 예정이라고 한다.

어쨌거나 나는 그들 틈에서 내가 이곳을 떠나지 않고 있음을 기뻐하고 있었다. 곧 추워지겠지. 잠을 자고 있는 것 같은 외국인들이 떠남과 동시에 그들의 편견과 요구로 만들어진 요염하고도 황홀하였던 베네치아도 사라지고, 어느 날 아침 그것과는 다른 베네치아가 홀연 모습을 드러내리라. 진실하고 발랄한 베네치아, 닿으면 가루가 되어 흩어질 것처럼 순결한, 전혀 몽상의 소산이 아닌 베네치아, 매립한 숲 위, 무(無) 위에 계획되어 실현되고 마침내 선이 굵은 현실로 된 베네치아가.

불에 달구어져 두드려지고, 모든 허식이 제거된 이 도시의 육체 속에서는 밤잠도 자지 않는 병기창이 그 노동으로 혈액을 순환시키고, 이 육체에 깃든 침투력이 뛰어난 예리한 정신은 향기로운 남국의 향기보다도 한층 강하다. 스스로의 빈곤이 낳은 소금과 유리를 여러 나라의 부와 교역하던 커다란 암시의 국가. 세상의 아름다움을 유지하는 평형추로써 섬세한 신경의 맥을 끝까지 뻗치고 마침내 숨은 정력이 장식된 건물 구석구석까지 스며 있는, 베네치아.

이 도시의 참된 모습을 알고 있다, 이렇게 생각하는 내게 그것을 잘못 알고 있는 이들은 날카로운 항의를 할 것이란 생각이 들어, 어떻게 해서든지 내 기분을 전하고 싶어 고개를 들었다. 이렇듯 큰 홀 안에 이 지방의 진실이 해명되는 것을 자신도 모르게 기다리고 있는 자가 한 사람도 없었다고 생각할 수 있을까?

이 도시에서는 그렇고 그런 향락의 잔치가 벌어진 게 아니다. 냉철과 준엄하다는 면에서 세계 어느 곳에도 뒤지지 않는 의지의 실례가 바로 이 도시임을 한눈에 간파한 청년이 한 사람도 없었을까? 내가 간직한 진실 때문에 나는 조용히 서 있지 못하고 걸어다녔다. 나는 이 많은 사람들에게 내가 파악한 진실을 발표하고 변호하고 증명해야 한다는 생각이 간절해졌다. 모두가 자랑스럽게 이야기하고 있는 오해를 증오한 나머지 나는 당장 그들의 두 손 아래 내동댕이쳐지지나 않을까 하는, 엉뚱한 생각이 치솟았다.

이처럼 우스꽝스러운 기분일 때, 문득 그녀의 존재를 의식하게 되었다. 그녀는 밝은 창가에 홀로 서서 나를 지켜보고 있었다. 진지하게 심사숙고하는 눈빛. 그러나 나를 지켜보는 것은 그녀의 눈이 아니었다. 다분히 불유쾌한 듯한 나의 얼굴 표정을 조롱하는 듯 흉내내고 있는 입술. 그녀는 입으로 나를 보고 있었다고 말할 수 있다.

초조하고 긴장된 나의 표정을 깨닫자마자 냉정한 얼굴 표정으로 돌아왔다. 그러자 그녀의 입도 자연스러워지고 거만한 모습이 되었다. 잠시 생각한 후 두 사람은 동시에 미소지었다. 그녀는 시인 바게젠의 생애에서 어떤 역할을 맡은 아름다운 베네딕테 폰 크발렌의 청춘 시절 초상화를 떠오르게 했다고 해도 좋으리라. 그녀의 검고 조용한 눈을 보자, 맑게 개인 깊은 목소리를 상상하지 않을 수 없었다. 머리를 딴 모양, 가슴이 패인 밝은 빛깔의 옷매무새가 흡사 덴마크식이었기에 나는 덴마크어로 말을 걸려고 생각했다.

그러나 두 사람 사이의 거리는 너무 멀었다. 그때 반대쪽에서 한 떼의 사람들이 그녀 가까이 다가갔다. 손님을 좋아하는 백작 부인이 평소의 정답고 들뜬 모습을 보이면서, 여러 명의 원군을 이끌고 그녀에게 노래를 청하기 위해, 무대로 데려가려고 그녀에게 다가서는 것이었다. 나는 소망했다. 덴마크어로 부르는 노래를 듣고 싶어 하는 손님은 아무도 없을 거예요, 라는 분명한 말과 함께 그녀가 정중하게 사양해주기를. 그녀는 이야기를 할 차례가 되자, 꼭 그렇게 거절했다. 그러나 밝은 처녀의 모습을 에워싼 사람들은 물러나지 않았다. 누군가, 그녀는 독일어로도 노래할 수 있다고 말했다. "그리고 이탈리아어로도"라고 또 누군가가 의기양양하게 웃으며 소리쳤다. 나는 아직 그녀를 위한 적절한 구실을 생각해내지 못했으나, 그녀가 계속 거절할 것이라고 믿어 의심치 않았다. 설득을 시키려고 아까부터 계속 웃음을 짓는 데 지친 사람들의 얼굴에 흥이 깨진 기색이 퍼지기 시작하자 사람 좋은 백작 부인은 체면이 깎이지 않도록 하기 위해서, 안타까운 듯 점잖은 발걸음으로 한 걸음 물러섰다.

이렇게 더는 사양이 필요 없게 된 바로 그 순간에 그녀는 승낙했다. 실망한 나머지 내 얼굴에서 핏기가 가시는 것을 느꼈다. 이제 내 눈은 비난의 빛으로 일렁이고 있었다. 그녀가 그것을 보아도 별 수 없었다. 나는 외면했다. 그러나 그녀는 사람들에게서 멀어져서 갑자기 내 앞으로 다가오는 것이었다. 그녀의 밝은 옷 빛깔이 내 옷에 밝게 비쳐 그녀의 체온이 꽃향기처럼 나를 감쌌다.

"나는 정말로 노래하겠어요."

그녀의 덴마크어가 내 뺨을 스치듯 흘러갔다.

"노래하라고 요구하기 때문이 아니랍니다. 그렇다고 체면을 세우기 위해서도 아니지요. 지금 여기에서 노래를 하지 않을 수 없기 때문이죠."

그녀의 말에는 조금 전에 내게서 그녀가 제거해주었던 초조감이 묻어 있었다.

나는 그녀를 데리고 딴 방으로 옮겨가는 사람들의 뒤를 따라 천천히 걸어갔다. 그러나 나는 높은 문 옆에 멈추었고 사람들이 이리저리 움직이면서 자리를 잡는 것을 바라보았다. 나는 새까맣게 닳아서 미끄러운 문 안쪽에 몸을 기대고 기다렸다. 누군가 내게 무엇이 시작되느냐, 노래라도 부르느냐고 물었지만 모른다고 잘라 대답했을 뿐이다. 내가 거짓말을 하고 있는 동안 그녀의 노래는 시작되었다. 하지만 내가 서 있는 곳에서는 그녀의 모습이 보이지 않았다. 이탈리아 노래가 서서히 공간을 메우기 시작했다. 그녀는 너무 고지식하게 약속을 지키는 중이었으므로 외국 관광객들이 매우 순수하게 받아들이기 쉬운 노래 중에 하나를 불렀다. 그러나 정작 노래

270

하는 그녀는 그런 약속, 그러니까 본래 노래의 조화 따위는 믿지 않고 있었다. 그녀는 그 노래를 묵직하게 들어올리려 애를 쓰며 불렀다. 앞에 있는 사람들의 박수 소리로 그것이 끝난 것을 알 수가 있었다. 나는 슬펐고 창피한 생각마저 들었다. 사람들이 움직이는 기색이 보였다. 나는 누구든지 나오기만 하면 그를 따라 나가리라 생각했다.

그런데 그때 갑자기 조용해졌다. 지금까지 아무도 예상하지 못했던 정적이었다. 그 고요와 긴장이 한동안 계속되고, 그 끝자락에서 노랫소리가 다시 들리기 시작했다. (아벨로네, 그 순간 나는 아벨로네를 생각했다.) 이번에는 그녀의 목소리는 힘찼다. 성량이 풍부하였고, 무엇보다도 답답하지 않았다. 이은 자리도 꿰맨 자리도 없는 영롱한 노랫소리, 그 어디서도 들어본 일이 없는 독일 노래였다. 그녀는 그것을 묘하고 단순하게, 당연한 것처럼 노래했다.

나 그대에게 말하지 않으려네
밤새 울면서 누워 있음을
요람을 흔들 듯,
내 마음 흔들어 아프게 하는 그대여
그대, 단 한 번도 말하지 않네
나도 너 때문에 잠들지 못하노라
아름다운 이 마음 언제까지나
그대와 내 가슴에 숨겨둘 수 있을까?
(잠시 침묵 후 머뭇거리다가)

세상의 연인들 좀 보아,

겨우겨우 그 사랑을 꺼내고도

게눈처럼 그 마음 감춰버리는.

다시 조용해졌다. 누가 그들을 조용하게 만들었는지는 아무도 모른다. 그리고 사람들이 움직이고, 서로 팔꿈치를 부딪치고, 서로 사과하고 기침을 해댔다. 그리고 떠들썩하게 와글거리는 소리로 번지려할 때, 갑자기 노랫소리가 둑을 무너뜨리듯 흘러나왔다. 단호하고, 폭넓게 그리고 떠다니는 것처럼.

나를 고독하게 만든 그대,

그대만이 나를 바꿀 수 있다네

잠시 그대 모습 내게 보였으나,

곧 산들바람 소리로 스치고

혹은 남김없이 타버린 향기가 되고.

아, 꼭 껴안은 두 팔 안에서 모든 것이 사라졌으나

그대만은 항상 새로이 태어나리라

단 한 번 그대를 붙잡지 않았으므로

그대는 영원한 나의 것.

누가 일찍이 예기할 수 있었단 말인가. 모두가 그 소리에 압도당한 듯이 서 있었다. 종장이 가까워지자, 목소리는 더욱더 힘에 넘쳐, 마치 이 순간에 노래가 시작되는 것을 여러 해 전부터 미리 알고 있었던 것 같았다.

　나는 가끔 아벨로네는 왜 그녀의 고귀한 감정의 불길을 신에게 돌리지 않았을까, 궁금해한 일이 있었다. 그녀가 그녀의 사랑 중에서 사랑받는 부분만을 완전히 제거하려고 원한 것은 나도 알고 있다. 그러나 그녀의 성실한 마음은, 신은 오직 한 방향으로의 사랑일 뿐, 사랑의 대상은 되지 않는다는 것을 깨닫지 못한 것일까?

　신으로부터 사랑을 되돌려 받을 염려가 없다는 것을 몰랐다는 것일까? 이렇듯 우리를 능가하는 신이라는 이름의 애인이 간직한 조용한 극기를? 완만한 우리들이 서로에게 전심을 바치도록 합일의 순간을 태연하게 지연시키는 신의 냉정함을 아벨로네는 정녕 몰랐단 말인가? 그녀는 그리스도를 피하려고 했던 것일까? 중도에서 그리스도 때문에 방해받고, 그리스도 때문에 자신이 사랑받는 여자가 되는 것을 두려워했던 것일까? 그 때문에 그녀는 율리에 레벤틀로브를 회상하고 싶어 하지 않았던 걸까?

　나는 거의 그렇게 믿고 있다. 메히틸드*와 같은 단순한 사랑의 여인, 아빌라의 테레사**와 같은 극성스러운 여인, 리마의 성녀 로사***처럼 상처 입은 여인이 모두 이 신의 완화인 동시에 편의에 불과한

---

*　시토 수도회의 수도승으로서 《신의 흐르는 빛》이라는 신비주의적인 저술을 남긴 메흐틸드 폰 마그데부르크를 말한다.

**　여러 재주를 타고난 신비주의자로서, 가르멜 수도회를 개혁했다. 서정적 정열에 넘친 자서전을 썼다.

***　젊었을 때는 재산을 잃은 양친 때문에 하인으로 일하면서 일가를 지탱했다.

그리스도 곁에서 쓰러지고, 굴복하고, 그러고는 그리스도의 사랑을 받아들인 것을 생각하면, 나는 거의 그렇게 믿게 된다. 아아, 약한 자에게 구세주로서 나타난 그리스도는 이들 강한 여성들에게는 부정을 뜻한다.

이미 신에게 가는 무한한 길이 있을 뿐이라고 생각되었을 때에 잔뜩 긴장하게 될 천국의 입구에서 사람 모습을 한 자가 다가와서 그 가슴에서 여자들을 쉬게 하고 남성의 매력으로 혼란시킨다. 그리스도의 마음의 프리즘은 굴절이 강해, 이미 무한한 평행선을 이룬 그녀들의 영혼의 광선을 다시 교차시켜, 천사들이 오로지 신에게만 향하게 만들었다고 믿었던 여성들은 이 극심한 갈증 때문에 순식간에 불타버린다.

사랑을 받는다는 것은 불타오른다는 것을 뜻한다. 사랑한다는 것은 불타 없어지지 않는 기름의 불길을 말한다. 사랑을 받는다는 것은 '무상(無常)'이고, 사랑한다는 것은 영속이다.*

그러나 말년의 아벨로네는 신과 은밀히 또 직접 교감하기 위해서 마음(머리가 아니고)으로 생각하려고 했다, 이렇듯 믿을 수도 있다. 아마리에 갈리친** 후작 부인의 세심하고 내면적인 성찰을 떠올

---

*   원고의 여백에 기록되어 있다. — 원주

** 파리의 러시아 공사로서 볼테르와 친교가 있었던 드미트리 알렉세예비치 골리친의 아내다. 잠시 무신론 철학에 심취했으나 곧 가톨릭 생활 태도의 진흥에 노력했다. 서한과 일기 세 권을 간행했다.

리게 하는 편지를 아벨로네도 썼다고 상상할 수 있다. 그러나 그 편지가 그녀와 여러 해 동안 친밀한 관계에 있던 사람에게 쓰여진 것이었다면 그 사람은 그녀의 변모에 얼마나 큰 괴로움을 느꼈을까. 그리고 아벨로네 자신도. 그녀도 망령과 같은 창백한 모습으로 변하는 것을 무엇보다도 두려워했을 것으로 추측되기 때문이다. 그 변화는 그것을 느끼게 하는 증거를 가장 낯선 것처럼 끊임없이 털어버리고 돌아보려고 하지 않는 당사자에게는 의식되지 않고 있기 때문이다.

나는 성서에 쓰여 있는 탕아의 이야기가 사랑받는 것을 거부한 젊은이의 이야기가 아니라 해도 쉽게 믿어주지 않을 것이다. 그는 어렸을 때부터 가족 누구에게나 사랑을 받았다. 그는 자라면서도 사랑받지 않는 순간이 없었다. 그리고 어렸을 때에는 사람들의 다정하고도 따뜻한 사랑에 휩싸여 있었다.

그러나 소년이 되자 그는 그 습관을 버리려고 생각했다. 그는 아직 그것을 확실하게 표현하지는 못했으나, 하루 종일 들판을 뛰어다닐 때에 개를 데리고 다니기 싫어한 것은 개도 그를 사랑했기 때문이었다. 개의 시선에도 주시와 관심, 기대와 걱정이 나타나 있었다. 소년의 일거수 일투족이 개를 기쁘게 하거나 슬프게 했기 때문이었다. 그리고 그 무렵 그가 원했던 것은 깊은 무관심이었다. 그는 아침 들판에서 순수한 기분과 강한 힘에 사로잡혀 동이 트는 새벽, 순수의 순간을 간직하기 위해서 달렸다. 그리고 순간의 순수가 땅에 추락하는 시간과 여유를 주지 않기 위해 또 허겁지겁 달리기 시작하는 것이었다.

아직 실현된 일이 없는 인생의 비밀이 그의 눈앞에 펼쳐졌다. 그는 갑자기 샛길을 벗어나서 팔을 벌리고 그 넓이 속에다 여러 갈래의 방향을 동시에 껴안을 셈으로 똑바로 들판을 달려갔다. 그리고어느 울타리 뒤로 가서 뒹굴었으나 아무도 그를 주목하지 않았다. 풀줄기로 피리를 만들고, 조그마한 짐승에게 돌을 던지고, 쭈그리고 앉아 딱정벌레를 억지로 뒤집고 끌어당기고 했다. 이와 같은 장난은 무엇 하나 운명이 되지는 않았다. 그리고 하늘은 그의 머리 위로 자연 위를 흐르듯 흘러갔다. 그리고 상념이 샘처럼 솟아오르는오후가 되었다. 그는 토르투가섬*에 자리잡은 해적이었다. 해적이었으나 아무런 구속이 없었다. 그는 캄페체를 포위하고, 베라크루스**를 점령했다.

기분에 따라 그는 해적 단원이었으며, 말을 탄 두목이기도 했고, 바람 위에 뜬 배이기도 했다. 무엇이든 느끼는 대로 되었다. 문득 생각이 들어 무릎을 꿇자, 금방 디외도네 드 고종***이 되어 용을 퇴치하고 나서 아직 그 흥분이 채 가시기 전에 그 용감한 행위는 복종을 분별하지 못한 불손한 행위라고 선고되었다. 소년은 하고자 마음먹

---

* 서인도 제도의 하이티 북쪽 해안에 마주 보이는 섬으로서 17세기에 프랑스와 영국의 후원을 받아 스페인의 식민지를 휩쓸고 다닌 해적단 부카니에의 주요 잠복지였다.

** 멕시코의 두 도시다.

*** 프랑스의 유명한 기사로, 전설에 따르면 로데스섬의 사람들을 괴롭힌 용을 퇴치했다.

은 일에 따르는 어떤 행동 하나도 생략하지 않았다. 그러다 문득 공상이 샘처럼 솟아올랐다. 한 마리의 새, 무슨 새인지는 확실치 않으나 한 마리의 새가 되고 싶다는 공상이 떠올라 그의 뇌리에서 떠나지 않았다. 그러고는 마침내 집으로 돌아갈 순간이 다가왔다.

아아, 신이여, 집에 돌아가려면 모든 것을 떨쳐버리거나 잊어버려야 하지 않을까. 왜냐하면 완전히 잊어버리는 것이 무엇보다도 중요했기 때문이다. 그렇지 않으면 집안사람들에게 추궁을 당할 때 비밀을 폭로하게 될 것 같았다. 천천히 그리고 자꾸만 뒤를 돌아보면서 걸었건만, 마침내 그의 집 맞배지붕이 보이기 시작했다. 위층 제일 높은 창이 그를 지켜보았다. 그 창가에는 누군가가 서 있었을 것이다. 하루 종일 기다리다 지친 개들이 수풀을 가로질러 달려왔고, 그를 평소의 소년으로 되돌려놓았다. 그리고 집에 한 발자국 들여놓자 만사는 끝이었다. 집에 퍼져 있는 냄새 속에 한 걸음 들여놓음과 동시에 대세는 결정되어버렸다. 미미한 변화는 인정되었으나, 총체적으로는 집안사람들이 생각하고 있는 것과 같은 그 소년으로 되돌아와 있었다. 일찍부터 그의 어린 시절의 과거와 거기에다 어른들의 희망으로부터 이미 인생의 약도가 그려진 소년으로 환원되어버렸다.

밤낮을 가리지 않는 그들의 사랑의 암시 밑에, 희망과 시기와 의심 사이에, 비난 아니면 칭찬 앞에서, 그들의 공유물로서의 소년이 되어 있었다. 말로는 표현할 수 없을 만큼 조용조용 그리고 조심조심 계단을 올라가더라도 소용은 없다. 모두가 거실에 모여 있다가 문이 열리면 일제히 이쪽을 보겠지. 그는 어두운 구석에 서서, 질문을 기다리려고 한다. 그러나 최악의 사태가 다가온다. 그들은 소년의 손을 붙잡고 테이블 앞으로 데리고 간다. 한자리에 있던 사람들은 모두 신기하다는 듯 램프 앞으로 몰려온다. 그들은 다행스러웠다. 그들은 불빛을 받지 않고 있으며, 오로지 소년에게만 비친 불빛은 얼굴을 갖고 있다는 굴욕을 훤하게 비쳐주고 있다.

그는 집 안에 남아서 그들이 상상하고 있는 생활의 껍데기로만 살 것인가? 그들 모두의 얼굴까지도 닮게 될 것인가? 의지의 섬세한 성실성과 그 성실성을 그의 내부에까지 부패시키는 서투른 기만 사이에서 자신의 감정을 나누며 살아갈 것인가? 겁쟁이 같은 마음만을 가진 가족들을 해칠 수 있는 존재가 될 것을 단념할 것인가?

아니, 그는 떠날 것이다. 이를테면 그들이 어설픈 추측에 따라 선택한 선물, 또한 모두를 부드럽고 온화하게 만들 선물을 준비하고 생일 테이블을 열심히 장식하고 있는 그 순간에도 소년은 다시 돌아오지 않으리라, 다짐하며 떠날 것이다. 아무도 당시의 그를 사랑받는다는 무서운 처지로 끌어들이지 않도록 하기 위해, 어느 누구도 결코 사랑하지 않겠노라, 그가 얼마나 굳게 결심했는지는 여러 해가 지난 후에야 비로소 깨닫게 될 것이다. 여러 해가 지나 결심은 그의 머리에 떠오르고, 그 결심도 다른 결심과 마찬가지로 실행되지는 못하였다. 그는 고독한 생활 속에서 종종 사랑했기 때문이다. 그때마다 온갖 정력과 근기(根氣)를 다해 상대방의 자유에 대해서 더할 나위 없이 마음을 쏟았다. 그는 사랑의 대상을 감정의 빛으로 태워 없애기보다는 그 빛으로 구석구석까지 비추는 법을 차츰 습득했다. 그리고 자꾸만 투명해지는 애인의 모습에서 비롯된 끝없는 그의 소유욕에 넓은 정신의 전망이 열리는 것을 알았고, 거기서 느끼는 황홀감에 익숙해졌다.

그리고 내 안에도 구석구석에까지 빛이 가득 차 있었으면 하는 동경으로 잠을 이루지 못하고 눈물을 흘린 밤이 얼마나 많았던가. 그러나 사랑받는 여인은 사랑을 받아들인 것만으로는 아직 사랑하는 여인이 되지 않는다. 아아, 밀물과 같이 밀려오는 사랑의 선물이 허무함에 의해서 무거워진 마음에 조각조각으로 되돌려 받은 쓸쓸한 밤과 밤. 그리고 그는 소원을 들어주는 것을 무엇보다도 두려워했던 그 중세의 연애 시인들을 그 얼마나 그리워하고 생각했던가. 그는 이 고뇌를 경험하지 않기 위해서, 벌어들이고 불린 돈을 마구 뿌렸다. 여자가 그의 사랑에 응하지나 않을까 하는 공포심은 나날이 자라났고, 그는 무례한 보수로 여자들의 마음에 상처를 남겼다. 구석구석까지 비쳐줄 사랑의 여인을 만나게 되리라는 희망을 이미 갖고 있지 않았기 때문이다.

가난은 날마다 새로운 어려움으로 그를 위협했으며, 그의 머리는 재액(災厄)의 기호물(嗜好物)이 되어 지칠 대로 지쳐버렸고, 몸의 구석구석에는 극도의 불행을 만나 절박한 눈처럼 종기가 돋아 입을 벌렸으며, 오물인 듯 썩은 흙인 양 버림받았다. 그리고 오물인 그가 오물에 닿아 몸서리를 치는 그 순간일지라도 누군가 그의 사랑에 반응하는 것보다는 안심이 되었다. 모든 광명이 순식간에 사라지는 그 포옹의 암담한 비애에는 그 후의 그 어떤 암흑도 비길 바가 못 되었다. 그와 같은 포옹에서 깨어나고 보면 미래가 상실될 황량한 기분이 아니었던가?

위험에 대처할 의지마저 상실한 채 비틀거리면서 거닐고 있지 않았던가? 죽지 않겠노라고 골백번도 더 여자에게 맹세할 수밖에 없게 되지 않았던가? 그를 인간의 쓰레기 속에서도 살아 남게 한 것은 이처럼 무서운 추억의 외고집 덕분이 아니었을까, 살아날 때를 위해서 거처 하나를 남기려 한 추억의 집념 때문이 아니었을까? 마침내 그는 다시 모습을 나타냈다. 이제야 비로소 양치기의 시절로 돌아왔고 바야흐로 그의 막대한 과거는 진정하게 되었다.

그 당시 그가 경험한 것을 누가 기술할 수 있을 것인가? 당시의 그의 긴 나날을 짧은 인생과 잘 결합시킬 수 있는 설득력을 어느 시인이 가졌단 말인가? 외투를 입은 날씬한 그의 모습을 재현시킴과 동시에 그 끝 모르고 전개된 밤의 암흑을 생생하게 그려낼 위대한 예술이 있을 수 있을까?

그것은 서서히 회복되어가는 환자처럼 그 자신을 평범하고 이름 없는 인간으로 느끼는 것으로부터 시작되었다. 생존을 위한 것이 아니라면 그는 어느 것도 사랑하지 않았다. 그가 치는 양들이 보여주는 단순한 사랑은 이제 그에게 짐이 되지 않았다. 그것은 구름 사이로 새어 나오는 햇빛처럼 몸 주위에 흩어져, 초원 위에 희미하게 빛날 뿐이었다. 배고픔에 이끌려 무심히 몰려가는 양 떼들 뒤에서 그는 묵묵히 이승의 목장을 걸었다. 외국의 사람들은 그를 아크로폴리스에서 보았다. 그는 오랫동안 보* 지방에 살았던 양치기 가운

---

* 프랑스의 한 지방이다. 중세로부터 거의 완전에 가까운 모습을 남기고 있는 르네상스 양식의 주택과 고성이 남아 있다.

데 한 사람이었을 것이다.

그는 그곳에서 모든 것을 항상 7과 3의 행복한 숫자로 소유하고 있던 고귀한 일족이 그의 문장(紋章)인 별의 열여섯 줄기 광채가 뜻하는 불길함*에 패하여 마침내 멸망해버린 먼 옛날의 유적이 지금도 남아 있음을 보았을 것이다. 혹은 그가 오랑주에 있는 촌스러워진 개선문에 기대고 있는 모습을 나는 상상해야 한단 말인가? 또는 아를의 알리스캉**의 죽은 자들의 영혼이 쉬는 그늘에 서서 부활한 자의 무덤처럼 텅 빈 무덤 사이에서 잠자리를 뒤쫓고 있는 눈빛의 그를 상상해야 한단 말인가?

그것은 아무래도 좋다. 나는 그의 모습을 상상할 수 있을 뿐만 아니라, 그 무렵부터 시작된 신에 대한 오랜 사랑, 그 비밀스러운, 끝없는 일이 비롯된 그의 생활도 상상할 수 있다. 영원히 조용한 생활을 보내려고 생각한 그에게 바꾸기 어려운 마음의 분망(奔忙)이 다시 되살아났다. 그래서 이번에야말로 그도 청허(聽許)해주기를 바랐다. 오래도록 고독하게 살면서 민감하고 총명해진 그의 온 정신은, 이번에 선택한 상대는 열렬하고 황홀한 사랑으로서 사랑해줄 수 있음을 믿게 했다. 그러나 그가 드디어 그토록 황홀한 사랑을 받고 싶어 하는 반면, 광대하게 넓어진 그의 감정은 신에게 이르기까지 무한한 거리가 펼쳐져 있음을 이해했다. 신을 향해서 자신의 몸

---

*   드 보 일족은 15세기에 도시와 시골과 수도원을 언제나 7과 3이라는 행운의 숫자로 소유했는데, 이 일족의 문장인 별의 광채 수 16은 7의 행운을 믿는 사람에게 가장 위험한 수였다. 이 일족은 17세기에 망해버렸다.
** 아를의 지하 묘지다.

을 공간에다 던지는 느낌이 드는 밤들이 찾아왔다. 공간에서 지상으로 내려서서 땅을 마음의 물줄기에 실어 끌어올릴 것 같은 강렬한 힘을 느끼는 창의에 넘실대는 순간도 있었다.

황홀한 이야기를 듣고, 흥분하여 그 자리에서 시를 지으려는 사람 같았다. 그 말을 배우기가 얼마나 어려운가를 경험해야 되는 놀라움이 그를 기다리고 있었다. 별 뜻이 없는 최초의 겉치레 문장을 만드는 데도 긴 일생을 소비하지 않으면 안 된다는 것이 처음에는 믿어지지 않았다. 그러나 달리는 사람이 결승점을 향해서 뛰어가듯, 그는 말을 익히기 위해 뛰어들었다. 그러나 넘지 않으면 안 될 커다란 장애는 발걸음을 더디게 했다. 이 무기력만큼 굴욕을 느끼게 하는 것은 상상할 수 없었다. 현자의 돌*을 발견했으나, 급히 만들어진 행복의 황금을 빈약한 인내의 납으로 바꾸도록 끊임없이 강요당해야 했다. 스스로의 공간에서 몸소 적응한 바 있으나 그는 출구도 방향도 없는 미로를 구더기처럼 기어서 나아가지 않으면 안 되었다.

이렇듯 힘들고 고달프게 사랑하는 법을 배우는 사이에 지금까지 그가 따르고 믿었던 사랑은 모두 그 얼마나 소홀하고 미세한 사랑에 불과했었던가, 새삼 깨닫게 되었다. 마치 그와 같은 사랑에서는 아무것도 생겨날 것 같지 않았다. 그는 그 사랑을 높이는 일을 태만히 하고, 그 사랑을 실현시키는 일을 시작하지 않았기 때문이었다.

---

* 연금술에서 금속을 황금으로 바꾸는 매개물이라고 믿었다.

그렇게 몇 해가 흐르는 동안 그의 심중에는 큰 변화가 일어났다. 신에게 가까워지려고 하는, 힘이 드는 일 때문에 신을 거의 잊어버리고 있었다. 언젠가 신에게 청허를 빈 것은 '하나의 혼을 묵과해줄 신의 인내'뿐이었다. 인간들이 중요시하는 운명의 우연은 그에게서 벌써 사라져버렸다. 그리고 지금은 인간에게 필연적인 쾌락과 고뇌까지도 양념과 같은 풍미를 상실하고 순수하게 되어 그를 양육하는 식량이 되었다. 그의 생명의 뿌리에서는 풍요한 결실을 한결같이 약속하는 강한 희열의 상록수가 자라기 시작했다. 그는 그의 정신 생활의 모든 부분을 성취시키는 데 몰두했다. 그는 그 어느 부분에도 그의 사랑이 깃들어 있고 또한 자라고 있다는 것을 의심하지 않았기 때문에, 어떤 부분도 생략하지 않으려고 했다.

그뿐이 아니었다. 마음에 여유가 생긴 그는 일찍이 자신이 성취할 수 없었고, 단순히 기다리는 것으로만 그쳐야 했던 생활의 중요한 부분을 지금부터 획득하리라 결심했다. 그는 무엇보다도 유년 시절을 먼저 생각했다. 조용히 생각을 더듬어감에 따라, 유년 시절은 공백인 채로 있다는 것을 느꼈다. 당시의 추억은 모두가 예감처럼 막연하여 지나가버린 것으로 간주되는 것이 마치 미래의 일처럼 느껴졌다. 그것들 모두를 다시 한번, 그리고 이번에는 실제로 체험해보리라, 이것이 고향을 떠난 탕아가 다시 그곳에 돌아온 이유였다. 우리는 그가 그곳에 오래 머물러 있었는지 얼마 후 다시 떠나버렸는지도 모른다. 그가 그곳에 되돌아온 것만을 알고 있을 뿐이다.

그 이야기를 전해준 사람들은 이 부분에서 그 집이 어떻게 생겼

었나 상기시키려 하고 있다. 왜냐하면 그 집에서는 얼마 되지 않는 시간이 흘렀고, 얼마 되지 않는 시간이 헤아려졌다. 집안사람들은 누구나 어느 정도의 시간이 흘렀는지를 말할 수 있었다. 개들은 늙었지만 아직 살아 있었다. 그중 한 마리가 짖었다는 기록도 있다. 온 집 안의 일이 일제히 중단되고, 늙기는 했으나 또는 크기는 했으나, 가슴이 갑갑해질 정도로 옛날 그대로의 얼굴이 창가에 나타난다. 완전히 늙어빠진 하나의 얼굴에 갑자기 인식의 색조가 창백하게 스쳐 지나간다. 인식뿐일까? 정말로 그것뿐일까? 아니 그것은 용서다, 무엇에 대한 용서일까? 사랑이다. 아아, 신이여, 사랑이다.

사랑이 아직도 있을 수 있다, 이것을 인식하게 된 그는 너무 바쁜 것에 쫓겨 생각할 겨를이 없었다. 다음 순간에 일어난 모든 일 가운데, 오로지 이것만이 적혀 있음이 이상할 것은 없다. 즉 그의 몸짓이다. 지금까지 본 적이 없는 괴상한 동작이었다. 그는 모든 사람의 발밑에 엎드리어 기도하는 자세를 취했다. 사랑해주지 말아달라, 애원하면서 몸을 엎드렸다. 그들은 놀란 나머지 당황하면서 그를 안아 일으켰다. 그를 용서하고 그의 격렬한 동작을 다른 뜻으로 해석했다. 이 절망적인 그리고 솔직한 그의 거동을 보면서도, 모두가 그의 뜻을 오해한 것이 그에게는 형언할 수 없는 안도감을 주었음에 틀림없다. 다분히 그는 집에 머무를 수가 있었을 것이다. 그들이 그를 틀림없이 기쁘게 해줄 것이라고 믿고서 몰래 서로 격려하면서 보여준 사랑이 결국 그를 향한 것이 아님을 날이 갈수록 그는 더욱 뚜렷이 인식했다. 그들이 사랑하려고 노력하는 것을 보고서 그는 거의 미소짓지 않을 수 없었다. 그리고 그는 그들의 사랑이 그에게 이를 수 없다는 것, 자신이 얼마나 사랑에 대해 담담한 존재가 되어 있는가를 분명히 알았다.

그가 어떤 사람인지를 그들은 알지 못했다. 그리고 그를 사랑하는 일이 매우 어렵게 되었다는 것도. 또한 그는 어느 한 사람만이 그를 사랑할 수 있음을 예감하고 있었다. 그러나 그 한 사람은 아직 그를 사랑하려고 하지 않았다.

작품 해설

라이너 마리아 릴케, 그는 1875년 12월 4일 프라하에서 태어났다. 당시 프라하는 독일령 뵈멘(보헤미아)의 수도였다. 아버지는 요제프 릴케(1838~1906), 어머니는 소피아(1851~1931)로 제국 평의원의 직위를 가지고 있는 엔츠 가문 출신이었다. 릴케의 아명은 르네였다. 첫딸을 잃고 상심한 어머니는 그 딸을 너무 사랑한 나머지 르네를 계집아이처럼 길렀다. 소시민인 부모는 성격의 차이로 1884년에 이혼했다. 시인의 나이 아홉 살 때였다. 이것만 보더라도 릴케를 둘러싼 가정 생활의 분위기를 상상할 수 있으리라. 그는 결코 행복하게 자란 소년은 아니었다.

릴케는 과거에 군문(軍門)에 있었던 아버지의 뜻에 따라 1886년 9월, 장크트필텐의 유년학교에 입학하였다. 그는 프라하 태생이었지만 체코어를 한 마디도 쓰지 않았다. 그뿐만 아니라 순수한 독일인의 교육을 받았다. 릴케는 세상을 나온 그날부터 이미 고향을 잃었다고 말해도 좋을 것이다. 그래서 초기의 릴케는 그의 시에서 자주 프라하를 노래하고 있으나 거기에는 고향이라는 소박하고 강렬한 감정은 조금도 보이지 않고, 다만 감상과 비애의 울림만이 있을 뿐이다.

1890년 9월에 그는 메리시 바이스키르헨 사관학교에 진학했으나, 군학교 생활은 시인의 본질에 전혀 맞지 않았으며 번번이 커다란 고민만 그에게 안겨주었다. 그래서 1891년 6월에 마침내 아버지의 승낙을 받아 사관학교를 자퇴한다.

그 후에 그는 린츠 상과대학, 프라하대학교 등에서 수학하였으며, 사관학교를 나온 그날부터 문학 활동을 시작하였다. 1893년 그의 나이 19세 때 이미 첫 시집《인생과 노래》가 나왔고, 계속해서《가신에게 바치는 제물들》(1896),《꿈의 관(冠)》(1897),《강림절》(1898),《나의 축제에》(1898) 등이 나왔다.

1896년에 릴케는 뮌헨으로 나와 대도시의 대기를 호흡할 수 있었다. 이듬해 5월 이곳에서 루 안드레아스 살로메를 알게 된다. 그녀는 릴케보다도 열세 살이나 위였고, 대단히 저명한 사람이었다. 릴케는 이 뛰어난 여성에게 실로 많은 것을 배웠다. 그녀에게 받은 가장 큰 감화는 릴케가 러시아를 알게 된 것이었다. 릴케는 루 안드레아스와 함께 두 번 러시아를 방문했는데 그때마다 톨스토이를 만났다. 모스크바, 페테르스부르크, 키예프 등에서 체류했다. 모스크바의 어두운 새벽, 하늘로 울려 퍼지는 부활제의 종소리는 곧 릴케의 영혼의 부활이었다. 릴케는 러시아를 '마음의 고향'이라고 불렀다. 러시아의 광막한 평야, 땅에 사는 소박하고 끈기 있는 백성들.

릴케에게 공간 체험과 신의 체험이 하나로 융합하여 같은 의미를 갖게 된 것은 러시아가 그 바탕이 되었다. 이렇게 그는 자기 정신의 바탕이 된 '러시아 체험'을 겪었다. 러시아 여행 후 그는 북부 독일 보르프스베데의 화가 마을에서 체류한다. 그는 이곳에서 알게 된 여류 화가 클라라 베스토프와 결혼하여 이웃 마을 베스터베데에서 새로운 가정을 꾸민다. 클라라는 로댕의 제자였다. 이 무렵 그의 흥미는 로댕의 〈물건〉의 구성에 강하게 이끌리고 있었다. 그래서 그는 의뢰받은 《로댕론》을 집필하려고 곧 파리로 떠난다. 1902년 9월 1일 처음으로 로댕을 방문했을 때 시인의 나이는 27세였다. 그 이래로 로댕의 예술은 중년기에 들어선 릴케의 창작에 압도적인 영향을 미친다. 《신(新)시집》(1907), 《말테의 수기》(1910) 등은 이 무렵의 대표적인 결실이다.

《말테의 수기》는 1904년 2월 8일부터 1910년 1월 27일 사이에 쓴 릴케의 대표적인 소설이다.

이 소설은 1, 2부로 되어 있고, 크고 작은 71개의 단락으로 이루어져 있다. 6년에 걸쳐 쓴 이 작품은 흔히 있는 소설과는 달리 정리된 줄거리나 사건은 없다. 단편의 집합과도 같은 이 소설 형식은 내적으로는 통일을 이룬다. 전반의 '죽음'의 문제, 후반의 '사랑'의 문제를 뼈대로 하여 점차로 상승하는 에너지와 공간의 확산은 흡사 교향곡의 구성을 연상케 한다.

수기의 1부는 덴마크의 무명 청년을 에워싸는 파리의 인상에서 시작되고, 똑같이 파리의 한 미술관에서 끝난다. 파리에서의 불안,

죽음의 거리, 조국 덴마크에서 개성 있게 죽어 간 여러 사람들에 대한 회상, 유년 시절에 대한 회상, 특히 유년 시절 그를 공포로 몰아넣었던 외할아버지 브라헤가에서 경험한 유령, 손에 대한 환각 혹은 질병에 대해서, 그러고는 어머니의 자매인 아벨로네에 대한 사랑 등에 대한 묘사, 그리고 융단의 장면에서 끝난다.

2부는 융단에 대한 설명을 계속하면서 시작한다. 그러고는 곧 유년 시절에 대한 회상으로 옮긴다. 여러 죽음에 대한 고찰, 성자(聖者)와 고독자에 대해서 그리고 어린 시절의 독서의 회상에서 떠오른 인물들. 오랑주 원형 극장과 장대함에 대한 묘사. 그리고 시인 릴케의 힘은 '사랑에 사는 여인들'에 대한 찬가에 쏟아지고, 그것은 아벨로네를 떠올리게 하는 미지의 여인이 베네치아에서 부른 가곡에서 정점에 이른다. 이렇게 하여《말테의 수기》는 성서의 탕아의 이야기에 대한 대담한 해석으로 끝난다.

《말테의 수기》를 계기로 해서 시인의 생애는 비가(悲歌)의 세계로 옮겨진다. 이 무렵 그는 벗 루돌프 카스나의 소개로 마리 폰 투른 탁시스 후작 부인을 알게 된다. 부인은 독일 명문 호엔로에 가문 출신으로 경험이 풍부하고 성품이 고상한 사람이었다. 그녀는 독일어와 영어는 물론 프랑스어, 이탈리아어도 능숙하게 구사했으며, 음악과 미술에도 뛰어난 소양을 가지고 있었다. 그녀는 릴케에게 어머니와 같은 존재였다. 그녀는 당시에 별로 알려져 있지 않던 릴케의 본질을 잘 알아보고 또 그의 시재(詩才)를 기르기 위하여 두터운 우정을 표시하였다. 그녀는 시인의 만년에서 결코 간과할 수 없는 존재가 되었다. 릴케가 그의 창작의 절정인《두이노의 비가(悲歌)》

를 그녀에게 바친 것은 당연한 일이라고 할 수 있다.

1912년 1월 후작 부인의 호의로 릴케는 이탈리아령 두이노성의 손님이 되었다. 이곳에서 비가의 일부를 썼다. 그 후 계속하여 비가를 집필하던 중 1차 세계대전이 발발해 시인은 이 새로운 출발을 중단하지 않을 수 없었다. 곧 그는 소집을 당하여 빈의 육군 사무국에서 근무하였다. 소집이 해소된 후, 그는 잠시 동안 뮌헨으로 옮겨 전쟁 속의 어렵고 괴로운 생활을 견디지 않을 수 없었다. 1919년 전쟁이 끝나자 그는 곧 전쟁의 재화를 입지 않은 유일한 나라인 스위스로 갔다. 4년의 전쟁 기간은 그에게 가장 괴롭고 비참했던 시기였으리라. 그는 스위스에서 여러 곳을 방문하였으나 쉽사리 옛날의 안정과 평화를 회복할 수는 없었다.

1921년 7월, 우연한 기회에 그는 뮈조성을 발견하고 그곳을 만년의 정착지로 삼았다. 뮈조성은 13세기에 지어진 고대 건물로, 전기도 수도도 없는 고원(高原)에 있는 낡은 고탑(孤塔)이었다. 1922년 2월, 그는 중대한 과제였던《두이노의 비가》를 뮈조성의 정적과 고독 속에서 완성할 수가 있었다. 이와 동시에 예기치 않았던《오르페우스에게 바치는 소네트》에 들어가는 55편도 단숨에 쓴다. 이로써 그는 시인의 사명을 다한 것 같은 기쁨을 느낀다.

그러나 그 후 릴케는 몹시 쇠약해져서 1923년과 1924년에는 베르몬에서 요양에 전념한다. 장미 가시에 찔려 그것이 화농되어 숨을 거둔 것은 1926년 12월 29일 오전 5시였다.

"장미에 의한 죽음, 동이 트기 전의 죽음―."

이 묘비명이 무엇을 의미하는지 우리는 모른다. 그저 우리에게 영원한 문제를 던진다고 느낄 따름이다. 릴케가 숨을 거둔 지 반세기가 흐른 지금에 와서도 다만 그의 병명이 출혈성 백혈병이라고 하는 것만 알 수 있을 뿐이다. 그의 나이 51세였다.

옮긴이

라이너 마리아 릴케 연보

1875년   12월 4일 오스트리아-헝가리 제국의 지배를 받던 보헤미아(현재 체코공화국)의 수도인 프라하에서 태어났다. 릴케의 어린 시절은 행복하지 않았다. 아버지 요제프 릴케는 군인이었으나 병으로 퇴역한 후 철도 회사에서 근무했고, 어머니 소피아 엔츠는 프라하의 부유한 가문 중 하나인 엔츠 가문 출신이었다. 어머니는 죽은 첫딸을 잊지 못해 릴케를 6세 때까지 여자아이처럼 키웠다.

1884년   성격 차이로 평소 사이가 좋지 않았던 부모님이 이혼했다.

1886년   오스트리아 장크트푈텐에 있는 육군유년학교에 입학했다.

1890년   메리시 바이스키르헨의 육군사관학교에 입학했다.

1891년   6월에 병으로 육군사관학교를 그만두었다. 몸이 약하기도 했지만 집단적이고 획일적인 교육은 릴케에게 맞지 않았다. 9월에 린츠의 상과대학에 입학했다.

1892년 5월 연애 사건으로 린츠의 상과대학에서 퇴학당했다.

1894년 첫 시집《인생과 노래》를 출간했다. 이 시집에는 오스트리아 포병장교의 딸인 발레리 폰 다비트 론펠트에게 바치는 시들이 들어 있다. 발레리는 릴케보다 나이가 많았으며 예술가의 면모를 지닌 여성이었다.

1895년 프라하대학교에 입학하여 미술사, 문학사, 역사, 철학 등의 강의를 들었다.

1896년 프라하대학교를 그만두고 뮌헨대학교로 옮겼다. 두 번째 시집《가신에게 바치는 제물들》을 출간했다.

1897년 릴케의 인생에 중대한 영향을 끼친 루 살로메를 만났다. 루 살로메는 사후에 발표한《생애의 회고》에서 두 사람이 연인 관계였다고 밝혔다.

1898년 시집《강림절》을 출간했다.

1899년 4월 말부터 6월 중순까지 루 살로메 부부와 함께 첫 번째 러시아 여행을 갔다.《기도시집》의 1부인〈수도 생활의 서(書)〉를 집필했다.

1900년 5월 초부터 8월 말까지 루 살로메와 함께 두 번째 러시아 여행을 갔다. 릴케는 두 번의 러시아 여행에서 모두 톨스토이를 만났고, 러시아의 자연과 풍물, 인간에 큰 울림을 받고 시인으로서 자신만의 길을 걷기 시작했다. 러시아 여행에서 돌아온 후, 독일의 화가 마을인 보르프스베데에 정착했다.

1901년 로댕의 제자였던 조각가 클라라 베스토프와 결혼하여 보르프스베데의 이웃 마을인 베스터베데로 이사했다. 시집 《기도시집》의 2부인 〈순례의 서(書)〉를 집필했다.

1902년 《로댕론》 집필 의뢰를 받고 홀로 파리로 가서 로댕을 만났다. 로댕의 예술에 심취하여 이후 창작에 지대한 영향을 받았다. 《형상시집》을 출간했다.

1903년 《기도시집》의 3부인 〈빈곤과 죽음의 서(書)〉를 완성했다.

1904년 《사랑하는 하느님 이야기》를 출간했다.

1905년 《기도시집》 1, 2, 3부를 합본해 출간했다.

1907년 《신시집》 1부, 《로댕론》을 집필했다.

1909년 《신시집》 2부를 완성한 후 1부와 합본해 출간했다.

1910년 《말테의 수기》를 출간했다. 《말테의 수기》는 6년에 걸쳐 완성한 릴케의 유일한 장편소설이다.

1912년 1월에 탁시스 후작 부인의 초청으로 두이노성을 방문했다. 이 성에서 《두이노의 비가》 일부를 완성했다. 2월부터 다음 해인 1913년 2월까지 스페인을 여행했고 스페인에서 《두이노의 비가》에 대한 많은 시상을 얻었다.

1915년 1차 세계대전으로 오스트리아 육군에 입대하지만 몸이 허약하여 이루 말할 수 없는 고통을 겪었다. 친구들의 도움으로 1916년 6월에 제대했다.

1919년 강연 의뢰를 받고 스위스 취리히로 갔다가 이후 독일로 돌아가지 않고 스위스에 머물렀다.

1920년	11월 스위스 이르헬의 베르크성에 머물면서 전쟁 때문에 오랫동안 하지 못한 창작을 다시 시작했다.
1921년	스위스 베이라스 지방에서 뮈조성을 발견하고 그곳에서 살기 시작했다.
1923년	《두이노의 비가》, 《오르페우스에게 바치는 소네트》를 완성했다.
1925년	1월부터 8월까지 추억의 파리를 다시 찾아 앙드레 지드, 폴 발레리 등 친구를 만났다.
1926년	10월 초순, 뮈조성의 정원에서 장미를 꺾다가 왼쪽 손가락에 가시가 박혔는데 그것이 화농하여 백혈병 증세가 나타났다. 12월 29일 오전 5시, 스위스 요양원에서 51세 나이로 생을 마감했다. 유언에 따라 라롱의 묘지에 묻혔다.

옮긴이 **박환덕**

독일 뮌헨대학교에서 수학했다. 한국 독어독문학회 부회장, 문교부 교과과정심 의위원, 서울대학교 독문학과 교수를 역임했다. 옮긴 책으로《양철북》,《신(神)의 이야기》,《권력에의 의지》,《수레바퀴 아래서》,《젊은이의 변모》,《안데르센 동 화집》등이 있다.

말테의 수기

1판 1쇄 발행 1973년 12월 20일
4판 1쇄 발행 2025년 1월 15일

지은이 라이너 마리아 릴케 │ 옮긴이 박환덕
펴낸곳 (주)문예출판사 │ 펴낸이 전준배
출판등록 2004. 02. 11. 제 2013-000357호 (1966. 12. 2. 제 1-134호)
주소 04001 서울특별시 마포구 월드컵북로 21
전화 02-393-5681 │ 팩스 02-393-5685
홈페이지 www.moonye.com │ 블로그 blog.naver.com/imoonye
페이스북 www.facebook.com/moonyepublishing │ 이메일 info@moonye.com

ISBN 978-89-310-2430-2 04800
ISBN 978-89-310-2465-7 (세트)

• 잘못 만든 책은 구입하신 서점에서 바꿔드립니다.

&과문예출판사® 상표등록 제 40-0833187호, 제 41-0200044호

(뒷면 계속)